녹색 고전

한국편

녹색 고전 한국편

지은이 김욱동 **1판 1쇄 인쇄** 2013년 11월 28일 **1판 1쇄 발행** 2013년 12월 6일
발행처 도서출판 비채 **발행인** 박은주 **주소** 서울특별시 종로구 북촌로 63-3
등록 2005년 12월 15일(제300-2005-212호) **주문 및 문의 전화** 031)955-3220
팩스 031)955-3111 **편집부 전화** 02)3668-3290 **팩스** 02)745-4827
전자우편 viche@viche.co.kr

ⓒ 2013, 김욱동 ● 이 책의 저작권은 저자에게 있습니다.
저자와 출판사의 허락 없이 내용의 일부를 인용하거나 발췌하는 것을 금합니다.
ISBN 979-11-85014-38-8 04810   978-89-94343-53-2 (세트)
책값은 뒤표지에 있습니다.

이 도서의 국립중앙도서관 출판시도서목록(CIP)은 서지정보유통지원시스템 홈페이지
(http://seoji.nl.go.kr)와 국가자료공동목록시스템(http://www.nl.go.kr/kolisnet)에서 이용하실 수
있습니다. (CIP제어번호: CIP2013021912)

녹색 고전

GREEN CLASSICS KOREAN

I

김욱동

환경 위기 시대에 '녹색 문학'을 꿈꾸며

어수선한 분위기 속에서 21세기를 맞이한 현대인들과는 달리 유럽인들은 비교적 낙관적인 분위기에서 20세기를 맞았습니다. 20세기에 접어들면서 10여 년 동안 맛본 감미로운 평화와 번영 덕분에 유럽인들은 19세기와 마찬가지로 20세기도 자신들의 시대라고 생각하기에 충분했습니다. 그러나 인류 역사에서 그 유례를 찾을 수 없는 제1차 세계대전이 일어나면서 유럽인들은 장밋빛 낙관주의에서 점차 깨어났고 유럽의 우월성에 대한 믿음이 흔들리기 시작했습니다. 이렇게 깊은 좌절감과 절망감에 빠진 유럽인들은 그동안 세계를 지배하던 서구 사회가 이제 어디로 갈 것인지를 묻기 시작했습니다.

바로 이 무렵에 나온 책이 독일의 문화철학자 오스발트 슈펭글러의 《서구의 몰락》이었습니다. 그는 제1차 세계대전이 막바지로 치닫고 있던 1918년에 이 책의 1권을 출간하고 그로부터 4년 뒤인 1922년에 2권을 출간했습니다. 이 무렵의 암울하고 절망적인 시대정신을 반영이라도 하듯 슈펭글러는 지극히 비관주의적인 관점에서 서구 문명의 몰락을 예언했습니다. 유기적이고 순환론적인 역사관에 뿌리를 두고 있는 그는 이집트와 인도를 비롯해 중국과 그리스와 로마 등 문화권의 흥망성쇠를 분석하면서 서유럽과 미국 문명도 결코 흥망성쇠의 순환에서 벗어날 수 없다고 지적했습니다. 한마디로 서구의 몰락은 그 옛날 문화권의 몰락과 마찬가지로 운명적이라고 결론짓습니다. 지금 유럽연합 EU에 속한 여러 나라에서 겪고 있는 재정 위기나 미국의 경제 위기를 보면 슈펭글러의 지적은 참으로 예언적입니다. 이렇게 서유럽과 미국의 힘이 약화되면서 그 힘이 다시 중국을 비롯한 아시아 쪽으로 서서히 이동하고 있습니다.

그러나 이제 동서양을 가리지 않고 '지구의 몰락'을 말하는 때가 되었습니다. 하나밖에 없는 이 지구는 지금 종말을 향해 치닫고 있습니다. 지구촌 곳곳에서 일어나는 온갖 재해에서 지구 종말이 멀지 않았다는 사실을 읽을 수 있습니다. 지구는 지금 서산마루에 뉘엿뉘엿 걸려 있는 태양처럼 황혼을 맞이하고 있다 해도 지나치지 않습니다. 문학적인 비유가 아니라, 언제 서산마루 너머로 떨어질지 모르는 위험한 상황에 놓여 있습니다.

비관적으로 보는 학자들은 앞으로 2050년경이 되면 지구는 더 이상 인간이 살 수 없는 행성으로 변할 것이라고 전망합니다. 무책임하게 지구 종말을 부르짖는 종말론자들과는 달리 엄연한 과학적 사실에 근거를 두고 내린 결론입니다. 과학자들과 정책 입안자들 그리고 문화 예술가들이 서로 머리를 맞대고 지혜를 짜내 빙산과 부딪쳐 대서양에 가라앉은 타이타닉 호처럼 깊은 바다 속으로 침몰하는 '지구 호'를 구출해야 할 때입니다. 지금도 이미 늦었다고는 하지만 그렇다고 두 손 놓고 발만 동동 구르고 있을 수는 없는 노릇입니다.

나는 문학을 연구하는 사람이지만 그동안 문학가들도 지구를 지키고 보호하는 일에 앞장서야 한다고 목소리를 높여 왔습니다. '문학 생태학'이니 '생태 비평'이니 '녹색 문학'이니 하는 깃발을 내걸고 문학가들이 환경운동에 동참할 것을 촉구했습니다. 말하자면 지난 십여 년 전부터 나는 생태주의 복음을 전하는 환경 전도사로 살아왔습니다. 로고스에 의존하는 과학자들이나 에토스에 의존하는 정책 입안자들과는 또 달라서 문학가들은 파토스에 호소하기 때문에 그 힘이 그들 못지않다고, 아니 어떤 의미에서는 그들보다 크다고 외쳤습니다. 《문학 생태학을 위하여》민음사, 2008를 비롯해《한국의 녹색 문화》문예출판사, 2000,《시인은 숲을 지킨다》범우사, 2001,《생태학적 상상력》나무심는사람, 2003, 그리고 최근에는《적색에서 녹색으로》황금알, 2011라는 저서를 잇달아 출간했습니다.

자의반 타의반으로 '유목민 학자'라는 별명을 얻은 나는 말 그대로 좀처럼 한 분야에 깊이 있게 천착하지 않았습니다. 미하일 바흐친의 대화주의에서 리얼리즘 비판, 모더니즘과 포스트모더니즘, 민속학, 문학 연구 방법론, 수사학, 고전 해제, 문학 생태학, 소수민족 문학, 그리고 최근에는 번역학 쪽에도 관심을 기울이고 있습니다. 학문적 편력을 돌이켜보면 내가 관심을 기울이지 않은 인문학 분야가 거의 없다시피 합니다. 나쁘게 말하면 학문적으로 방황한 것이요, 좋게 말하면 인문학을 통섭적으로 이해하려고 노력했다 할 수 있습니다. 그런데도 유독 환경이라는 주제에서만 이렇게 '정착'하다시피 한 것은 이 주제가 그만큼 중요하기 때문입니다. 이제 어떤 학문도 환경 문제를 염두에 두지 않고서는 더 이상 존재이유가 없는 단계에 이르렀습니다. 제아무리 훌륭한 학문이라 한들 지구가 바다 속으로 침몰한 뒤라면 무슨 소용이 있겠습니까? 여기에는 보수와 진보도, 우와 좌도 별다른 의미가 없고 오직 힘을 합쳐 지혜를 짜내는 노력만이 필요할 뿐입니다.

사실 《적색에서 녹색으로》를 끝으로 나는 환경 문제에 관한 저서는 그만 집필하기로 결심했습니다. 단행본 다섯 권이라면 할 말은 다 한 셈이라고 생각했기 때문이었습니다. 그런데 미국에서 여름을 보내면서 여느 때에 겪어보지 못한 이상 기후를 겪었습니다. 아메리카 대륙 한쪽에서는 비가 내리지 않아 극심한 가뭄에 시달리면서 여기저기 산불이 나는 반면, 같은 대륙 다른 한쪽에서는 상상을 초월할 정도로 비가 많이 내려 엄청난 피해를 보았습니다. 이런 사정은 태평양 건너 한반도도 마찬가지였습니다. 7월 하루 동안 서울에 내린 비는 무려 300밀리미터가 넘었습니다. 이는 1907년 기상 관측 이래 세 번째로 많은 기록적인 폭우였습니다. 지구 온난화에 따른 이상 기후가 점점 예측 불허로 진행되고 있다는 증거입니다. 그래서 나는 쓰고 있던 주제를 잠시 옆에 밀어 놓고 서랍 속 깊이 간직해두었던 생태주의 주제를 다시 꺼내 이 책을 쓰게 되었습니다.

지금 펴내는 이 《녹색 고전》은 그간의 '환경 전도사'로서 제 역할을 총결산하는 책입니다. 내용 또한 이 분야 저서를 집필하면서 읽은 자료를 중심으로 엮었습니다. 그 형식도 이전에 집필한 책과는 사뭇 다릅니다. 이 책에서는 제목에서도 엿볼 수 있듯이 생태주의와 관련한 보석 같은 글들을 한데 모았습니다. 말하자면 생태주의의 경전이라 할 수 있습니다. 그러나 경전 그 자체보다 경전의 의미를 해석하는 쪽에 훨씬 더 무게를 두었습니다. 목회자가 경전 텍스트를 두고 설교나 강론을 하는 형식을 취했습니다. 그리고 독자들에게 (아니 '청자들'이라고 하는 편이 옳을까요?) 좀 더 가까이 다가가기 위해 경어를 썼습니다. 단행본 한 권으로는 양이 너무 많은 데다 각 문화권의 성격을 고려하여 한국편, 동양편, 서양편 세 권으로 나누어 출간하기로 했습니다.

　　책을 출간하는 것이 반생태적이라는 생각을 뇌리에서 떨쳐버릴 수 없으면서도 책의 형식을 빌리지 않고서는 이 문제를 말할 수 없다는 것이 제 판단입니다. 모쪼록 이 작은 책이 독자들의 생태 의식을 일깨우는 데 조금이라도 보탬이 된다면 저자로서 이보다 더 큰 보람이 없을 것입니다.

필리핀을 휩쓴 태풍 '하이옌'을 목도하며

김욱동

GREEN
CLASSICS
KOREAN

차
례

환경 위기라는 거대한 빙산에 부딪혀 지금 지구 호는 깊은 바다 속으로
침몰하고 있지만 아직 우리에게 기회는 있습니다. 문학가들과 과학자들
과 정책 입안자들이 머리를 맞대고 지혜를 짜내 하나둘 실천으로 이어
가다 보면 침몰하는 '지구 호'를 구출할 수 있을지도 모릅니다. _김욱동

모든 것이 풍족하고 풍요로운 세계, 단순히 물질적 풍요뿐만 아니라 정신적으로도

풍요로운 세계, 모든 생물이, 아니 무생물마저도 아무런 높낮이가 없이 수평적인

관계를 맺고 있는 평등한 세계, 그것이 바로 생태주의에서 추구하는 세계입니다.

그째 맛참 지하궁을 살펴보니

새즘생도 말삼하고

가막간치 벼살할제

나무돌도 굼니러고

옷남게 옷도 열고

밥남게 밥이 열고

쌀남게 쌀이 열고

국수남게 국수 열고

온갓 과실 다 여러셔

세상에 생긴 사람

궁박窘迫하리 업는지라.

그때 마침 지하궁을 살펴보니
새짐승도 말씀하고
까마귀와 까치도 벼슬할 제
나무들도 움직이고
옷나무에 옷도 열고
밥나무에 밥이 열고
쌀나무에 쌀이 열고
국수나무에 국수 열고
온갖 과실 다 열려서
세상에 생긴 사람
궁박한 이가 없는지라.

가정을 관장하는 주재신인 성조成造의 내력과 유래를 풀이하는 서사무가敍事巫歌의 한 구절입니다. 서사무가란 무당이 굿을 할 때 음송하는 이야기를 말합니다. 그냥 '무가'라고 하지 않고 굳이 '서사'라고 관을 붙여 부르는 것은 설화 구조를 갖춘 이야기 형태로 되어 있기 때문입니다. 다시 말하면 서사무가에는 일정한 등장인물이 등장하고, 그 인물의 활동을 중심으로 줄거리가 전개됩니다. 신의 유래를 설명한다 하여 '본풀이'라고도 합니다. 고대 무속제로까지 그 역사를 거슬러 올라갈 수 있는 서사무가는 뒷날 고전소설과 판소리에 큰 영향을 끼쳤습니다. 서사무가 중에서 〈제석본풀이당금아기〉처럼 전국적으로 전승된 것도 있고, 〈바리공주〉처럼 제주도를 제외한 전역에서 전승된 것도 있습니다. 그런가 하면 〈장자풀이〉는 호남 지역에서, 그리고 〈심청굿〉은 동해안 지역에서 주로 전승되고 있습니다. 위에 인용한 〈성조성주 풀이〉는 주로 경기도를 중심으로 한 중부 지방에서 전해 내려온 서사무가입니다.

서천국西天國 천궁대왕天宮大王과 옥진부인玉眞夫人은 나이 마흔이 가깝도록 혈육이 없어 부처님에게 아이를 낳게 해달라고 정성을 드려 기도한 뒤 태몽을 꾸고 아이를 잉태합니다. 옥진부인은 옥동자를 낳아 그 이름을 '성조成造'라고 짓습니다. 그런데 성조는 열다섯 살이 되던 해 옥황상제에게 상소하여 솔씨 서 말 닷되 7홉 5작을 받아 지하궁地下宮 공산空山

에 심습니다. 성조가 열여덟 살이 되어 결혼하지만 아내인 계화씨桂花氏를 박대하고 주색에 빠질뿐더러 나랏일을 제대로 돌보지도 않습니다. 대왕이 성조를 황토섬에 귀양 보내자 성조는 무인도에서 온갖 고생을 하며 힘겹게 살아갑니다. 하루는 성조가 무인도에서 겪는 곤경을 혈서血書로 써 죄를 뉘우치니 대왕이 마침내 귀양에서 풀어줍니다.

귀양에서 돌아온 성조는 부인과 정회情懷를 풀고 아들 다섯 딸 다섯을 낳아 키웁니다. 성조가 일흔 살이 되자 열 자식을 데리고 자신이 심은 나무들을 돌아본 뒤 온갖 연장을 마련해 재목을 베어 국궁國宮, 관사官舍, 그리고 백성의 집을 짓습니다. 집짓기를 마친 성조는 입주 성조신이 되고, 부인은 몸주 성조신이 됩니다. 또한 아들 다섯은 오토지신五土之神이, 딸 다섯은 오방부인五方夫人이 되었습니다.

그런데 이런 서사무가에 자연친화적인 녹색 사상이 녹아 있는 것이 여간 놀랍지 않습니다. 예로부터 우리 선조는 우주에 존재하는 삼라만상에 영혼과 생명이 깃들어 있다고 생각했다는 증거입니다. 위 구절에서 둘째 행에서 다섯째 행까지 세 행을 다시 한번 눈여겨 읽어보기 바랍니다. "새즘생도 말삼하고 / 가막간치 벼살할제 / 나무돌도 굼니러고"라는 구절 말입니다. 새 같은 날짐승이 말을 하고, 까마귀나 까치 같은 새들도 벼슬을 한다고 노래합니다. 그런가 하면 대지에 뿌리를 박고 서 있는 나무도 동물처럼 움직이고, 길가에 나뒹구는 돌멩이도 움직인다는 것입니다. 날짐승 같은 생물은 말할 것도 없고 심지어 무생물이라고 하는 돌까지도 인간의 속성을 지니고 있습니다.

지금까지 인간은 언어를 사용할 수 있다는 능력을 잣대로 삼아 다른 피조물과 엄격하게 구분 지어왔습니다. '호모 로퀜스homo loquens'니 '호모 시그니피칸스homo significans'니 하는 라틴어 구절이 바로 그것입니다. 이 지구상에 살고 있는 모든 생물 중에서 오직 인간만이 언어를 구사할 수 있는 능력이 있다는 것입니다. 바로 그것을 잣대로 삼아 인간을 '만물의 영장'이니 '우주의 주인'이니 하는 반열에 올려놓습니다. 물론 '호모 파베르homo faber'라고 하여 인간의 속성을 도구를 사용할 줄 안다는 데서 찾는 학자들도 있고, 또 '호모 루덴스homo ludens'라고 하여 놀이나 유희를 즐길 수 있다는 데서 인간의 속성을 찾으려는 학자들도 있습니다.

모든 생물 중에서 오직 인간만이 언어를 구사할 수 있다고 생각하는 것은 참으로 오만한 생각이 아닐 수 없습니다. 그야말로 인간중심주의적인 편견입니다. 인간은 자신을 우주의 중심에 세워놓고 자신의 관점에 따라 지구상의 모든 생물과 무생물을 판단하려고 합니다. 그래서 인간 말고 다른 생물이 언어를 사용하리라고는 처음부터 아예 생각지도 않았습니다. 그러나 학자들은 최근 들어 다른 생물도 인간 못지않게 언어를 사용한다는 사실을 속속 밝혀내고 있습니다. 예를 들어 꿀벌, 침팬지, 돌고래 등이 그들 특유의 방법으로 의사소통을 한다고 합니다. 더구나 특별한 의사소통의 방법을 익히고 나면 인간과 동물 사이에 비교적 간단한 의사소통이 이루어질 수도 있다는 것입니다. 그러므로 우리는 인간만이 언어 능력이 있다고 주장해서는 안 됩니다. 다른 동물들한테도 얼마든지 언어 능력이 있으며, 저마다의 방식으로 의사소통을 하고 있다고 보는 쪽이 더 옳습니다.

최근 돌고래의 세계에 통역사가 있다고 해서 한때 화제가 된 적이 있습니다. 사람도 문화권마다 언어가 서로 다르듯 돌고래도 살고 있는 바다 위치에 따라 언어가 다르다는 것입니다. 이를테면 태평양 한복판에 사는 돌고래는 북아메리카 연안 해역이나 극동 해역에 살고 있는 돌고래의 언어를 제대로 알아들을 수 없기 때문에 의사소통을 원활하게 해주는 통역사가 필요하다는 것입니다. 물론 이 주장은 다른 동물과 비교해볼 때 돌고래가 영특하다는 사실을 강조하는 과정에서 비롯된 오해로 판명되었습니다. 어찌 되었든 동물한테도 통역사나 번역가가 필요하다면 동물들은 서로 다른 언어를 구사한다고 상상해볼 수 있습니다.

인간이 아닌 다른 생물들은 비단 언어만 구사할 줄 아는 것이 아닙니다. 〈성조풀이〉 서가무가에서는 까막까치도 벼슬하고 나무들도 움직이고, 무생물로 일컫는 돌들도 움직인다고 말하고 있습니다. 눈이 번쩍 뜨이고 귀가 활짝 열리는 말이 아닐 수 없습니다. 까막까치란 까마귀와 까치를 함께 일컫는 말로 한자로는 오작烏鵲이라고 합니다. 해마다 음력 칠월칠석七月七夕이 되면 견우牽牛와 직녀織女가 서로 만날 수 있도록 은하수 위에 오작교라는 다리를 놓아준다는 바로 그 주인공들이지요. 인간 중에서도 지식이 많고 덕망이 높은 사람이 벼슬을 하는 법인데 까마귀와 까치들까지 벼슬을 한다니 이 얼마나 공평하고 살기 좋은 세상입니까?

이보다 더욱 놀라운 일은 길가에 나뒹구는 돌멩이마저 저절로 움직인다는 점입니다. 인간은 스스로 움직일 수 있느냐 그럴 수 없느냐 하는 잣대로 동물과 식물을 구별 짓습니다. 동물의 그 '동'자가 바로 움직일 '動' 자입니다. 한편 식물의 '植' 자는 땅에 뿌리를 내린다는 뜻으로 혼자 힘으로는 움직일 수 없다는 점을 강조하는 말입니다. 그런데 이 또한 어디까지나 인간중심주의적인 사고에서 비롯한 것이라고 볼 수밖에 없습니다. 최근 생물학자들은 이동성의 잣대로 동물과 식물을 구분 짓는 것이 점점 어렵다고 밝히고 있습니다. 식물이나 동물은 하등단계로 내려가면 갈수록 그 차이를 뚜렷하게 식별해내기가 여간 어렵지 않다는 것입니다. 가령 단세포 식물과 단세포 동물이 그 좋은 예라 할 수 있습니다. 또한 식물계와 동물계를 동시에 오가기 때문에 식물인지 동물인지를 분간하기 어려운 생물도 있습니다. 그래서 최근에는 학계에서 바이러스 · 세균 · 균류 같은 생물은 굳이 동물이니 식물이니 나누지 않고 한데 뭉뚱그려 '미생물계'로 따로 나누기도 합니다.

식물과 동물의 가장 큰 차이점이라면 역시 식물이 독립영양獨立營養을 하는 반면 동물은 종속영양從屬營養을 한다는 데서 찾아야 할 것 같습니다. 독립영양이란 스스로 양분을 흡수하여 생육에 필요한 에너지를 만들어낸다는 뜻입니다. 한편 종속영양이란 스스로 영양분을 만들어내지 못하고 오직 다른 동식물을 통해서만 살아가는 데 필요한 에너지를 얻는 현상을 말합니다. 식물이 이렇게 독립영양을 할 수 있는 것은 엽록체라는 세포 내의 미세 소기관 때문입니다. 엽록체에는 엽록소가 있어 일정한 파장의 광에너지를 안테나처럼 받아들여서 물과 이산화탄소를 탄수화물과 산소로 만들어 다시 내보냅니다. 이때 탄수화물은 칼슘이나 마그네슘 같은 다른 무기염을 이용하여 호르몬이나 색소 등 제2차 대사 산물을 만드는 데 사용하거나 호흡하면서 다른 활동을 하는 데 필요한 에너지원으로 씁니다.

그러나 동물에게는 세포 내에 이런 엽록체가 없습니다. 그래서 다른 식물이나 동물이 만들어놓은 에너지를 어쩔 수 없이 빼앗아 먹고 살아갈 수밖에 없습니다. '만물의 영장'이라는 이름으로 먹이사슬 맨 꼭대기에 올라타 있는 인간은 염치도 없이 남의 에너지를 빼앗아 먹고 살아가는 가장 대표적인 동물입니다. 인간이 다른 동물에 비해 오래 살 수 있는 비결 중 하나는 온갖 먹을거리를 가리지 않고 모두 먹기 때문이라는 학설도 있습니다. 한마디로 잡식동물이기 때문에 수명이 길다는 것이지요. 식물의 뿌리에서 잎사귀와 열매에 이르기까지 인간이 먹지 않는 것은 단 하나도 없다시피 합니다. 웬만한 동물이라면 모두 인간의 식탁에 오릅니다. 한국인이 식용 개고기를 먹는 것은 야만적 행위라고 몰아붙이면서도 프랑스인들은 달팽이 요리를 무척이나 좋아합니다. 그 때문에 동남아에 서식하는 달팽이가 멸종되다시피 했습니다. 유난히 생선회를 좋아하는 일본인들 때문에 대서양에 많이 서식하던 참치도 이제는 점차 자취를 감추고 있습니다. 뱀이 몸에 좋다고 하는 바람에 한국에서는 뱀이 귀하게 되어 해마다 중국을 비롯한 동남아 국가에서 수입해 오는 실정입니다.

중국인들이 먹지 못하는 것이 이 세상에 오직 세 가지뿐이라고 합니다. 다리가 달린 것 중에는 의자요, 하늘에 날아다니는 것 중에는 비행기요, 바닷물 속에 살고 있는 것 중에는 잠수함뿐이라고 합니다. 이 세 가지만 제외하고는 중국인들은 뭐든지 맛있는 요리로 만들어 식탁에 올려놓는다고 합니다. 물론 우스갯소리로 만들어낸 말입니다만, 언중유골言中有骨이라고 귀담아들어야 할 부분이 있습니다. 이렇게 중국인들이 마구잡이로 모든 동식물을 먹이로 삼고 있기 때문에 지금 하루가 다르게 동식물이 지구상에서 사라지고 있습니다. 이미 멸종된 동물도 적지 않고 지금 멸종 위기에 처한 동물도 무척 많습니다.

방금 앞에서 식물의 종속영향에 대해 말씀드렸습니다만 이제는 〈성조풀이〉 서사무가의 한 구절을 찬찬히 살펴볼 때입니다. "옷남게 옷도 열고 / 밥남게 밥이 열고 / 쌀남게 쌀이 열고 / 국수남게 국수 열고 / 온갖 과실 다 여러셔"라는 그 구절 말입니다. 요즈음 흙보다는 시멘트 바닥을 밟고 자란 도시 아이들 중에는 쌀이 어떻게 생산되는지 잘 알지 못한다고 합니다. 심지어는 대추나무에서 대추가 열리듯이 쌀나무에서 쌀이 열린다고 생각하는 어린이들도 있습니다. 빌딩 숲으로 둘러싸인 도시에서 태어나 그곳에서 자라면서 모내기를 하는 것도 본 적이 없고, 벼가 자라는 것도 본 적이 없으며, 황금 들판에서 벼를 수확하는 것도 본 적이 없으니 그 아이들이 어떻게 쌀이 만들어지는지 모르는 것도 어찌 보면 당연한 노릇입니다. 황금 이삭을 달고 고개를 숙이고 있는 벼를 보고 쌀나무라고 하고, 바람에 나부끼는 초록색 보리밭을 보고 갈대밭이라고 생각하는 아이들이 있습니다. 그 아이들이 눈으로 직접 보는 쌀은 방앗간에서 도정한 쌀일 터이니 쌀을 쌀나무에서 따오는 것으로 생각하는 것도 그렇게 무리는 아니지요.

비단 도시의 아이들만 탓할 일이 아닙니다. 도시에 살고 있는 어른들 중에도 갓 수확한 쌀을 두고 '햇쌀'이라고 부르는 사람이 적지 않습니다. 늦가을 쌀가게 앞을 지나다 보아도 '햇쌀 판매'라는 간판을 심심치 않게 보게 됩니다. 그러나 갓 수확한 밤은 '햇밤'이라고 해도 갓 수확한 쌀은 '햇쌀'이 아니라 '햅쌀'이라고 해야 합니다. 물론 그해에 새로 난 곡식에는 접두사 '햇-'을 붙여 '햇콩' '햇감자'라고 합니다. 그러나 '쌀'이라는 낱말의 특성 때문에 쌀에는 '햅'이라는 접두사가 붙습니다. 쌀은 중세 국어에서 'ㅆ+ㅏ+ㄹ'로 표기하지 않고 'ㅆ+ㆍ+ㅄ'으로 표기했기 때문이지요.

〈성조풀이〉 서사무가에서 밥이 밥나무에서 열리고 쌀이 쌀나무에 열리며 국수가 국수나무에서 열린다는 것은 도저히 현실 세계에서는 찾아볼 수 없고 오직 신화적 상상력의 세계에서만 있을 수 있는 일입니다. 온갖 과실이 과일나무에서 열린다고 말하는 것은 소금이 짜다고 말하는 것처럼 당연합니다. 그러나 밥이 밥나무에서 열린다거나, 쌀이 쌀나무에서 열린다거나, 국수가 국수나무에서 열린다고 말하는 것은 여간 놀라운 일이 아닙니다. 가정주부들은 힘들게 밀가루를 반죽하여 국수를 만들거나 밥을 지을 필요가 없으며, 농부들은 온갖 고생을 하면서 농사를 지을 필요가 없습니다. 필요한 만큼 나무에 가서 따오기만 하면 되기 때문입니다.

비단 먹을거리만이 아닙니다. "옷남게 옷도 열고"라는 구절에서도 볼 수 있듯이 옷도 옷나무에 가서 열매처럼 따오기만 하면 되니 참으로 편리합니다. 옷감을 얻기 위해 수고할 필요도 없고 옷을 지으려고 길쌈을 할 필요도 없습니다. 이렇게 먹을거리와 입을거리를 하나같이 나무에서 얻어 온다면 이 세상에서 이보다 더 편리한 의식주가 어디 있겠습니까? 물론 여기에서 집이 빠져 있지만 그 집은 지금 성주가 지으려고 합니다. 열다섯 살 때 심은 나무를 베어 짓는다니 아마 튼튼한 집이 될 것입니다.

이렇게 이상적인 세계를 서양에서는 에덴동산이라고 합니다. 구약성경의 〈창세기〉에서 야훼하느님가 최초의 인간인 아담과 그의 아내 하와를 위해 만들어 살게 했다는 바로 그 이상향의 이름입니다. 아브라함 계통의 종교에서 창조신화에 등장하는 이 정원은 기독교가 세계적으로 전파되면서 가장 널리 알려졌으며 오늘날에는 지상낙원의 대명사가 되었습니다. 에덴동산에서 아담과 하와는 그야말로 아무 일도 하지 않고 생명나무에서 먹을거리를 취해 옵니다. 〈성조풀이〉서 사무가의 지하궁처럼 에덴동산에서도 일을 하지 않고서도 온갖 나무에서 먹을 것을 얻습니다. 그러나 뱀의 유혹에 빠져 선악과를 따먹자 야훼는 아담과 하와에게 벌을 내립니다. 그 벌에 따라 하와는 출산의 고통을 크게 치러야 하며 남편을 따라 살아야 할 것이고, 아담은 앞으로 평생 동안 배고픔에 시달리며 땀을 흘려 노동하며 먹을 것을 얻어야 할뿐더러 끝내는 죽어서 흙으로 돌아가야 합니다. 한편 동양에서는 이런 지상낙원을 무릉도원武陵桃源이라고 부릅니다. 중국 동진東晉과 송宋나라 때 활약한 시인 도연명陶淵明의 〈도화원기桃花

源記〉에 나오는 에덴동산처럼 '이상향'이니 '별천지'니 하는 지상낙원을 일컫는 말입니다.

에덴동산이나 무릉도원은 현실에서는 찾아볼 수 없는 유토피아입니다. 한마디로 지도나 GPS 위성위치추적시스템로써는 도저히 찾아갈 수 없는 곳입니다. 위에 인용한 〈성조풀이〉의 맨 마지막 구절 "세상에 생긴 사람 / 궁박하리 업는지라"가 뜻하는 바가 바로 그것입니다. 궁박하지 않다는 것은 모든 것이 풍족하고 풍요롭다는 것입니다. 그런데 여기에서는 단순히 물질적 풍요뿐만 아니라 정신적 풍요를 뜻하기도 합니다. 기독교식으로 말하면 모든 피조물이 서로 조화와 균형을 꾀하면서 평화롭게 살아가는 세계이기 때문입니다.

이런 유토피아의 세계가 우리가 궁극적으로 추구해야 하는 세계입니다. 모든 생물이, 아니 무생물마저도 아무런 높낮이가 없이 수평적인 관계를 맺고 있는 평등한 세계, 그것이 바로 생태주의生態主義에서 추구하는 세계입니다. 이런 이상적인 세계를 생태주의에서는 '에코토피아ecotopia'라고 부릅니다. 두말할 나위 없이 영어 에콜로지生態學의 첫머리 'eco'와 유토피아의 끄트머리 'topia'를 붙여서 만들어낸 합성어입니다. 우리말로 옮긴다면 '생태적 이상사회' 정도가 될 것 같습니다. 이런 생태적 이상주의를 하루빨리 건설하지 않는 한, 지금 인류가 겪고 있는 생태계 위기나 환경 위기를 극복한다는 것은 한낱 공염불에 지나지 않습니다.

천지로
장막 삼고

자연은 인공적인 것을 보태지 않고 있는 그대로 그저 내버려두는 것이 가장 이상적

입니다. '자연스럽다'라는 형용사는 다름 아닌 그런 상태를 일컫는 말입니다. 순리

에 맞고 당연한 상태, 그것이 바로 우리가 지향해야 할 목표입니다.

턴디天地로 쟝막帳幕 삼고

등칙으로 벼개 삼고

잔디로 요를 삼고

쪠구름으로 차일遮日 삼고

샛별로 등촉燈燭을 삼어

초경初更에 허락하고

이경二更에 머무시고

삼경三更에 사경오경四更五更에 근연近緣 맺고

일곱 아들 산전産前 바더준 연후에 아기 하는 말씀이,

"아무리 부부 정情도 중하거니와 부모 소양素養 늘어감네. 초
경에 꿈을 꾸니 은바리가 깨여져 보입디다. 이경에 꿈을 꾸
니 은수저가 부러져 보입디다. 양전兩殿마마 한 날 한 시에 승
하昇遐하옵신 게 분명하오. 부모 봉양奉養 늘어가오."

하늘과 땅으로 장막을 삼고
등나무로 베개를 삼고
잔디로 요를 삼고
떼구름으로 차일을 삼고
샛별로 등촉을 삼아
초저녁에 머물고
늦저녁에 연분을 맺고
일곱 아들을 낳아준 뒤에 아가씨 하는 말이,
"아무리 부부의 정분도 소중하지만 부모 봉양이 점점 늦어져
갑니다. 초저녁에 꿈을 꾸니 은 밥그릇이 깨어져 보였습니
다. 중간 저녁에 꿈을 꾸니 은수저가 부러져 보였습니다. 부
모님 두 분이 모두 돌아가신 게 분명합니다. 이러다가는 부
모님 봉양이 늦어지겠습니다."

　한반도 전 지역에 걸쳐 폭넓게 전승되어온 서사무가 〈바리공주〉에 나오는 한 구절입니다. 〈바리공주〉 무가는 지역에 따라 '바리데기'서울, '오구풀이'전라도, '칠공주'함경도 등으로 부르기도 합니다. '바리공주'나 '바리데기'라는 이름은 '버리다'라는 동사에서 나온 말로, 한마디로 '버려진 아이'라는 뜻입니다. 〈성조풀이〉 서사무가와 관련하여 앞에서 이미 말씀드렸습니다만, 서사무가는 한 중심인물의 삶을 다루는 서사 구조를 갖추고 있습니다.

　이 〈바리공주〉 서사무가는 무당이 죽은 사람의 혼령을 저승으로 천도하기 위한 굿을 할 때 주로 구연합니다. 이런 굿으로는 중부 지방의 진오기굿, 영남 지방의 오구굿, 호남 지방의 씻김굿, 관북 지방의 망묵이굿 등이 유명합니다. 바리공주가 무신巫神이 된 사연을 노래한 것이므로 무속 신화巫俗神話로 분류하기도 합니다. 바리공주가 태어나서 공을 세워 무신이 되기까지 온갖 어려운 일들을 거듭 겪습니다. 그런데 바리공주가 겪는 그 고난은 주몽 신화에서 주몽이 겪는 것과 비슷합니다. 동서양을 막론하고 신화적 주인공은 이렇게 험난한 시련을 겪은 뒤에야 비로소 성인으로 입문하거나 얻고자 하는 것을 얻습니다.

　〈바리공주〉의 이야기는 대략 이렇게 전개됩니다. 옛날 불라국佛羅國에 오귀대왕과 길대부인이 살고 있었습니다. 그런데 부부는 딸만 여섯을 낳았습니다. 그러던 중 신령님께 치성致誠을 드려 아이를 잉태하지만 낳고 보니 이번에도 또 딸이었습니다. 대왕은 실망하여 아이를 내다 버리라고 명령을 내립니다. 길대부인이 그 이름을 '바리데기'라고 짓고 산에 갖다 버리니 학이 나타나 채어 갑니다. 궁궐에서 호사스럽게 살아야 할 공주가 어처구니없게도 하루아침에 산속에 버려진 고아가 된 것입니다.

세월이 흐른 뒤 오귀대왕은 큰 병에 걸리는데 아무리 약을 써봐도 백약이 무효였습니다. 병을 고치려면 서천西天 서역국西域國에 가서 약수를 구해 와야 한다고 합니다. 그런데 여섯 딸자식을 비롯한 주위 사람이 모두 그 험난한 여행을 떠나기를 싫어하여 그곳에 갈 사람이 하나도 없었습니다. 그때 부인이 꿈에 계시를 받고 산으로 가서 바리공주를 찾습니다. 신령의 도움으로 무탈하게 지내고 있던 바리공주는 부모와 만나자마자 자청하여 약수를 구하러 먼 길을 떠납니다.

바리공주가 우여곡절을 겪으며 서천 서역국에 당도하니, 약수를 지키는 무장신선이 자신과 결혼해야만 약수를 주겠다고 하는 것입니다. 바리공주는 그와 결혼하여 아이 일곱을 낳은 뒤 비로소 약수와 신비한 꽃을 얻어 불라국으로 돌아옵니다. 그러나 아버지인 오귀대왕은 이미 죽어 장례식을 치르고 있었습니다. 깜짝 놀란 바리공주가 죽은 아버지의 입에 약수를 흘려 넣자 죽었던 대왕이 갑자기 살아납니다. 바리공주는 그 공적으로 죽은 사람을 저승으로 인도하는 오구신이 됩니다.

〈성조풀이〉 서가무가가 훌륭한 집을 짓고 가정의 어려운 상황을 슬기롭게 이겨내는 이야기라면, 〈바리공주〉는 집에서 버림받은 공주가 신령스런 약을 구해 부모를 회생시키는 이야기입니다. 〈바리공주〉는 유교 문화에서 목숨보다 더 소중하게 생각하는 효孝를 주제로 삼고 있습니다. 그래서 지금까지 학계에서는 이 서사무가를 주로 효의 관점에 해석하거나 시련을 극복하고 어떤 목적을 성취하는 모험담으로 해석해왔습니다. 주인공 바리공주는 희생과 구원을 상징하는 여성입니다. 얼핏 보면 모순적인 것 같지만 이 두 가지는 그녀를 통해 자연스럽게 연결됩니다. 왕자로 태어나지 않았다는 이유로 부모에게서 버림받는다는 점에서는 희생자이지만, 온갖 고난을 다 겪어내고 부모를 죽음에서 건져낸다는 점에서는 구원자입니다.

그러나 생태주의의 관점에서 읽어봐도 이 작품은 그야말로 새벽하늘의 샛별처럼 빛을 내뿜습니다. 주인공 바리공주에게 이 우주의 삼라만상은 하나같이 방이요 침구일 따름입니다. 공주는 하늘과 땅을 장막으로 삼습니다. 장막이란 본디 야외에서 볕이나 비바람 따위를 막기 위해 둘러치는 막을 가리키지만 이 작품에서는 집을 가리키는 환유換喩나 제유提喩입니다. 또 등나무로 베개를 삼으며, 햇빛을 가리기 위해서는 커튼이나 블라인드 대신에 구름을 차일로 사용합니다.

그런가 하면 전깃불 대신에 새벽하늘에 떠 있는 밝은 샛별을 촛불로 삼기도 합니다. 아무리 눈을 씻고 찾아봐도 공장에서 만들어낸 인공적인 것이라고는 하나도 없고 하나같이 대자연 그대로의 모습입니다. 이 구절을 읽고 있노라면 인간과 자연은 의복과 신체가 아니라 육체와 영혼과 같습니다. 서로 떼어내 구별할 수 없을 만큼 완전히 하나로 융합되어 있기 때문입니다.

〈바리공주〉에서 인용한 구절을 읽다 보면 중국의 유명한 죽림칠현竹林七賢이 떠오릅니다. 위진魏晉 왕조 시대, 그러니까 5세기경 정치권력에 등을 돌리고 대밭에 모여 거문고와 술을 즐기고 청담淸談을 주고받으며 세월을 보냈다는 그 일곱 선비 말입니다. 개인주의적이고 무정부주의적인 노장사상老莊思想이 바로 그들의 정신적 지주였지요. 이 일곱 선비 중에서도 유령劉伶은 그야말로 괴짜 중의 괴짜였습니다. 유의경劉義慶이 지은 《세설신어世說新語》의 〈용지容止〉 편에는 "劉伶放達, 裸形坐屋中, 客有問之者, 答曰 '我以天地爲棟宇, 屋室爲褌衣, 諸君何爲入我褌中'"이라는 구절이 나옵니다. 유령은 늘 술에 취해 행동이 제멋대로라서 집에 있을 때는 언제나 옷을 벗고 발가벗은 채로 지내고 있었습니다. 언제가 한번은 그를 찾아온 손님이 그에게 그 까닭을 묻자 유령이 "나는 천지를 집으로 삼고, 집과 방을 옷으로 여기네. 그대들은 어찌하여 내 옷 속에 들어와 있는가?" 하고 대답했다고 합니다. 유령은 바리공주보다 한술 더 떠 자신이 거처하는 방이 곧 자신의 옷이라고 말한 것입니다. 그러면서 자신을 찾아온 손님에게 자신의 허락도 없이 남의 옷 속에 함부로 들어왔다고 나무랍니다. 하늘과 땅이 자신의 집이라면 집 안에 딸려 있는 방은 옷에 비유할 수 있을 것입니다. 더구나 유령은 방 안에 있을 때는 언제나 발가벗은 채 지내고 있으니 말입니다.

유령의 생활방식이 바리공주와 무장신선의 생활방식과 어쩌면 그렇게 똑같은지 모르겠습니다. 그들은 하나같이 오늘날 널리 보급된 주택이나 아파트가 아니라 오직 하늘과 땅을 집으로 삼고 살아갑니다. 비가 샌다고 집을 고칠 필요도 없고, 실내장식을 호화롭게 꾸밀 필요도 없으며, 세금을 낼 필요도 없을 테지요. 그야말로 자연친화적인, 아니 자연 그대로의 집입니다. 우리가 무심코 사용해서 그렇지 '우주宇宙'라는 말도 꼼꼼히 따져보면 집이라는 뜻입니다. 옛날 서당에서 천자문千字文을 처음 배울 때 "집 우 집 주" 하면서 목청 높여 외우던 아이들의 모습이 눈앞에 선히 떠오릅니다.

그의 이런 생활방식은 요즈음 지나치다 싶을 만큼 옷에 신경 쓰는 현대인들에게 그야말로 신선한 충격이 아닐 수 없습니다. 몸에 걸친 액세서리만도 그 가격이 4억이 넘는다고 하여 한때 물의를 일으킨 '명품녀'도 있지 않습니까? 유령은 애초에 옷을 입고 있지 않으니 명품 액세서리를 걸칠 까닭도 없습니다.

 달나라에 인공위성을 쏘아 올리는 오늘날의 현대인들은 어떻습니까? 눈을 씻고 찾아봐도 자연적인 습성을 찾기가 힘들고 거의 대부분이 인공적인 것들뿐입니다. 먼 길을 가는 길손이 동네 우물에 들러 물을 긷던 아가씨에게 물 한 그릇 부탁하자 아가씨가 표주박에 버들잎을 하나 띄워 건네주는 것은 이제 사극 드라마에서나 볼 수 있는 풍경이 되었습니다. 시골을 가도 이제는 표주박 대신에 플라스틱 바가지를 사용하고, 종이봉투 대신에 비닐을 사용합니다.

 현대인들은 자연 속에서 자연과 더불어 살기보다는 오히려 자연을 집 안에 들여놓으려고 합니다. 가령 수석水石만 해도 그렇습니다. 수석은 한국과 중국, 일본 같은 동아시아 국가에서 주로 행하는 전통적인 취미활동으로 서양에서는 이런 취미나 레저가 전혀 없습니다. 강가나 바닷가에 놓여 있는 돌을 왜 집 안 거실에 옮겨다 놓는지 도무지 모르겠습니다. 돌은 제자리에 있어야 제맛이 납니다. 집 안 거실에 옮겨 놓는 순간 돌은 이미 돌로서의 생명을 잃고 맙니다. 살아 숨 쉬는 산짐승을 잡아 박제로 만들어 집 안에 걸어놓은 것과 조금도 다르지 않습니다. 때로 수석을 한자로 '壽石'으로 표기하지만 조금 심하게 말하자면 천수天壽를 누리며 오래 사는 돌이 아니라 차라리 죽은 돌의 시체라고 해도 틀린 말은 아닐 것 같습니다.

불라국의 오귀대왕이 바리공주가 딸이라고 하여 산에 내다 버리는 행위도 좀 더 찬찬히 눈여겨볼 필요가 있습니다. 군로사령이 대왕에게 일곱 번째로 낳은 자식이 아들이 아니라 딸이라고 아뢰자 대왕은 버럭 화를 내며 "그 말이 진정이거들랑 애기를 두데기_{포대기}에 싸 가지고 저 천태산_{天台山} 무명 산중에 들어가게 되면 버드랑산이 있을 터이니 거기 갖다가 버리라고 여쭈어라" 하고 명령을 내립니다. 동양에서 아무리 남아선호 사상이 굳게 뿌리를 내리고 있다 하더라도 딸이라는 이유로 깊은 산속에 내다 버리는 것은 지나친 일입니다. 지나친 행위가 아니라 요즈음 말로 하자면 '영아유기_{嬰兒遺棄}'에 해당하는 무서운 범죄 행위이지요.

옛날보다는 조금 나아졌다고는 하지만 계집아이보다 사내아이를 선호하는 것은 달나라에 로켓을 쏘아 올리는 현대에도 마찬가지입니다. 세계 여러 나라에서는 아직도 남아선호 풍습이 심각한 문제로 지적되고 있습니다. 영국 주간 경제지 〈이코노미스트〉 최근 호에 따르면 중국을 비롯한 인도와 코카서스 지역에서는 남아를 선호하는 나머지 해마다 1억 명이 넘는 여아를 낙태수술로 '살해'한다고 합니다. 성비_{性比} 불균형 때문에 남성이 여성 배우자를 찾는 일이 점점 더 어려워지고 있습니다. 우리나라에서도 벌써 성비의 균형이 깨져 시골 청년들이 배우자를 구하기 어려운 등 적잖은 사회 문제를 야기하고 있습니다.

　최근 학계에는 이런 현상을 가리키는 전문 용어까지 등장했습니다. 어떤 민족이나 종족을 조직적으로 살해하는 '제노사이드genocide'에 빗대어 '젠더사이드gendercide'라고 부릅니다. 우리나라에서는 여성 교육의 확대와 성차별 금지법, 그리고 호주戶主 제도 등을 도입해 남아선호 현상이 많이 개선되고 있어 여간 다행스러운 일이 아닙니다. 흔히 페미니즘으로 일컫는 여성 운동에서는 이 문제를 중요한 의제로 삼아 해결하려고 지속적으로 노력해왔습니다.

　생태주의와 남아선호 사상이 무슨 관계가 있느냐고 할지 모르겠습니다. 그러나 이 둘은 보기보다 훨씬 관계가 깊습니다. 사내아이만 좋아하고 계집아이를 업신여기거나 홀대하는 것은 생태주의에 크게 어긋나는 일입니다. 사내아이가 생기면 사내아이를 낳고, 계집아이가 생기면 계집아이를 낳는 것이 자연의 법칙이요 이치입니다. 만약 이 자연의 법칙이나 이치를 어기고 사내아이만 낳으려고 한다면 인간 생태계의 조화와 균형이 깨지고 맙니다.

　조금 심하게 말하자면 사내아이만 낳으려고 하는 것은 마치 병아리를 감별하는 것과 뭣이 다르겠습니까? 병아리 감별사는 병아리 암수를 구별해 수평아리를 골라냅니다. 키워서 고기로 팔아봐야 사료 값도 나오지 않는 수평아리는 그대로 분쇄기로 들어가 감별을 거친 암평아리의 모이가 되기도 합니다. 분쇄기로 들어가기 전에 일부 흘러나오는 병아리는 가끔 초등학교 정문 근처에서 달걀보다도 더 싼값에 팔리기도 합니다. 병아리는 알에서 부화하므로 인공부화를 통해 그 수를 늘리는 것이 쉽지만 소나 돼지는 그럴 수 없습니다. 수송아지나 수돼지를 분쇄기로 보내지 못하는 까닭은 그 수가 적기 때문이지요. 그래서 생각해낸 것이 바로 송아지를 고기로 먹거나 거세하는 것입니다.

생태주의에서 인공적인 것은 축복이 아니라 저주입니다. 자연은 인공을 보태지 않고 있는 그대로 내버려두는 것이 가장 이상적입니다. '자연스럽다'라는 형용사는 다름 아닌 그런 상태를 일컫는 말입니다. 순리에 맞고 당연한 상태, 그것이 바로 우리가 지향해야 할 목표입니다.

뭇 생명을 소중하게 생각하는 불교나 불가에서는 벌레 한 마리 풀 한 포기도 함부로 대하지 않습니다. 이득을 위해 의도적으로 생물을 죽이는 것만이 살생이 아니라 자신도 모르게 생명을 빼앗는 것도 살생이기는 마찬가지입니다.

옛날옛시절時節에

미륵彌勒님이 한짝 손에 은銀쟁반 들고

한짝 손에 금金쟁반 들고

한을에 축사祝詞하니

한을에서 벌기 써러저

금金쟁반에도 다섯이오

은銀쟁반에도 다섯이라

그 벌기 잘이와서

금金벌기는 사나희 되고

은銀벌기는 계집으로 마련하고

금金벌기 은銀벌기 자리와서

부부夫婦로 마련하야

세상世上사람이 나엿서라

옛날 옛적에

미륵님이 한쪽 손에 은 쟁반 들고

한쪽 손에 금 쟁반 들고

하늘에 축사하니

하늘에서 벌레가 떨어져

금 쟁반에도 다섯 마리요

은 쟁반에도 다섯 마리라

그 벌레가 자라니

금 벌레는 사내아이 되고

은 벌레는 계집아이 되고

금 벌레와 은 벌레 자라나서

부부가 되어

세상 사람이 생겨났어라

한국에서 전해 내려온 창조신화 중 하나인 창세무가創世巫歌의 한 구절입니다. 앞에서 다룬 서사무가와는 달리 이 무가는 어떻게 우주가 열리고 인간이 창조되었는지를 밝히는 이야기이자 노래입니다. 물론 단군신화檀君神話도 창조와 관련한 내용을 다루고 있지만 창세무가는 조금 성격이 다릅니다. 단군신화가 어디까지나 고조선의 건국신화로 한민족의 기원과 창조를 다루고 있다면, 창세무가는 좀 더 근원적으로 인간의 창조 자체를 다루고 있습니다. 이 점에서 창세무가는 단군신화보다 퍼스펙티브Perspective가 좀 더 길고 내용도 좀 더 보편적이라 할 수 있습니다.

어느 민족 어느 국가나 으레 자기 민족의 뿌리를 설명하는 창조신화가 있기 마련입니다. 서양에서 가장 유명한 창조신화라면 두말할 나위 없이 구약성서 〈창세기〉가 꼽힙니다. 글자 그대로 세상을 창조한 이야기라는 뜻입니다. 그런데 한국의 창세무가는 기독교의 경전 〈창세기〉에 기록된 내용과는 그야말로 하늘과 땅만큼이나 차이가 납니다.

그러면 먼저 〈창세기〉에서 야훼하느님가 인간을 창조하는 구절을 살펴보기로 하지요. 최초의 인간 아담에 대해 "주 하느님이 땅이 흙으로 사람을 지으시고, 그의 코에 생명의 기운을 불어넣으시니, 사람이 생명체가 되었다"2장 7절고 되어 있습니다. 아담이라는 이름은 흙을 뜻하는 '아다마'라는 말에서 비롯했습니다. 비단 아담뿐만 아니라 날짐승과 길짐승

같은 그 이전에 창조한 모든 피조물도 하나같이 흙으로 빚어졌습니다. 그러고 난 뒤 하느님은 남자가 혼자 있는 것이 좋지 않다고 생각해 그에게 알맞은 짝을 만들어주기로 했습니다. 그래서 남자를 깊이 잠들게 한 뒤 그가 잠든 사이에 갈빗대 하나를 뽑아내고, 그 갈빗대로 여자를 만들었습니다.

무심코 그냥 지나쳐버리기 쉽지만 남자와 여자를 창조하는 순서를 눈여겨봐야 합니다. 먼저 진흙을 빚어 남자를 만들고, 그 뒤에 가서야 그의 갈비뼈를 하나 뽑아 여자를 만듭니다. 창조 순서로 보아 어디까지나 남자가 먼저이고 여자가 그다음입니다. 그것도 아담처럼 흙으로 빚는 것이 아니라 남자의 갈비뼈 하나를 뽑아서 만듭니다. 여자가 남자에게 종속되어 있다는 증거입니다. 물론 재질로 보자면 흙보다는 뼈가 더 고급품이라고 할 수도 있겠습니다. 그러나 갈비뼈가 아무리 고급품이라 해도 아담의 신체 일부인 것만은 틀림없습니다. 하와가 창조되자 아담이 좋아서 "이제야 나타났구나, 이 사람! 뼈도 나의 뼈, 살도 나의 살, 남자에게서 나왔으니 여자라고 부를 것이다"2장 23절 하고 말하는 것은 이 점을 뒷받침합니다.

한편 한국의 창세무가에서는 서양의 창조신화와는 달라서 삼라만상을 창조주 혼자서 만들지 않습니다. 서양의 야훼나 하느님에 해당하는 존재가 창세무가에서는 미륵으로 등장합니다. 미륵은 지금은 보살이지만 다음 세상에서는 부처로 나타나 중생을 제도한다는, 보살이면서도 부처요 부처이면서도 보살입니다. 말하자면 미래의 구세주로서의 보살인 셈입니다.

불교 교리에 따르면 미륵은 용화수龍華樹 아래에서 고타마 붓다가 제도하지 못한 모든 중생을 제도할 부처로 수기受記를 받았다고 합니다. 미륵신앙은 미륵보살彌勒菩薩이 이 세상에 미륵불彌勒佛로 출현하여 세상을 구원한다는 신앙입니다. 예로부터 한국에서는 말세적인 세상을 구제하러 미륵이 하생하기를 바라는 미륵신앙이 널리 성행했습니다. 현실이 각박하면 할수록 미래에 대한 꿈은 그만큼 더 커지는 법이기 때문입니다. 미륵신앙이란 누구나 평등하고 자유를 구가하는 복지사회에 대한 희망과 염원에서 나온 불교적 이상 사회주의입니다. 그런데 여기에서 한 가지 흥미로운 것은 창세무가에서는 미래에 나타날 미륵을 창조신으로 삼고 있다는 점입니다. 과거와 미래가 같은 차원에 놓여 있습니다.

미륵이 한쪽 손에는 금 쟁반을 들고, 다른 쪽 손에는 은 쟁반을 들고 하늘을 찬양하며 기도를 드립니다. 미륵이 이렇게 기도를 드리자 갑자기 하늘에서 금 쟁반에는 금 벌레가 떨어지고, 은 쟁반에는 은 벌레가 떨어집니다. 동양의 음양오행설陰陽五行說에 따르면 전통적으로 금이 남성이나 남성성을 상징하는 반면, 은은 여성이나 여성성을 상징합니다. 하늘에서 떨어지는 벌레를 네 마리도 아니고 여섯 마리도 아닌 다섯 마리로 정한 것도 음양오행설과 관계가 있습니다. 서양 역시 마찬가지지만 특히 동양에서는 숫자 '5'를 무척 중요하게 생각합니다. '5'는 소우주로서의 인간을 나타내는 숫자이기도 합니다. 팔다리를 쭉 뻗으면 오각형의 별 모양이 됩니다. 또한 오각형의 별에는 끝나는 점이 없기 때문에 숫자 '5'는 별과 마찬가지로 완전성과 힘의 상징이 되기도 하지요. 수학적으로 보더라도 '5'는 n제곱을 했을 때 마지막 숫자가 하나같이 '5'로 끝나기 때문에 순환수라고 부릅니다.

그런데 여기에서 한 가지 주목해야 할 것은 하늘에서 금 벌레 다섯 마리와 은 벌레 다섯 마리가 떨어지되 순차적으로 떨어지는 것이 아니라 어디까지나 동시에 떨어진다는 점입니다. 다시 말해서 〈창세기〉와는 달리 창세무가에서는 일정한 순서가 없는 동시성에 무게를 싣습니다. 금 쟁반과 은 쟁반에 떨어진 벌레가 자라서 사내아이와 계집아이가 되는 것도 어떤 순서에 따른 것이라기보다는 동시에 이루어지는 행위입니다. 이를 달리 말하면 남성과 여성을 창조하는 데 순서가 따로 없다는 것이 됩니다. 한국의 창조신화에서는 남성과 여성을 그만큼 평등하게 다루고 있다 할 수 있습니다. 이렇게 평등하게 창조된 사내아이와 계집아이가 성장하여 한 쌍의 부부를 이루고, 그 사이에서 자녀가 태어나면서 세상에 인간이 널리 퍼지게 되었다는 이야기입니다.

하늘에서 떨어졌다는 그 열 마리 벌레가 과연 어떤 벌레인

지는 자세히 알 수 없거니와 또 그렇게 중요하지도 않습니다. 여기에서 중요한 것은 그 벌레가 모습이나 구성 요소에서 인간과는 거리가 먼 원시생물이라는 점입니다. 진화론을 주장하는 인류학자들에 따르면 이 세상에 존재하는 모든 생물은 단세포 동물인 아메바로부터 조금씩 발전해왔다고 합니다. 기독교의 창조신화가 창조설에 뿌리를 두고 있다면 창세무가에 나타난 이야기는 찰스 다윈의 진화론에 가깝습니다. 한마디로 〈창세기〉에서는 무無에서 유有를 만들어내지만 창세무가에서는 유에서 유를 만들어내기 때문입니다. 지금도 서양에서는 창조설을 주장하는 사람들과 진화론을 주장하는 사람들 간의 의견대립이 마치 있는 힘을 다해 잡아당긴 활시위처럼 아주 팽팽합니다. 물론 여기는 창조설이 옳다느니 진화론이 옳다느니 하고 따지는 자리가 아닙니다. 다만 서양의 창조신화와 한국의 창조신화가 서로 근본적으로 다르다는 점을 말하고 싶을 뿐입니다.

인간의 선조가 하느님이 창조한 아담과 하와가 아니라 벌레 다섯 쌍이라는 발상 또한 여간 놀랍지 않습니다. 인간이 벌레에서 생겨났다면 우리는 벌레를 함부로 대할 수 없을 것입니다. 만약 벌레가 세상 사람의 선조라면 우리는 이 벌레를 공경은 하지 못해도 적어도 함부로 대하거나 죽여서는 안 됩니다. 우리 한민족은 어느 민족보다도 유난히 족보를 따지는 민족이 아닙니까? 옛날과는 조금 달라졌다고는 하지만 요즈음에도 모르는 사람을 처음 만나면 흔히 묻는 것이 성씨이고 가문입니다. 그만큼 상대방의 태생을 알아야 마음이 놓이고 어떻게 상대해야 좋을지 알게 되는 것이 우리 민족의 특성입니다.

미신으로 보일 수도 있지만 선조에게 제사를 지내는 것도 우리에게 생명을 준 것에 대해 보답하고 그 은혜에 감사하기 위함입니다. 그들은 돌아가셨지만 그들이 살아 있을 때와 똑같이 공경하며 효를 이어가는 의식이지요. 서양 선교사들이 처음 한국에 왔을 때 돼지머리를 비롯해 온갖 음식을 상다리가 부러지도록 풍성하게 차려놓고 절을 하는 모습을 보고 죽은 사람이 어떻게 와서 그 음식을 먹겠느냐고 말했다고 합니다. 그렇다면 서양인들이 무덤에 꽃다발을 갖다 놓고 기도를 드리는데 죽은 영혼이 어떻게 아름다운 꽃을 볼 수 있고 그 향기로운 냄새를 맡을 수 있을까요? 문화상대주의를 말할 때마다 가끔 언급하는 에피소드입니다.

뭇 생명을 소중하게 생각하는 불교나 불가에서는 벌레 한 마리 풀 한 포기도 함부로 대하지 않습니다. 출가 수행자의 생활 방침 중에 상행걸식常行乞食과 차제걸식次第乞食이라는 두 조항이 있습니다. 전자는 언제나 남한테 밥을 얻어먹으며 생활할 것을 규정한 조항이고, 후자는 남한테 밥을 얻어먹되 가난한 집과 부잣집을 가리지 말고 차례로 얻어먹을 것을 규정한 조항입니다. 이렇게 남에게 의탁하여 먹을거리를 얻는 것을 탁발托鉢이라고 합니다.

그런데 이 마을 저 마을 돌아다니며 탁발할 때 스님들은 추운 겨울이 지나고 새봄이 오면 으레 새로 지은 짚신을 신고 다녔습니다. 새봄이 되어 길가로 기어 나오는 벌레들이 행여 낡은 짚신에 밟혀 죽지 않을까 걱정되었기 때문이지요. 닳아빠진 짚신보다는 아무래도 갓 지은 짚신이 푹신푹신하여 밟혔을 때 부상을 당할지언정 죽지는 않을 것이기 때문입니다. 벌레에 대한 스님들의 사랑과 관심은 이렇게나 애틋했습니다. 일부러 의도적으로 생물을 죽이는 것만이 살생이 아니라 자신도 모르게 생명을 빼앗는 것도 살생이기는 마찬가지입니다. 작은 벌레 하나 죽이지 않으려는 스님들의 생태주의야말로 저 창조의 아침처럼 무척 신선합니다.

지금과 같은 상태가 지속된다면 앞으로 70년 뒤에는 지구상의 생물 대부분이 멸종

될 것이라고 우려합니다. 아무리 유전공학이 발전했다 해도 한번 사라진 생물을 다

시 살려내기란 여간 어려운 일이 아닙니다. 생각만 해도 끔찍하지 않습니까?

법사法師가 말했다. "佛戒有菩薩戒 其別有十 불가의 계율에 보살계라는 것이 있는데 그것은 열 가지로 구별되어 있지만, 若等爲人臣子 恐不能堪 그대들이 남의 신하로서는 아마 감당할 수 없을 것이다. 今有世俗五戒 지금 세속오계가 있으니, 一日事君以忠 첫째는 임금을 충성으로 섬기는 것이요, 二日事親以孝 둘째는 부모를 효성으로 섬기는 것이요, 三日交友以信 셋째는 벗을 신의로 사귀는 것이요, 四日臨戰無退 넷째는 전쟁에 임하여 물러서지 않는 것이요, 五日殺生有擇 다섯째는 살아 있는 것을 죽일 때는 가려서 죽여야 한다는 것이니, 若等行之無忽 그대들은 이를 실행함에 소홀치 말라!"

이에 귀산貴山과 추항箒項이 말했다. "他則旣受命矣 所謂殺生有擇 獨未曉也 다른 것은 말씀대로 하겠습니다만 소위 살아 있는 것을 죽일 때는 가려서 죽여야 한다는 말씀만은 잘 모르겠습니다."

그러자 법사가 대답했다. "六齋日春夏月不殺 是擇時也 육재

일과 봄여름에는 죽이지 말 것이니 이는 죽이는 시기를 선택하는 것이다. 不殺使蓄 謂馬牛鷄犬 가축은 죽이지 말 것이니 이는 말·소·닭·개를 죽여서는 안 된다는 말이며, 不殺細物 謂肉不足一臠 是擇物也 하찮은 것을 죽이지 말 것이니 고기 한 점도 되지 못하는 것을 죽여서는 안 된다는 것을 뜻하니 이는 죽이는 대상을 선택하는 것이다. 如此唯其所用 不求多殺 此可謂世俗之善戒也 이것도 오직 소용되는 것만 하고 구태여 많이 죽여서는 아니 될 것이니 이는 세속의 좋은 계율이라고 할 만하다.”

그러자 귀산과 추항이 말했다. “自今已後 奉以周旋 不敢失墜 지금부터는 이 가르침을 받들어 두루 실행하고 감히 어기는 일이 없도록 하겠습니다.”

일연一然이 쓴 《삼국유사三國遺事》의 〈귀산 편〉에서 뽑은 대목입니다. 다 같이 삼국시대의 역사를 다룬 책이라고는 해도 관찬적官撰的 성격이 짙은 김부식金富軾의 《삼국사기三國史記》와는 달리, 한 개인이 편찬한 《삼국유사》는 신화·전설·민간 신앙을 비롯해 불교에 관한 기록과 고승들에 대한 설화, 밀교密敎 승려들에 대한 행적, 효행을 남긴 사람들의 이야기 등을 많이 수록하고 있어 그야말로 보물창고와 같은 책입니다. 더구나 단군신화를 비롯하여 이두吏讀로 쓴 향가鄕歌 14수首가 기록되어 있어 국어 국문학 연구에도 더할 나위 없이 좋은 자료로 꼽힙니다. 최근 환경 위기나 생태계 위기가 초미의 관심사가 되면서 《삼국유사》는 녹색 역사서로 그 가치를 인정받으면서 새롭게 읽히기도 합니다.

귀산은 신라시대 사량부沙梁部 사람으로서 젊어서부터 같은 부에 사는 추항을 벗으로 삼아 가깝게 지냈습니다. 하루는 두 사람이 서로 만나 이렇게 말했습니다. "우리가 선비나 군자와 함께 교유하기를 기대하면서도, 먼저 마음을 바르게 하고 몸을 닦지 않는다면 아마도 욕을 당하지 않을 수 없을 것이니, 어찌 어진 사람 옆에서 도道를 배우지 않겠는가?" 그때시 그들은 이 무렵 원광법사圓光法師가 수隨나라에 유학을 다녀와서 가실사加悉寺에 머물고 있다는 소문을 들었습니다. 그래서 귀산과 추항은 그의 거처에 찾아가 "속세의 선비가 어리석고 몽매하여 아는 것이 없사오니, 한 말씀 해주시어 평생의 계명으로 삼게 해주소서” 하고 공손히 부탁했습니다.

위에 인용한 대목은 귀산과 추항의 부탁을 받고 원광법사가 그들에게 평생의 계명으로 들려주는 내용입니다. 흔히 ‘세속오계世俗五戒’ 또는 ‘화랑오계花郎五戒’로 일컫는 계율에 대한 설명입니다. 신라가 강국이 된 뒤에는 신라의 화랑이 있고, 화랑 뒤에는 신라 제일의 학승學僧인 원광법사가 있고, 또 그의 뒤에는 그가 내린 화랑오계가 있다고 합니다. 이렇듯 화랑오계는 삼국이 통일되는 데 원동력 역할을 한 정신적 지주와도 같았습니다.

귀산과 취항은 원광법사로부터 가르침을 받은 뒤 어느 날 백제군의 침략을 받고 아나阿那 들판에서 그야말로 임전무퇴의 정신으로 용감하게 싸우다 온몸에 상처를 입고 돌아오던 중 사망하고 말았습니다. 이 소식을 전해들은 왕은 여러 신하와 함께 전투가 벌어진 들판까지 마중을 나갔고, 귀산과 추항의 시체를 보고 통곡하며 예를 갖추어 성대하게 장사를 지내도록 명했습니다. 이 일이 있은 후 원광법사의 오계가 모든 화랑의 신조가 되었고, 화랑은 이것을 지키며 수양에 힘쓰게 되었습니다.

그런데 엄밀히 따지고 보면 ‘사군이충’이니 ‘사친이효’니 ‘교우이신’이니 하는 계율은 이미 유교에서 입에 침이 마르도록 후세에 가르쳐온 덕목입니다. 조금 심하게 말하자면 삼강오륜三綱五倫을 살짝 바꿔놓은 것과 크게 다르지 않습니다.

가령 '사군이충'만 해도 그렇습니다. 이 계율은 삼강에서 말하는 군위신강君爲臣綱과 오륜에서 말하는 군신유의君臣有義와 같습니다. 또한 '사친이효'도 삼강의 부위자강父爲子綱이나 오륜의 부자유친父子有親과도 비슷한 개념입니다. 그런가 하면 '교우이신'은 오륜의 붕우유신朋友有信과 깊이 맞닿아 있습니다.

화랑오계 중에서도 생태주의와 관련하여 눈여겨봐야 할 것은 다름 아닌 다섯 번째 계율 '살생유택'입니다. 원광법사는 살아 있는 것을 죽일 때는 반드시 가려서 죽여야 한다고 가르칩니다. 귀산과 추앙이 좀처럼 이해하지 못하는 대목이 바로 살생을 금하는 이 다섯 번째 계율입니다. 그래서 그들은 법사에게 그 계율을 좀 더 자세히 설명해달라고 부탁한 것이지요. 그러자 법사는 그 뜻을 택시擇時와 택물擇物의 두 갈래로 나누어 설명합니다. 택시란 생물을 죽이되 시간을 가려 죽이는 것을 말합니다. 즉 육재일六齋日과 봄여름에는 생물을 죽이지 말라고 가르칩니다.

육재일이란 불교에서 달마다 몸과 마음을 깨끗이 하여 재계하는 여섯 날, 곧 음력 8일, 14일, 15일, 23일, 29일, 30일의 여섯 날을 말합니다. 이 엿새 동안에는 사천왕四天王이 천하를 순행하면서 사람의 선악을 살피는 날이라고도 하고, 악귀가 사람의 게으른 틈을 넘보는 날이라고도 합니다. 어쨌든 이 육재일은 모든 사람이 몸을 조심하고 마음을 깨끗이 하며 계율을 잘 지켜야 하는 날입니다. 그러므로 한 달 중에서도 이 여섯 날만큼은 생물을 함부로 죽여서는 안 된다고 말하는 것입니다. 한 달 중 엿새만 짐승을 죽이지 않아도 생태계는 지금보다 훨씬 더 건강하게 되살아날 것입니다.

원광법사는 육재일 말고도 봄철과 여름철에도 짐승을 죽이지 말라고 당부합니다. 이유를 찾을 것도 없이 이때는 바로 짐승이 알을 낳고 새끼를 낳는 시기이기 때문입니다. 산란기와 번식기에 짐승을 죽이면 "꿩 먹고 알 먹고"가 아니라 "꿩도 죽이고 알도 죽이는" 결과를 낳습니다. 육지에서 기어다니는 길짐승이 아닌 물속에 사는 물고기로 한정하여 말해도 사정은 마찬가지입니다. 서양에서는 일찍부터 물고기를 잡을 때 그 크기를 엄격하게 규정하여 작은 것은 절대로 잡지 못하도록 합니다. 크기가 작은 생선이 잡히면 도로 물속에 놓아줍니다. 만약 작은 생선을 잡다가 단속 요원에게 발각되면 벌금을 많이 물게 됩니다. 벌금을 물고 물지 않고를 떠나 서양인들은 좀처럼 작은 생선을 잡지 않습니다.

한편 우리는 어떻습니까? 작은 것 큰 것 가리지 않고 모조리 잡아들여 아예 씨를 말리고 있지 않습니까? 우리나라 어부들이 요즈음에 와서 고기가 잘 잡히지 않는다고 불평을 많이 합니다. 지구 온난화에 따른 이상 기온 탓도 있지만 그 근본 원인은 남획 때문이라고 하는 쪽이 더 옳습니다. 큰 고기가 잡히지 않으니 작은 고기라도 잡고, 작은 고기를 잡아버리니 큰 고기로 자랄 수 없습니다. 큰 고기로 자랄 수 없으니 산란을 하지 못하여 제대로 번식할 수 없는 것은 불 보듯 뻔한 노릇입니다. 이런 악순환이 꼬리에 꼬리를 물고 계속되는 것이 우리의 안타까운 현실입니다.

그러다 보니 어떤 생물은 아예 지구상에서 자취를 감추고 말았습니다. 물론 남획 때문만은 아니고 오염된 환경도 큰 몫을 하고 있지만 지금 지구상에서는 하루에도 수십 종의 동식물이 사라지고 있습니다. 김백겸 시인은 〈멸종〉이라는 작품에서 이렇게 노래한 적이 있습니다.

일 년에 백만 종의 영혼이 지구를 떠나고 있다
매연과 소음과 농약으로 썩어가는 지구에서 살 수가 없어서
다른 별들로 이민을 떠나고 있다
그들의 유전자 설계도와 이름이 지워지고 있다

시인이 지구를 떠나는 생물을 '영혼'으로 표현하는 것이 눈길을 끕니다. 나중에 자세히 언급하겠지만 인간만이 아니라 다른 생물들도 얼마든지 영혼을 지닐 수 있습니다. 그런데 문제는 수백만 송의 생불이 다른 별로 "이민을 떠나고 있다"고 노래하는 데 있습니다. 좋게 말해서 이민을 떠난다고 하는 것이지 실제로는 멸종 위기 생물이 영원히 지구에서 사라지는 것입니다. 아직까지는 지구 외의 다른 행성에 생물이

존재한다는 과학적 근거는 없습니다. 그러므로 지구에서 살 수 없는 생물이 이민을 갈 만한 다른 행성은 아직 이 우주에 없는 셈입니다. 이미 사라진 생물은 어쩔 수 없다 해도 지금 이렇게 멸종 위기에 놓여 있는 생물들은 천연기념물로 지정하여 보존하고 멸종을 막아야 합니다. 또한 동물의 산란기와 번식기에는 어획과 수렵을 금하고 잡는 양을 제한하거나 일정 구역을 보호 지역으로 지정하는 노력이 무엇보다 시급합니다.

한편 원광법사가 말하는 택물이란 생물을 죽이되 죽이는 대상을 한정 짓는 것을 말합니다. 그는 구체적으로 짐승 이름을 하나하나 열거하며 말·소·닭·개 같은 가축은 절대로 죽여서는 안 된다고 못 박아 말합니다. 이런 가축을 죽여서는 안 된다고 하는 것은 아마 인간에게 유용한 동물이기 때문일 것입니다. 말과 소는 농사를 짓게 해주고, 닭은 인간에게 달걀을 선물해주며, 개는 사람과 친한 친구가 되어주는데 이런 짐승을 살해하는 것은 인간에게 해가 될뿐더러 윤리적으로도 도리에 어긋난다고 생각하는 듯합니다.

또 원광법사는 구체적으로 이름을 열거하지는 않았지만 고기 한 점도 되지 않는 하찮은 미물 역시 죽여서는 안 된다고 말합니다. “벼룩의 간을 빼 먹는다”는 우리말 속담도 있듯이 인간은 한입도 채 되지 않는 동물을 잡아먹는 경우가 많습니다. 가령 프랑스 사람들은 달팽이를 잡아먹고, 동양인들은 우렁이를 잡아먹습니다. 단백질이 풍부하다고 주장하는 메뚜기도 한입이 안 되는 크기입니다. 한국인이 좋아하는 민물고기 중에서 피라미나 민물새우는 또 그 크기가 얼마나 작습니까? 바다새우도 작은 것은 아예 젓갈로 담아 먹지요. 실처럼 가늘다고 하여 '실치'라고 부르는 뱅어도 마찬가지입니다. 한 젓가락도 채 되지 않는 뱅어를 사람들은 회로 무쳐 국수처럼 훌훌 마시듯이 먹거나 김이나 파래처럼 말렸다가 구워서 먹습니다.

그런가 하면 원광법사는 짐승을 필요 이상으로 많이 죽이지 말라고도 가르칩니다. 〈성조풀이〉 서사무가와 관련하여 이미 지적했듯이 독립영양을 하는 식물과는 달리 광합성을 하지 못하는 동물은 스스로 에너지를 만들어내지 못하고 다른 생물에 의존해 살아가야 합니다. 조금 심하게 말하면 남이 힘들여 만들어낸 에너지를 빼앗아 먹을거리로 삼을 수밖에 없습니다. 이렇게 남의 에너지에 의존해 살아갈 수밖에 없다면 원광법사의 말대로 생존에 꼭 필요한 최소한의 양만 취해야 합니다. 그런데도 사람들은 필요한 부위만 취하고 나머지는 헌신짝처럼 내동댕이치기 일쑤입니다. 가령 곰은 인간의 몸에 좋다는 쓸개만 취하고는 몸 전체를 버리고, 사슴은 흔히 뿔이나 피만 취하고 버리며, 밍크는 가죽만 취하고는 버립니다. 원광법사가 필요 이상으로 생물을 죽이지 말라고 가르치는 것을 보면 지금까지 인간은 필요 이상으로 짐승을 마구잡이로 죽여왔다는 것을 알 수 있습니다.

몇 해 전 〈뉴욕타임스〉 기사에 따르면 몽골에서 자행되는 야생동물의 남획이 무척 심하다고 합니다. 뉴욕에 본부를 둔 야생동물보호협회wcs의 조사 보고서를 인용하여 이 신문은 몽골 전 인구의 10분의 1에 이르는 많은 사람들 야생동물 잡이에 나서면서 야생동물이 급격히 줄어들고 있다고 보도했습니다. 곰을 비롯해 마멋·큰뿔양·큰코영양·붉은사슴 등의 개체 수가 눈에 띄게 줄어들고 있다는 것입니다. 지난 15년 동안 적게는 50퍼센트에서 많게는 90퍼센트 넘는 동물들이 줄어들었다고 합니다. 몽골의 경제 규모가 절반으로 위축되고 물가가 하늘 높은 줄 모르고 치솟자 빈곤에서 벗어나기 위해 수많은 사람들이 야생동물 사냥에 나서면서 지난 100년 동안 지켜오던 야생동물 거래 통제가 갑자기 무너져버렸기 때문입니다.

비관적으로 보는 학자들은 지금과 같은 상태가 지속된다면 앞으로 70년 뒤면 지구상에 살고 있는 생물이 거의 대부분 멸종될 것이라고 우려합니다. 이 오염된 지구에는 그 잘난 인간만이 살아남게 된다는 뜻입니다. 김백겸이 노래하듯이 일단 어느 생물이 멸종되고 나면 "그들의 유전자 설계도와 이름이 지워진다"는 데 문제의 심각성이 있습니다. 아무리 유전공학이 발전했다 해도 지구에서 한번 사라진 생물을 다시 살려내기란 여간 어려운 일이 아닙니다. 생각만 해도 끔찍하지 않습니까? 그 어느 때보다 원광법사의 세속오계를 가슴 깊이 새기고 몸소 실천에 옮길 때입니다.

청산에 살어리랏다

나무가 우거진 산과 푸른 파도가 넘실거리는 바다, 온갖 공해에 찌든 식품이 아니라 대자연이 주는 선물을 먹거리로 삼으며 살아가는 소박한 삶. 어머니의 품과 같은 아늑한 대자연에 안겨 살아갈 수 있다면 얼마나 행복할까요?

살어리 살어리랏다
쳥산애 살어리랏다
멀위랑 ᄃ래랑 먹고
쳥산애 살어리랏다
얄리 얄리 얄라셩 얄라리 얄라

살어리 살어리랏다
바ᄅ래 살어리랏다
ᄂᄆ자기 구조개라 먹고
바ᄅ래 살어리랏다
얄리 얄리 얄랑셩 얄라리 얄라

살으리라 살으리라
청산에 살으리라
머루랑 다래랑 먹고
청산에 살으리라
얄리얄리 얄라셩 얄라리얄라

살으리라 살으리라
바다에 살으리라
나문재, 굴, 조개를 먹고
바다에 살으리라.
얄리얄리 얄랑셩 얄라리얄라

　고려가요 〈청산별곡青山別曲〉에서 뽑은 두 연聯입니다. 몇 편 되지 않는 고려가요 중에서도 〈서경별곡西京別曲〉과 함께 형식과 내용에서 문학성이 빼어난 노래로 평가받는 작품입니다. 소리의 반복, 대칭 구조, 정형적인 율격, 상징과 이미지 등 어느 곳 한 군데 흠잡을 데가 없습니다. 옛 노래가 흔히 그러하듯이 작자 미상의 이 노래는 고려시대에 부른 노래 중에서도 가장 널리 알려져 있습니다. 민중 사이에서 널리 불렸다고 하여 흔히 '고려속요'라고도 부릅니다. 앞서 수록한 부분은 여덟 연 중에서도 첫 번째 연과 여섯 번째 연을 뽑은 것입니다. 고려시대 사람들이 겪은 삶의 애환을 반영한 작품으로 그들의 정서가 배어 있는 데다 음악적 효과 또한 아주 뛰어납니다.

　얼핏 시름과 근심에 젖은 애조 띤 목소리로 세속적인 삶의 덧없음을 한탄하면서 대자연 속에서 살겠다는 현실도피적인 노래로 들릴지도 모릅니다. 실제로 이 작품 곳곳에는 그렇게 해석할 여지가 아주 많습니다. 고려시대는 고려의 척신戚臣들이 온갖 전횡專橫을 부린 데다 무신武臣들의 횡포며, 몽고군의 잦은 침입 등으로 나라가 안팎으로 어지러운 상황이었습니다. 내우외환內憂外患이 계속되어 양심적인 지성인들 가운데는 언제나 현실에 불만을 품고 중국의 죽림칠현처럼 자연을 벗 삼아 살아갈 꿈을 품는 사람들이 적지 않았습니다. 그들은 티끌 같은 세속을 떠나 자연과 더불어 살고 싶다는 간절한 소망을 품고 있었습니다.

지금까지는 〈청산별곡〉을 주로 현실에 대한 체념과 절망, 삶의 고독과 비애라는 관점에서 읽어왔습니다. 또 사랑하는 사람을 잃은 데서 오는 슬픔에서 이 작품의 주제를 찾는 학자도 있었습니다. 그런가 하면 삶의 터전을 잃고 이리저리 유랑하는 떠돌이의 슬픔에서 그 주제를 찾으려는 학자들도 있었습니다. 그 무엇을 노래하든 하나같이 애상적이고 비극적인 상실감을 노래한 작품이라는 것입니다.

그러나 달리 생각해 보면 〈청산별곡〉에서는 애상적인 목소리 못지않게 해맑은 목소리를 들을 수도 있고, 현실도피적인 태도 못지않게 현실을 긍정하는 낙천적인 태도를 읽을 수도 있습니다. 앞에서 인용한 두 연을 보면 더더욱 그렇습니다. 특히 생태주의의 관점에서 읽는다면 이 작품의 의미가 전혀 새롭게 다가옵니다. 한마디로 이 시는 인간과 자연의 합일에 대한 소망을 간절히 노래한 작품입니다.

이 시의 화자話者는 첫 연 첫 행부터 청산에 살겠다는 단호한 의지를 드러냅니다. 마을 같은 문명 세계에서 쌀이나 보리로 지은 밥을 먹고사는 것이 아니라 머루와 다래 같은 나무 열매를 먹으면서 말입니다. '살으리랏다'를 단순히 '살으리라'는 의지를 표현한 미래형이 아니라 가정법 과거형으로 보아 '살았으면 좋았을 것을'로 해석하는 학자도 있습니다. 만약 그렇게 해석한다면 과거에 이미 행동으로 옮기지 못한 것에 대한 아쉬움이 훨씬 더 크게 드러납니다. 진작 청산과 더불어 살았어야 하는데 왜 나는 일찍이 그렇게 하지 못했던가! 그렇게 하지 못한 것이 못내 아쉽고 후회가 되는구나! 하고 말입니다. 여기에서 청산은 그저 나무가 울창하게 우거진 푸른 산을 가리키는 것이 아니라 대자연을 두루 가리키는 환유요 제유임은 두말할 나위가 없습니다.

이 점에서는 앞에서 인용한 두 번째 연도 마찬가지입니다. 이 시의 화자는 청산에 가서 대자연을 벗 삼아 살고 싶다고 노래하는 것처럼 이번에는 바다에 가서도 그렇게 살고 싶다고 노래합니다. 역시 바다에서도 나문재 같은 해초를 뜯어먹고 굴과 조개 같은 패류를 먹으며 살겠다고 말합니다. 화자에게 이런 해산물은 머루와 다래와 함께 그야말로 산해진미_{山海珍味}가 될 것입니다. 요즈음 건강에 대한 관심이 부쩍 늘어나면서 도시에 사는 현대인들은 입만 열면 "웰빙 웰빙" 하고 외쳐댑니다. 그런데 이런 자연산 식품보다 더 좋은 웰빙 음식이 이 세상에 어디 있겠습니까?

이 작품의 의미를 해석하는 비결은 다름 아닌 후렴구에서 찾아야 합니다. 눈치챘는지 모르겠습니다만 첫 번째 연에서는 "얄리얄리 얄라셩 얄라리얄라"라고 했다가 다음 연에 와서는 "얄리얄리 얄랑셩 얄라리얄라"로 살짝 바꿔놓았습니다. '얄라셩'과 '얄랑셩' 사이에 무슨 차이가 있겠냐고 할지 모르지만 '어' 다르고 '아' 다른 것이 운문에 의존하는 시입니다. 자칫 지루할 수 있는 반복에 파격을 주는 효과도 있을 뿐만 아니라 의미를 한층 보강하고 강조하는 효과도 있는 것이지요.

후렴구는 시나 음악에서 아무런 뜻이 없이 율격을 맞추거나 흥을 돋우기 위해 사용하는 조흥구助興句입니다. 한국의 가장 대표적인 민요 〈밀양 아리랑〉에서도 "아리아리랑 쓰리쓰리랑 아라리가 났네"라는 후렴구를 사용합니다. 이 후렴구는 음악을 반주하는 악기 소리를 흉내 내어 만들었다는 견해가 있는가 하면, 주로 'ㄹ'이나 'ㅇ' 같은 유성음을 연속적으로 사용함으로써 경쾌한 음악적 효과를 노리기 위한 것이라는 견해도 있습니다.

이 "얄리얄리 얄라성 얄라리얄라"라는 후렴구에서는 아무리 눈을 씻고 보아도 슬픔과 체념의 감정을 찾아볼 수 없습니다. 그 소리만 들어도 어깨가 저절로 으쓱으쓱해지는 것이 나도 모르게 신바람이 납니다. 한숨을 짓고 탄식하는 소리가 아니라 노래하는 사람은 말할 것도 없고 옆에서 듣고 있는 사람들의 영혼에까지도 힘을 불어넣어 주는 소리입니다. 이 후렴구는 양성모음인 '아'가 주류를 이루고 있어 노래하다 보면 입이 다물 때가 없이 언제나 열려 있다시피 합니다. 이 시의 화자는 후렴구에서 자연과 더불어 살고 싶다는 욕망을 좀 더 적극적으로 드러냅니다.

〈성조풀이〉 서사무가와 관련하여 앞에서 에코토피아에 대해 잠깐 언급한 적이 있습니다만, 지금 〈청산별곡〉에서 노래하는 꿈과 이상도 넓은 의미에서는 에코토피아로 볼 수 있습니다. 인간과 자연이 하나가 되어 조화와 균형을 이루고 살아가는 세계를 꿈꾸고 있기 때문입니다. 인간이 자연을 지배하는 것이 아니라 자연의 일부가 되어 평화롭고 조화롭게 살아가는 모습이 금방 손에 잡힐 듯 눈에 선합니다.

온갖 나무가 우거진 산속과 푸른 파도 넘실거리는 바닷가에서 살아가는 삶, 생각만 해도 가슴이 설렙니다. 온갖 공해에 찌든 식품이 아니라 대자연이 주는 온갖 선물을 먹을거리로 삼으며 살아가는 소박한 삶 말입니다. 도시의 티끌과 소음 같은 온갖 공해에서 벗어나 이렇게 어머니의 품속처럼 아늑한 대자연에 안겨 살아갈 수 있다면 얼마나 행복할까요? 어머니 대자연에 대한 그리움과 향수는 예나 지금이나 크게 다르지 않나 봅니다.

물론 에코토피아를 이보다는 좀 더 정치적인 의미로 사용할 때도 있습니다. 가령 유럽에는 '아이파EYFA'라는 민간단체가 있습니다. '행동하는 유럽 청년European Youth For Action'이라는 뜻으로 친환경적 대안 공동체입니다. 1986년 스웨덴과 독일 생태주의자들이 중심이 되어 만든 이 단체는 해마다 여름이면 유럽 각지에서 젊은이 수백 명이 자전거를 타고 모이는 것으로 시작합니다. 그들이 수백 혹은 수천 킬로미터에 이르는 먼 길을 자전거를 타고 달려오는 이유는 자전거의 친

환경적 성격 때문입니다.

이 집회에 참석하는 회원들은 행사 기간 동안 인스턴트 음식은 먹지 않고 가까운 유기농 농장에서 재배한 친환경 채소와 과일로 식사를 하고 재래식 화장실을 만들어 배설 문제를 해결합니다. 또한 행사 기간 동안에는 국가 사이의 부富와 환율의 편차를 고려하여 '에코ECO'라는 가상의 화폐를 만들어 통용하고 있습니다. 이런 급진적 환경운동은 그동안 이루어진 반핵운동, 유전자조작식품 반대운동, 댐건설 반대운동 등과 직간접적으로 연결되어 있습니다. 이렇게 유럽의 젊은 이들은 2주 동안 이 아이파 운동에 참가해 공동체 생활을 하며 서로 경험을 교류하고, 그것을 토대로 대안적인 환경운동의 실천 방안을 모색하고 있습니다.

그런데 우리나라에도 이런 에코토피아가 있습니다. 1997년 일본 교토京都 제3차 기후변화협약 총회에 참가하면서 처음 시작된 'KEY한국청년생태주의자'라는 단체가 조직한 '한국 에코토피아'가 바로 그것입니다. 한국 에코토피아의 진행 형식은 유럽 에코토피아와 비슷하지만 생태주의적인 요소뿐만 아니라 일상생활에서 일어나는 여러 억압적인 요소에도 관심을 기울여 인간관계를 새롭게 형성하려고 노력합니다. 그런 점에서는 유럽 에코토피아보다 훨씬 더 진보적이고 실천적입니다. 예를 들어 유교적 위계 구조와의 단절을 꾀하려고 '반말쓰기' 운동을 제안한다거나, 기성 사회의 시간 개념을 반성하기 위해 '시계를 버리고 시간을 되찾자'는 운동을 벌이기도 합니다. 또한 직접 민주주의의 이상을 실현하기 위해 '공동체를 위한 무질서의 질서'를 운영 원리로 삼고 있기도 합니다.

호랑이는 인간이 도둑처럼 남의 먹이를 빼앗아 먹는 부도덕한 행위를 꾸짖습니다.

호랑이의 말대로 인간은 메뚜기에게서 그 먹이를 빼앗아 먹고, 누에에게서 옷을 빼

앗아 입고, 벌의 집을 부수고 꿀을 따며, 개미 새끼로 젓을 담기도 합니다.

범은 북곽北郭 선생을 여지없이 꾸짖었다.

"범은 초목草木을 먹지 않고, 벌레나 물고기를 먹지 않고, 술 같은 좋지 못한 음식을 좋아하지 않으며, 순종 굴복하는 하찮은 것들을 차마 잡아먹지 않는다. 산에 들어가면 노루나 사슴 따위를 사냥하고, 들로 나가면 말이나 소를 잡아먹되 먹기 위해 비굴해진다거나 음식 따위로 다투는 일이 없다. 범의 도리가 어찌 광명정대光明正大하지 않은가. 범이 노루나 사슴을 잡아먹을 때는 사람들이 미워하지 않다가, 말이나 소를 잡아먹을 때는 사람들이 원수로 생각하는 것은 사람들에게 노루나 사슴은 은공恩功이 없고 소나 말은 유공有功하기 때문이 아니냐? 그런데 너희들은 소나 말들이 태워주고 일해주는 공로와 따르고 충성하는 정성을 다 저버리고 날마다 푸줏간을 채워 뿔과 갈기도 남기지 않고, 다시 우리의 노루와 사슴을 침노하여 우리들로 하여금 산에도 들에도 먹을 것이 없게 만든단 말이냐? 하늘이 정사政事를 공평하게 한다면

너희가 죽어서 나의 밥이 되어야 하겠느냐, 그렇지 말아야 할 것이겠느냐? (……) 뿐만 아니라 메뚜기에게서 먹이를 빼앗아 먹고, 누에에게서 옷을 빼앗아 입고, 벌을 막고 꿀을 따며, 심한 놈은 개미 새끼를 젓 담아서 조상에게 바치니 잔인무도한 것이 무엇이 너희보다 더 하겠느냐? 너희가 이理를 말하고 성性을 논할 적에 걸핏하면 하늘을 들먹이지만, 하늘의 소명所命으로 보자면 범이나 사람이나 다 같이 만물 중의 하나이다. 천지가 만물을 낳은 인仁으로 논하자면 범과 메뚜기·누에·벌·개미·사람이 다 같이 땅에서 길러지는 것으로 서로 해칠 수 없는 것이다. 그 선악을 분별해보자면 벌과 개미의 집을 공공연히 노략질하는 것은 홀로 천지간의 거대한 도둑이 되지 않겠는가? 메뚜기와 누에의 밑천을 약탈하는 것은 홀로 인의仁義의 대적大賊 아니겠는가? 범이 일찍이 표범을 잡아먹지 않는 것은 동류同類를 차마 그럴 수 없어서이다. 그런데 범이 노루와 사슴을 잡아먹은 것이 사람이 노루

와 사슴을 잡아먹은 것만큼 많지 않으며, 범이 사람을 잡아먹은 것이 사람이 서로 잡아먹은 것만큼 많지 않다. (······) 너희들이 먹이를 얻는 것이란 불인不仁하기 짝이 없도다! 덫이나 함정을 놓는 것만으로도 오히려 모자라서 새 그물·노루 망網·큰 그물·고기 그물·수레 그물·삼태 그물 따위의 온갖 그물을 만들어냈으니, 처음 그것을 만들어낸 놈이야말로 이 세상에 가장 재앙을 끼친 자이다."

조선시대 영조英祖 때의 실학자 연암燕巖 박지원朴趾源의 한문 소설 〈호질虎叱〉에 나오는 한 장면입니다. 요즈음 소설 장르로 규정짓자면 인간의 온갖 악행과 세태를 꼬집는 풍자소설이요 동물에 인간의 속성을 빗대어 말하는 의인소설에 속합니다. 박지원의 여행기 《열하일기熱河日記》의 〈관내정사關內程史〉 편에 실려 있는 작품입니다. 연암의 독창적인 작품이라기보다는 본디 중국의 어느 무명 작가가 쓴 글을 연암이 조금 고쳐 쓴 것이라고 합니다.

〈호질〉은 양반 계급의 허위적이고 이중적인 도덕관과 생활방식을 풍자하며 날카롭게 비판한 작품입니다. 그러나 이 작품은 사대부 양반 계층에 대한 비판을 넘어 인간중심주의를 신랄하게 비판하는 '녹색 소설'로 읽어도 무리가 없습니다. 좀 더 범위를 넓혀보면 양반 비판에 그치지 않고 짐승의 관점에서 인간의 부정적 모습을 희화하여 그린 작품입니다. 호랑이가 단순히 고양이 과科에 속하는 짐승이 아니라 모든 짐승을 대신하듯이, 북곽 선생 또한 비단 양반 계급뿐만 아니라 계급의 울타리를 떠나 보편적 인간을 두루 일컫는다고 볼 수 있습니다.

큰 호랑이 한 마리가 어느 날 배가 고파 사람을 잡아먹으려고 어슬렁어슬렁 마을로 내려오는데 마땅한 먹이가 없었습니다. 의사를 잡아먹자니 고기가 의심스럽고 무당의 고기는 불결하게 느껴졌기 때문입니다. 그래서 청렴한 선비의 고기를 먹기로 결심했습니다. 이때 고을에 도학道學으로 이름 나 있는 북곽 선생이라는 선비가 동리자東里子라는 젊은 과부 와 정情을 통하고 있었습니다. 어느 날 밤 그녀의 아들들이 북곽 선생을 여우로 의심하여 몽둥이를 들고 어머니의 방을 습격했습니다. 그러자 북곽 선생은 허겁지겁 도망쳐 달아나 다가 그만 어두운 밤이라 분뇨 구덩이에 빠지고 말았습니다. 겨우 머리만 내놓고 발버둥 치다가 기어 나오니 이번에는 큰 호랑이가 그의 앞에 기다리고 있는 것이 아니겠습니까? 위 에 인용한 부분은 바로 호랑이가 선비를 준엄하게 꾸짖는 장 면입니다.

이 장면에서 가장 눈길을 끄는 것은 호랑이가 인간중심주 의에 대해 비판한다는 점입니다. 지금까지 인간은 지상의 왕 자요 만물의 영장으로 군림하며 모든 피조물을 마음대로 지 배해왔습니다. 그런데 호랑이는 인간중심주의를 하나하나 짚어가며 그런 태도가 자연을 얼마나 해치고 궁극적으로 우 주의 질서를 얼마나 어지럽히는지 설파하고 있습니다. 생각 해 보면 볼수록 호랑이의 설득력 있는 논리에 고개가 절로 끄덕여집니다.

호랑이가 무엇보다 먼저 문제 삼는 것은 인간이 다른 동물 과는 달리 생물을 가리지 않고 닥치는 대로 잡아먹는다는 점 입니다. 호랑이가 첫머리에서 "범은 초목을 먹지 않고, 벌레 나 물고기를 먹지 않고, 술 같은 좋지 못한 음식을 좋아하지 않으며, 순종 굴복하는 하찮은 것들을 차마 잡아먹지 않는다”고 말하는 사실에 주목할 필요가 있습니다. 육식동물인 호랑이가 풀과 나무 같은 식물을 먹지 않는 것은 당연합니다. 언뜻 자기가 먹지 않는 것을 남이 먹는다고 비판하는 것처럼 들릴 수도 있습니다. 그러나 여기에서 호랑이는 자신을 자랑하고자 한 것이 아니라 인간의 식습관을 말하려고 자신의 식습관을 잠깐 언급한 것뿐입니다. 인간은 푸성귀에서부터 벌레와 물고기에 이르기까지 먹지 않는 것이 거의 없다는 것입니다. 이미 앞에서 인간이 다른 짐승보다 장수하는 비결 중 하나는 이렇게 이것저것 가리지 않고 모든 것을 먹는 잡식성 식습관 때문이라고 언급한 적이 있습니다. 호랑이가 인간이 술을 마시는 것을 문제 삼거나 순종하고 굴복하는 짐승까지 잡아먹는다고 비판하는 것은 어디까지나 기호嗜好의 문제인 데다 윤리의 문제로 보고 여기서는 그냥 지나가도 좋을 듯싶습니다.

호랑이가 그다음으로 문제 삼는 것은 인간이 자신을 위해 봉사하는 가축까지도 잡아먹는다는 사실입니다. 호랑이는 노루나 사슴 같은 산짐승을 잡아먹는 것은 어느 정도 수긍하지만 평생 인간을 위해 복무하는 소나 말 같은 집짐승을 잡아먹는 것은 도저히 이해할 수 없다고 밝힙니다. 호랑이 말대로 소나 말은 쟁기 같은 농기구와 수레를 끌어줄 뿐만 아니라 때로는 인간을 등에 태워주기도 합니다. 그렇게 인간을 위해 고생하며 살아가는 말과 소를 인간들은 아무런 양심의 가책도 느끼지 않고 잡아먹습니다.

특히 소는 죽어서도 살은 인간의 먹이가 되고 뼈는 다른 짐승의 먹이가 됩니다. 인간은 심지어 피와 뿔과 가죽과 털마저도 버리지 않고 유용하게 사용합니다. 옛 속담에 "호랑이는 가죽을 남기고, 사람은 이름을 남긴다"는 말이 있습니다. 그러나 소는 죽어서 가죽뿐만 아니라 모든 것을 남깁니다. 엄밀히 따지고 보면 소가 죽어서 남기지 않는 것이라곤 하나도 없습니다. 더 이상 일을 하지 못한다는 이유로 소를 잡아먹는 인간의 이기적인 행위는 호랑이의 말대로 은공을 모르는 짓이라 해도 크게 틀리지 않습니다. "하늘이 정사를 공평하게 한다면 너희가 죽어서 나의 밥이 되어야 하겠느냐, 그렇지 말아야 할 것이겠느냐?" 호랑이의 이 물음에는 그만 가슴이 철렁 내려앉습니다. 여기에서 다시 한번 《삼국유사》에서 원광법사가 귀산과 추항에게 가축을 잡아먹지 말라고 말한 대목을 떠올리는 것이 좋을 것 같습니다.

호랑이는 이번에는 인간이 도둑처럼 남의 먹이를 빼앗아 먹는 부도덕한 행위를 문제 삼습니다. 호랑이의 말대로 인간은 메뚜기에서 그 먹이를 빼앗아 먹고, 누에에게서 옷을 빼앗아 입고, 벌의 집을 부수고 꿀을 따며, 개미 새끼로 젖을 담기도 합니다. 메뚜기에게서 먹이를 빼앗는다고 말하는 것은 언뜻 이해가 가지 않습니다. 초식동물인 메뚜기는 주로 벼 잎을 비롯한 풀을 먹고 살아갑니다. 그렇다면 인간이 메뚜기한테서 먹이를 빼앗는다고 말하는 것은 아마 메뚜기가 먹을 풀을 먹는다는 뜻으로 받아들일 수 있습니다. 그러나 누에와 벌에 이르면 사태는 훨씬 더 심각해집니다. 인간은 명주실을 얻기 위해 누에를 기릅니다. 호랑이는 "누에에게서 옷을 빼앗아 입고……" 하고 말하고 있지만, 좀 더 정확히 표현하자면 인간은 누에의 옷을 빼앗는 것이 아니라 옷을 짤 옷감을 얻기 위해 누에가 살고 있는 집을 빼앗는 것입니다. 누에는 튼튼한 실로 어떤 침입자도 들어올 수 없는 아주 견고한 집을 짓습니다. 그 집이 바로 누에고치이지요. 인간은 누에고치를 빼앗아 명주실을 얻는 것으로도 모자라 최근에는 당뇨나 고지혈증 등에 좋다고 하여 분말로 만들어 복용하기도 합니다. 인간이 누에에게서 집을 빼앗는다면 꿀벌한테서는 그들의 먹이인 꿀을 빼앗습니다. 벌은 꽃에서 꿀을 채취해 일부는 먹이로 삼고 일부는 한겨울처럼 날씨가 추워져 먹이를 구할 수 없을 때를 대비해 집에 저장해둡니다. 인간은 꿀벌이 저장해놓은 꿀을 빼앗아 자신의 에너지원으로 사용하는 것입니다.

호랑이가 막상 언급하지 않아서 그렇지 그런 식품이 한두 가지가 아닙니다. 달걀과 우유는 인간이 다른 짐승의 것을 '약탈'해 먹을거리로 삼는 것 중에서도 가장 대표적인 식품일 것입니다. 양계는 닭이 자손을 번식하기 위해 낳는 알을 빼앗는 것입니다. 달걀이 왜 하필 정원正圓도 아니고 정타원正橢圓도 아닌지를 생각해본 적이 있습니까? 달걀에게는 정타원에서 조금 빗나간 모습이 알을 지키기 위한 가장 최선의 방법이었기 때문입니다. 옛날 닭이 야생조로 산이나 들판에서 살 때 달걀을 낳아 품을 만한 장소가 그렇게 마땅치 않았습니다. 정원이나 정타원이라면 달걀이 자칫 경사면을 타고 굴러갈 것이고, 그렇게 되면 닭으로서는 다시 제자리로 돌려놓는 일이 여간 어렵지 않을 것입니다. 한마디로 후손을 지키기 위해서는 현재의 달걀 모양이 최선이었던 것입니다.

또한 낙농 산업은 젖소나 염소가 자식에게 먹이려고 만든 젖을 인간이 빼앗는 것입니다. 그것도 먹을 만큼만 조금 취하는 것이 아니라 아예 공장과 기업을 만들어 조직적으로 대량으로 빼앗습니다. 이와 관련하여 호랑이는 인간에게 "대체 제 것이 아닌데 취하는 것을 도盜라 하고, 생生을 빼앗고 물物을 해치는 것을 적賊이라 하나니……" 하고 꾸짖습니다. 또 "잔인무도한 것이 무엇이 너희보다 더 하겠느냐?" 하고 꾸짖기도 합니다. 이런 꾸짖음에 마땅히 뭐라고 항변할 말이 없습니다.

그러고 보니 영국 소설가 조지 오웰이 쓴 정치 풍자소설 《동물농장》1945이 생각납니다. '장원농장'에서 사육되던 동물들은 농장 주인을 내쫓아버리고 '동물농장'을 건설하여 스스로 운영해나갑니다. 인간을 농장에서 몰아내야 하는 이유로 미들화이트 종種 수퇘지 메이저 영감은 이렇게 웅변적으로 동료 짐승들을 설득합니다. "인간은 생산하지도 않고 소비만 하는 유일한 동물입니다. 젖을 만들어내지도 못하는가 하면 알을 낳지도 못합니다. 힘이 없어 쟁기도 끌지 못할 뿐 아니라 산토끼를 잡을 수 있을 만큼 날쌔게 달리지도 못합니다. 그런데도 그들은 동물 위에 군림하고 있습니다" 하고 말입니다. 구구절절 맞는 말입니다.

마지막으로 호랑이는 인간이 짐승을 잡는 방법을 문제 삼습니다. "너희들이 먹이를 얻는 것이란 불인하기 짝이 없도다!" 하고 먼저 운을 뗀 뒤 호랑이는 인간이 온갖 도구를 사용해 짐승을 잡는다고 꾸짖습니다. 호랑이나 노루처럼 큰 짐승은 덫이나 함정을 놓아 잡고, 그보다 작은 짐승은 그물이나 망網을 쳐서 잡습니다. 그물의 종류도 갖가지여서 큰 그물을 비롯해 고기 그물, 수레 그물, 삼태 그물 따위가 있습니다. 물고기나 짐승이 이런 그물이나 망에 한번 잡히면 빠져나갈 길이 없이 죽고 맙니다.

한자로 된 사자성어 중에 '일망타진一網打盡'이라는 말이 있습니다. 한번에 그물을 쳐서 물고기를 모두 잡는다는 뜻으로 범인들이나 어떤 무리를 한꺼번에 모조리 잡는 것을 가리킬 때 사용합니다. 예를 들어 "희귀종인 야생동물을 포획하여 밀거래하려던 전국적인 조직망이 일망타진되었다"고 말하는 식으로 말입니다. 그런데 범죄 조직을 일망타진하는 것은 좋은 일이지만 생물을 일망타진하여 잡으면 그 결과가 어떻게 되겠습니까? 생물은 점차 이 지구상에서 자취를 감추고 말 것입니다. 일찍부터 일망타진하여 물고기를 잡은 탓에 어부들은 바다에서는 이제 고기가 잡히지 않는다고 아우성입니다. 앞에서 언급했듯이 지구상에는 이미 멸종된 생물이 수없이 많습니다. 어떤 생물을 지난 50년 동안 야생에서 찾을 수 없을 때 '멸종'이라는 판정을 내립니다.

뿐만 아니라 멸종은 아니더라도 멸종 위기에 놓여 있는 생물 역시 하나하나 손가락으로 꼽을 수 없을 정도로 아주 많습니다. '자연 및 자연자원 보전을 위한 국제연합IUCN'에 따르면 대서양과 태평양에 그렇게 많이 서식하던 고래가 이제는 멸종 위기에 놓여 있다고 합니다. 특히 일본인들이 이러저런 구실을 붙여 일망타진하는 바람에 고래도 이제는 '멸종'의 꼬리표를 달게 될 날이 얼마 남지 않은 듯합니다. 오죽하면 호랑이가 "처음 그것그물이나 망을 만들어낸 놈이야말로 이 세상에 가장 재앙을 끼친 자"라고 말하겠습니까? 이 지구상의 생물종을 멸종 위기로 몰아넣는 장본인이기 때문입니다.

개에게도
삼강오륜이

우주의 모든 피조물 중에서 오직 인간만이 도덕과 윤리를 지니고 있다고 생각하는 것은 어디까지나 사물을 인간 본위로 판단하는 사고방식입니다. 이런 인간중심적인 태도가 그동안 자연을 훼손하고 환경을 파괴해온 주범이었지요.

마한 네 머리에 쓴 게 개잘량이란 말이다.

진한 이것이 개잘량으로 생각하느냐? 개잘량이 아니다. 용수관이다. 개잘량이라 해도 가이개도 오륜五倫이 있다.

마한 그래 가이도 오륜이 있다 허니 어디 들어보자.

진한 들어보아라. 지주불폐知主不吠 허니 군신유의君臣有義요, 모색상사毛色相似 허니 부자유친父子有親이요, 일폐중폐一吠衆吠 허니 붕우유신朋友有信이요, 잉후원부孕後遠夫 허니 부부유별夫婦有別이요, 소불적대小不敵大 허니 장유유서長幼有序라. 이난 어먼 가인들 오륜이 상당치 않느냐?

황해도 강령군 강령읍에서 오랫동안 전승되어오던 우리 민속극 강령康翎 탈춤에서 뽑은 한 토막입니다. 남북이 분단된 뒤에는 남한 연희자들이 서울에서 전승하여 가까스로 그 명맥을 이어가고 있습니다. 중요무형문화재 제34호로 지정되어 있는 강령 탈춤은 봉산鳳山 탈춤과 함께 황해도 지방의 탈춤으로 쌍벽을 이룹니다. 예로부터 해주감영海州監營에서 해마다 오월 단오절에 각 지방의 탈놀이패를 초빙해 놀이의 경연을 베풀었으며 그 가운데서 가장 잘한 놀이패와 놀이꾼에게 후한 상을 내리면서 이 탈춤이 발전했다고 합니다. 옹진군 북면은 옛 수사水使의 본영으로 강령의 놀이패를 초빙하여 놀면서 이 탈춤이 발전했다는 견해도 있습니다.

박지원의 〈호질〉에서는 호랑이가 인간의 온갖 비행과 악을 날카롭게 꼬집는다면 강령 탈춤에서는 양반이 등장하여 사대부 양반이 그토록 내세우는 유교의 덕목인 삼강오륜도 그다지 별것 아니라고 깎아내립니다. 그 비판은 이 탈춤의 다섯 번째 과장科場인 양반춤 과장에서 마한양반과 진한양반 두 사람이 등장하여 서로 지체를 두고 다툼을 벌이는 데서 발단합니다.

마한영감이 먼저 진한영감에게 머리에 쓴 것만 보아도 쌍놈인 줄 알겠다고 말하면서 시비를 겁니다. 그러면서 마한영감은 "네 머리에 쓴 게 개잘양이란 말이다" 하고 말합니다. 개잘량이란 털이 붙어 있는 채로 무두질하여 다룬 개의 가죽을 말합니다. 흔히 방석처럼 깔고 앉는 데 사용합니다. 양반이 머리에 개가죽을 뒤집어쓰고 있다는 것은 엄청난 모욕입니다. 양반은 머리에 망건이나 갓을 쓰기 마련이고, 집 안에서는 주로 탕건만 쓰고 지냈습니다. 위에 인용한 장면은 강령 탈춤뿐만 아니라 한반도 남쪽 지방에서 주로 전승되어온 동래東萊 야유野遊와 김해金海 오광대五廣大 놀이에도 나옵니다. 남쪽 지방의 탈춤에 등장하는 양반은 개잘양을 썼다고 하여 점잖게 '모양반毛兩班'이라고 부릅니다.

이렇게 마한영감이 개가죽 모자를 썼다고 놀려대자 진한영감이 그에게 "개잘양이 아니다. 용수관龍鬚冠이다" 하고 응수합니다. 용수관이란 글자 그대로 용의 수염으로 만든 관이라는 뜻입니다. 용은 전설에서나 나오는 동물이어서 그런 관이 있을 턱이 없지만 무척 값이 나가는 관이라는 뜻이겠지요. 옛날 왕조시대에는 왕과 관련한 것이라면 하나같이 '용' 자를 붙이지 않았습니까? 왕이 입고 있는 옷은 용포龍袍라고 하고, 왕의 얼굴은 용안龍顏이라고 하며, 심지어 왕이 흘리는 눈물조차 용루龍淚라고 했습니다. 어찌 되었든 진한영감은 마한영감에게 비록 자신이 개가죽 모자를 쓰고 있을망정 떳떳하고 지체 높은 양반이라고 말합니다.

그러면서 진한영감은 하찮은 개한테도 인간과 마찬가지로 오륜이 있다고 주장합니다. 첫째, 자기 주인을 알아보고 짖지 않으니 군신유의요, 어미와 털의 색깔이 비슷하니 부자유친이요, 한 마리가 짖으면 여러 개가 함께 따라 짖으니 붕우유신이요, 암컷이 새끼를 밴 뒤에는 수컷을 멀리 하니 부부유별이요, 작은 놈이 큰 놈을 대적하지 않으니 장유유서라는 것입니다. 그 얼마나 그럴듯한 설명입니까?

요즈음 들어 삼강오륜이 땅에 떨어졌다는 말을 자주 듣습니다. 또 유교의 이 근본 원리가 봉건주의 시대에는 맞았어도 현대에는 잘 맞지 않는 옷처럼 시대착오적이라고 말하는 사람도 있습니다. 그래서 "공자孔子가 죽어야 나라가 산다"라고 목소리를 높이는 사람마저 있을 정도입니다. 어찌 되었든 제대로 지키지도 못하면서 인간은 걸핏하면 삼강오륜을 내세워 다른 생물 위에 군림하려 들기 일쑤입니다. 특히 오랫동안 유교를 받아들여 그 질서에 익숙해진 한국에서는 더더욱 그러합니다. 개를 비롯한 짐승에게는 인간의 삼강오륜이 없을지는 몰라도 적어도 짐승마다 그 나름대로의 윤리 체계는 있을지 모릅니다. 그런 윤리 체계는 인간의 눈으로는 도저히 볼 수 없겠지요.

생태주의와 관련하여 강령 탈춤에서 주목할 것은, 이 우주의 모든 피조물 중에서 오직 인간만이 도덕과 윤리를 지니고 있다고 생각하는 것은 어디까지나 사물을 인간 본위로 판단하는 사고방식이라는 점입니다. 물론 개한테도 오륜이 있다는 진한영감의 말은 마한영감을 놀려주기 위한 우스갯소리에 불과합니다. 그러나 "농담 속에 진담이 숨어 있다"는 말도 있듯이 진한영감의 농담도 그냥 흘려들어서는 안 될 진실이 담겨 있습니다. 만약 오류이 있다면 인간에게만 있는 것이 아니라 개와 같은 짐승에게도 있다는 생각은 여간 값지고 소중하지 않습니다. 그 대상도 다른 짐승도 아니고 인간한테 온갖 업심과 조롱을 받는 개입니다.

고대 그리스 시대의 철학자 프로타고라스는 "인간은 만물의 척도"라고 말한 적이 있습니다. 이 말은 인간이 저마다 인식하는 것이 다르기 때문에 사물을 절대적이지 않고 상대적으로만 본다는 뜻입니다. 다시 말해서 인간이 얻는 지식이란 인간의 인식에 기초를 두고 있고, 이 인식은 인간의 감각에 기반을 두고 있으며, 인간의 감각 기관이 인식하는 것은 사람마다 서로 다르기 때문에 궁극적으로 지식은 사람마다 다를 수밖에 없다는 뜻입니다. 한마디로 요즈음 포스트모더니즘에서 주장하는 것처럼 진리의 상대성을 지적한 것입니다.

한편 프로타고라스의 이 말을 인간은 우주 만물을 재는 자로서의 역할을 한다는 의미로도 받아들일 수 있습니다. 즉, 인간은 자신의 척도에 따라 세상에 존재하는 모든 피조물을 판단한다고 말입니다. 오늘날 이런 인간중심적인 태도가 그동안 사언을 훼손하고 환경을 파괴해온 주범이었다 해도 크게 틀리지 않습니다. 지난 몇 천 년 동안, 아니 그보다도 훨씬 오래전부터 인간은 오직 자신의 잣대로 세상 만물을 재단해왔습니다. 구부러진 길은 일직선으로 만들고, 높은 산과 언덕은 터널을 뚫어 지나가고, 호수와 강을 막아 댐을 쌓았습니다. 지금 우리는 이렇게 인간의 척도에 따라 자연의 순리를 거스른 대가를 톡톡히 치르고 있습니다.

여기에서 다시 강령 탈춤의 개 이야기로 돌아가기로 하지요. 우리말 가운데 '개'라는 말이 들어가는 말치고 좋은 말은 하나도 없습니다. 몇 해 전, 한 젊은 대중가수가 자신의 블로그에 "Korea is gay!"라고 적었다고 해서 큰 파장이 일어난 적이 있습니다. 여기에서 'gay'란 남성 동성연애자를 가리키는 것이 아니라 동물 개를 가리키는 것입니다. "한국은 별로야"나 "한국은 마음에 들지 않아" 정도의 의미로 썼을 테지만 그 '개'라는 말 때문에 문제가 더욱 커진 듯합니다. 아무리 한국이 싫어도 '개'에 빗댈 수는 없다는 논리이겠지요. 이렇게 한국어에서는 욕설에 으레 '개' 자가 들어가기 마련입니다. 그 가수는 결국 한국에서의 활동을 모두 접고 미국으로 돌아가야 했습니다.

한편 '개'는 '참'과 반대되는 접두어로도 많이 사용합니다. 예를 들어 '개나리'는 '참나리'와는 다른 식물이고, '개살구'는 맛있는 진짜 살구와는 다른 종류입니다. 같은 떡이라도 '개떡'이라고 하면 별로 손이 가지 않고, 같은 고생이라도 '개고생'이라고 하면 마치 지옥에라도 갔다 온 듯한 혹독한 고생을 일컫습니다. '개판'이라는 말은 또 어떻습니까? 어떤 일이나 상태, 행동이 무질서하고 지저분하고 엉망인 것을 속되게 이르는 말입니다. 비슷한 말로 '난장판'이 있지만 '개판'은 이 말보다 한 수 더 위입니다. '개팔자'라는 말은 언뜻 보면 좋은 것 같지만 따지고 보면 일을 하지 않고 빈둥거리면서 논다는 부정적 뜻이 강하게 함축되어 있습니다.

최근 들어 청소년을 중심으로 말로 형언할 수 없을 만큼 지독한 상황을 두고 흔히 '개' 자를 붙여 말하는 것이 유행처럼 번지고 있습니다. 가령 "개짜증나!"라고 하면 이루 말할 수 없을 정도로 나는 짜증을 말합니다. 이와는 반대로 "개좋아"라는 말은 형언할 수 없을 만큼 기분이 좋다는 뜻입니다. 이 밖에도 "개어려워"니 "개부러워"니 "개더워"니 하는 말을 자주 씁니다. 개로서는 인간한테 친구가 되어주기도 하고 집을 지켜주기도 하는데 이렇게 얕잡아 쓰니 여간 억울하지 않을 것입니다.

녹색 소설가 또는 생태 소설가로 알려진 최성각崔性珏은 한국 작가로서는 보기 드물게 환경운동에 깊은 관심을 기울여 왔습니다. '풀꽃평화연구소' 소장에다 환경 전문잡지 〈녹색평론〉의 편집자문위원으로도 활약한 적이 있습니다. 그는 그동안 단편소설보다 더 길이가 짧은 엽편소설葉片小說을 즐겨 써왔습니다. 이렇게 짧은 엽편소설을 통해 최성각은 한국 문단에서 생태주의를 일깨우는 데 크게 이바지해왔습니다. 그가 쓴 엽편소설 중에 〈복날 개소리〉라는 작품이 있습니다. 이 작품에서 개들은 걸핏하면 사람들이 '개판'이라는 말을 사용하는 것을 문제 삼습니다.

"정말 웃기지도 않지. 사람들은 노는 걸 보면. 툭, 하면 개판이라고 하지만…… 세상에 이런 개판도 따로 없을 거야. 말이 나왔으니 말이지만 그 '개판'이라는 말도 그래. 그게 어디 우리들 '개들의 판'인가, 지네들 '사람들판'이지. 왜 세상이 엉망으로 돌아가는 것은 몽땅 '개판'인가, 이 말이다. 우리들하고는 상의도 없이 판을 엉망으로 만들어놓곤 번번이 '개판'이라고 투덜대니, 지하수 흐르는 소리까지 다 듣는 8만 헤르츠의 청력을 지닌 우리들 개들이 그 소리를 하루에도 수백 번 들을 때마다 느끼는 일이지만, 분하고 억울해!"

언제 인간에게 잡혀 죽을지 모르는 어느 해 여름 복날, 개들이 모여 인간에 대해 불평을 늘어놓습니다. 특히 사람들이 '개판'이라는 말을 자주 쓰는 것이 여간 불만스럽지 않습니다. 인간들은 자신들이 온갖 나쁜 일을 저질러놓고 '개판'이라고 부른다는 것이지요. 개 쪽에서 보면 차라리 '사람들판'이라고 해야 옳을 것이라고 밝힙니다. 개들은 계속하여 "도구를 사용하고 언어 조작 능력과 상징을 조금 사용할 줄 안다고 해서 스스로 '지혜 있다' 하면서 못된 짓은 독판 골라서 하고 있는" 사람들의 행태를 날카롭게 꼬집습니다.

여기에서 인간이 도구를 사용할 줄 안다고 우쭐댄다는 것은 〈성조무가〉와 관련하여 앞에서 언급했듯이 ‘도구적 인간호모 파베르’을 두고 말하는 것입니다. 또 언어 조작 능력이나 상징을 사용할 줄 안다고 우쭐댄다는 것은 ‘언어적 인간호모 로퀜스’이나 ‘상징적 인간 호모 시그니피칸스’을 일컫는 말이고요. 그런가 하면 지혜가 있다고 우쭐대는 것은 다름 아닌 ‘지식적 인간호모 사피엔스’을 두고 말하는 것입니다. 개들은 인간이 이런 특성을 ‘조금’ 사용할 줄 안다고 못된 짓만 ‘독판’ 골라서 한다고 지적합니다. 그런 인간을 두고 개들은 저희들끼리 “가증스러운 동물들이지. 이 세상에 사람들처럼 못된 짓을 많이 하는 동물, 있으면 나와 보라고 해” 하고 말하기도 합니다. 그냥 웃고 넘겨버리기에는 자못 소중한 진실이 담겨 있습니다.

인간이 다른 생물을 학대하거나 먹을거리로 삼기 위해 필요 이상으로 살해하는 것이 큰 문제지만, 이렇게 언어를 통해서도 얕잡아 보거나 업신여기는 것도 심각한 문제입니다. 비단 개 같은 동물만이 아니라 식물도 마찬가지입니다. ‘앉은뱅이꽃’을 한 예로 들어보기로 하지요. 이 꽃을 두고 동요 시인 이원수李元壽는 일찍이 이렇게 노래한 바 있습니다.

마른 잔디 속에 앉은뱅이꽃
벌써 무슨 봄이라고
꽃이 피었나

이 동요처럼 앉은뱅이꽃은 겨울이 봄에게 자리를 내어주며 서서히 물러나기 시작할 이른 봄부터 길가나 낮은 언덕바지에 귀여운 모습으로 돋아나 새봄이 왔음을 알리는 봄의 전령 같은 꽃입니다.

그런데 이 귀여운 꽃에 굳이 '앉은뱅이'라는 이름을 붙인 것은 원줄기가 없고 뿌리에서 긴 자루가 있는 잎이 자라서 옆으로 비스듬히 퍼지기 때문입니다. 그래도 그렇지 '앉은뱅이꽃'이라고 부르는 것은 조금 지나친 감이 있습니다. 한편 이 꽃을 '오랑캐꽃'이라고도 부릅니다. 이렇게 부르는 까닭은 이 꽃이 필 초봄이 되면 어김없이 북방에서 오랑캐들이 침입해 우리나라를 노략질하곤 했기 때문입니다. 이 이름 또한 이 꽃에는 그렇게 적절하다고 볼 수 없습니다. 물찬 제비처럼 예쁘다고 하여 이 꽃은 '제비꽃'이라고도 부릅니다. '앉은뱅이꽃'이나 '오랑캐꽃'보다는 훨씬 더 아름다운 이름입니다.

이렇게 인간의 입장에서 생물의 이름을 함부로 부르는 태도를 전문으로 연구하는 언어학 분야를 '언어 생태학'이라고 합니다. 자연이 훼손되고 환경이 오염되어 있듯이 언어도 사용하다 보면 오염될 수밖에 없습니다. 이렇게 오염된 언어를 찾아내고 그것을 순화하는 것이야말로 언어 생태학이 무엇보다도 관심을 두는 문제입니다. 또한 이 분야의 언어학에서는 언어에 나타난 인간중심주의를 문제 삼습니다. 비록 늦은

감이 있지만 더 늦기 전에 언어 사용에서도 인간중심주의를 버리고 자연중심주의로 돌아가야 합니다. "말이 씨가 된다"는 속담도 있듯이 생물의 이름을 함부로 부르게 되면 그 생물에 대해서도 알게 모르게 홀대하게 되기 때문입니다.

초가삼간 지어내니

내가 방 한 칸을 쓰고 나머지 두 칸은 달과 바람에게 내어준다는 것은 곧 달과 바람

을 한식구로 삼는다는 의미입니다. 다시 말해 나는 한 가족의 가장이고 달과 바람

은 그 가족의 소중한 구성원이라는 뜻입니다.

십 년을 경영經營 ᄒ야 초려삼간草廬三間 지어 닉니
나 ᄒ 간 돌 ᄒ 간에 청풍淸風 ᄒ 간 맛져두고
강산江山을 드릴 듸 업스니 둘너두고 보리라

십 년을 살면서 초가삼간 지어냈으니
나 한 칸, 달 한 칸, 맑은 바람 한 칸을 맡겨두고
강산은 들일 곳이 없으니 이대로 둘러두고 보리라

조선시대 중기에 활약한 문신인 면앙정潭仰亭 송순宋純이 지은 평시조입니다. 이 작품을 쓴 송순은 중종中宗 때 과거에 급제하여 벼슬을 하다가 1533년 김안로金安老가 권세를 잡자 고향인 전라도 담양으로 낙향하여 면앙정俛仰亭이라는 정자를 짓고 시를 읊으며 지냈습니다. 이렇게 벼슬에서 물러나 자연에 파묻혀 지내면서 그는 자연과의 교감이나 합일을 읊은 작품을 몇 편 썼습니다. 자연 세계에 깊이 몰입하는 이 작품에서는 시인의 높은 정신세계를 엿볼 수 있습니다. 이 작품을 읽고 있노라면 수묵화 한 폭을 보는 듯해서 왠지 마음이 차분히 가라앉아 편안해집니다. 음악에 빗대어 말한다면 송순이 잘 탔다는, 그 은은한 소리로 심금心琴을 울리는 가야금 연주와도 같다고나 할까요?

조선시대 시가詩歌 문학에는 이렇게 자연에 파묻혀 자연을 예찬하는 작품이 의외로 많습니다. 송순처럼 스스로 낙향하였거나 송강松江 정철鄭澈처럼 정치권력에서 밀려나 고향에서 잠시 머물거나 하는 경우에 이런 작품을 창작했습니다. 국문학자 조윤제趙潤濟는 일찍이 이런 현상을 '강호가도江湖歌道'라는 이름으로 불렀습니다. 그러면서 그는 조선시대 사대부들의 생활방식에서 그 형성 원인을 찾았습니다. 사대부들은 벼슬길에 나섰다가 자칫 당쟁에 휩쓸리면 자신은 말할 것도 없고 가문을 위기로 몰아넣을 수도 있기 때문에 차라리 고향의 자연에 귀의하여 유유자적하게 살아가고자 했다는 것입니다. 또 조윤제는 사대부들이 자연을 예찬하는 강호가도의 구현은 곧 도학을 기반으로 하는 그들의 문학관이나 세계관과도 맞닿아 있다고 주장합니다. 이런 현상은 주로 영남 출신의 문인들에게서 두드러지게 나타나지만 송순처럼 호남 출신의 문인한테서도 찾아볼 수 있습니다.

그러나 반짝인다고 모두 황금이 아니듯이 자연을 노래한다고 하여 하나같이 자연친화적이고 생태주의적이라고 생각하는 것은 좁은 소견입니다. 어떤 작품들은 입으로만 자연을 읊고 있을 뿐 막상 그 내용은 반자연적인 시조들이 생각보다 많습니다. 옛 시조 가운데는 겉으로만 자연을 노래하지 실제로는 여전히 인간중심적인 사고의 틀에서 벗어나지 못하는 작품이 아주 많습니다. 다시 말해서 음풍농월吟風弄月한다고 생태주의적인 작품이 아니고, 화조풍월花鳥風月을 노래한다고 자연친화적인 작품은 아닙니다. 엄밀히 말해서 인간과 자연의 유기적인 관계를 노래한 '녹색 시조'는 열 손가락에 꼽힐 정도로 드뭅니다. 예를 들어 맹사성孟思誠의 〈강호사시가江湖四時歌〉는 자연에서 느끼는 행복감이나 충일감을 하나같이 군주의 은덕으로 돌립니다.

강호에 봄이 드니 미친 흥興이 절로 난다
탁료계변濁醪溪邊에 금린어錦鱗魚ㅣ 안주로라
이 몸이 한가閑暇히 옴도 역군은亦君恩이샷다

웬만한 사람 같으면 자연에 새봄이 찾아오면 시냇가에 나가 싱싱한 물고기를 안주 삼아 막걸리를 마시며 노는 것에 만족할 것입니다. 구태여 이렇게 한가롭게 놀 수 있는 것도 역시 한양에 있는 임금님의 은혜 때문이라고 말하지는 않을 테지요. 이런 상황에서 안분지족安分知足이니 안빈낙도安貧樂道니 하는 말은 한낱 말장난에 지나지 않습니다. 맹사성의 이런 태도는 어디까지나 자연을 수단으로 삼는 것일 뿐 목적 그 자체로 삼는 것이 아닙니다. 임금님이 부르면 언제든지 자연을 버리고 정치권력으로 돌아가리라는 것은 불 보듯 뻔한 노릇입니다.

자연을 벗하면서도 늘 임금님을 생각하는 것은 권호문權好文도 마찬가지입니다. 연시조 〈한거십팔곡閑居十八曲〉의 제4수에서 그는 이렇게 노래합니다.

강호에 놀자하니 성주聖主를 바리례고
성주를 섬기자 하니 소락所樂에 어귀예라
호온자 기로岐路에 서서 갈 데 몰라 하노라

권호문은 자연을 벗 삼아 한가롭게 지내면서도 마음 한구석에는 입신양명立身揚名에 대한 미련을 차마 떨쳐내지 못하고 있습니다. 강호와 성주, 자연과 권력 사이에서 고민하고 있는 흔적이 역력합니다. 고부姑婦 사이 갈등이 심한 집안에서의 남편의 심정과 같다고나 할까요? 어머니에게 효도를 하자니 아내가 울고, 아내를 따르자니 어머니에게 불효를 하게 되는 바로 그 딜레마 말입니다. 권호문도 맹사성처럼 누구 하나 도와줄 사람 없이 혼자서 기로에 서서 갈 곳 몰라 하는 모습이 눈에 선합니다.

그러나 송순의 시조는 단순히 음풍농월하고 화조풍월을 노래하는 작품들과는 적잖이 다릅니다. 그 내용을 좀 더 자세히 살펴보면 금방 알 수 있습니다. 초장에서 그는 "십 년을 경영흐야 초려삼간 지어늬니" 하고 노래합니다. 여기에서 '경영'이라는 낱말이 마치 목에 걸린 생선가시처럼 걸립니다. 이 말을 듣는 순간 종소리를 듣기만 하면 침을 줄줄 흘려대는 파블로프의 개처럼 곧 '경영 마인드'라는 용어가 떠오르기 때문입니다. 경영 마인드란 경영자가 기업의 목표를 달성하기 위해 효과성과 효율성 있는 여러 아이디어나 지혜를 적용하는 것을 의미합니다. 여기에서 효과성이란 기업이 미리 설정해놓은 목표를 어느 정도 달성하느냐 하는 것입니다. 목표에 근접하거나 그 이상을 달성할 때 효과성이 높다고 하지요. 한편 효율성이란 투입에 대한 산출 비율을 말하는 것으로 사원의 활봉 성도와 관련이 있습니다.

그러나 이 작품에서 '경영'이라는 말에 공연히 주눅이 들 필요는 없습니다. 송순이 이 작품을 쓸 16세기에는 '경영'이라는 말은 있어도 '경영학'이라는 이론은 아예 있지도 않았습니다. 이 무렵 '경영'이라는 말은 요즈음에 사용하는 의미와는 조금 달랐습니다. 즉 기업이나 사업 따위를 관리하고 운영한다는 뜻이 아니라, 기초를 닦고 계획을 세워 어떤 일을 해나가거나, 계획을 세워 집을 짓는다는 뜻이었지요. 송순은 바로 후자의 뜻으로 사용하고 있을 뿐입니다. 그러니까 벼슬을 하다가 고향에 돌아와 자연 속에서 십 년을 살면서 가까스로 초가삼간 한 채를 지었다는 말입니다. 대궐 같은 기와집도 아니고 초가삼간을 짓는 데 십 년이나 걸렸다니 시인의 생활방식이 얼마나 소박하고 청빈합니까? 오늘날의 기준으로 보자면 소박하다 못해 주변머리가 없다거나 무능하다고 해야 할까요?

초려삼간이란 '초가삼간'과 같은 뜻으로 짚이나 갈대 따위로 지붕을 인 세 칸짜리 조그마한 오두막집을 말합니다. 벽돌이나 기와를 얹어 지은 으리으리한 저택과는 크게 차이가 납니다. 인간이 만든 인공물이면서도 자연과 한데 어울려 조금도 눈에 거슬리지 않습니다. 다시 말해 자연의 일부로 봐도 크게 틀리지 않습니다. 요즈음 시골에 가보면 높은 아파트들이 들어서 있어 여간 보기 흉하지 않습니다. 시멘트로 높이 지은 아파트 빌딩은 고즈넉한 시골 풍경에는 도무지 어울리지 않기 때문이지요. 비록 정도의 차이는 있지만 자연 속에 초려삼간이 아니라 기와집을 짓는 것도 이와 크게 다르지 않을 것입니다.

초장에 이어 이번에는 중장 "나 혼 간 돌 혼 간에 청풍 혼 간 맛겨두고"를 찬찬히 살펴보십시오. 세 칸 집에서 시인이 한 칸을 차지하고 나머지 두 칸은 달과 맑은 바람이 거처하도록 맡겨둡니다. 그러니까 손님이라고 할 청풍명월淸風明月이 한 칸씩을 차지하고, 막상 집 주인이자 시적 화자인 '나'는 3분의 1만 차지하고 있는 셈입니다. 물론 그렇다고 이에 대해 불만을 털어놓지도 않습니다. 오히려 다른 강이나 산을 집 안에 들일 수 없는 것이 못내 섭섭하고 아쉬울 뿐입니다. 그래서 종장에서 시인은 "강산을 드릴 듸 업스니 둘너두고 보리라"고 노래합니다. '둘너두고'라는 동사에서도 엿볼 수 있듯이 강과 산은 방 주위에 빙 둘러쳐 있는 병풍처럼 느껴집니다. 그렇다면 초려삼간 주위가 거대한 하나의 방이라고 할 수 있습니다. 여기에서 잠깐 〈바리공주〉 서사무가와 관련하여 앞에서 언급한 유령의 일화를 다시 한번 떠올리는 것이 좋을 듯합니다. 자신의 집에 찾아온 친구에게 "나는 천지를 집으로 삼고, 집과 방을 옷으로 여기네. 그대들은 어찌하여 내 옷 속에 들어와 있는가?" 하고 말했다는 그 유명한 일화 말입니다. 송순도 유령처럼 하늘과 땅을 집으로 삼고 살아간다고 할 수 있습니다.

시적 화자 '나'가 자신이 방 한 칸을 쓰고 나머지 두 칸은 달과 바람에게 내어준다는 것은 곧 달과 바람을 한식구로 삼는다는 의미입니다. 다시 말해서 '나'는 한 가족의 가장家長

이고 달과 바람은 그 가족의 소중한 구성원이라는 뜻입니다. 이렇듯 자연은 시적 화자와 한 식구처럼 사이좋게 지내고 있습니다. 자연을 한 식구처럼 생각하는 화자에게는 바람이나 달이나 강이나 산을 집 안에 두건 집 밖에 두건 그것은 그렇게 중요하지 않습니다. 언제나 주위에 가까이 두고 같이 지낸다는 사실이 중요할 따름입니다. 여기에서 '강산'을 강과 산이라고 말했습니다만 그 범위를 좀 더 넓혀보면 강과 산을 포함한 자연을 두루 일컫는 말이라고 할 수 있습니다. 강과 호수를 뜻하는 '강호江湖'라는 말도 마찬가지여서 자연을 두루 가리키고 있습니다. 이 작품을 읽고 있노라면 자연을 벗삼아 유유자적하는 시인의 모습이 눈앞에 선히 떠오릅니다. 자연을 소유의 개념으로 보는 현대인들에게는 온갖 자연을 옆에 두고 더불어 살아간다는 생각이 조금은 낯설게 느껴질 것입니다.

송순의 작품에서 무엇보다도 눈길을 끄는 것은 인간의 주거 공간인 집을 노래하고 있다는 점입니다. 앞에서 '우주'라는 말도 따지고 보면 집을 뜻한다고 말했습니다만 생태학을 뜻하는 영어 '에콜로지ecology'도 본디 집이라는 말에서 갈라져 나왔습니다. 좀 더 자세히 말하자면 그리스어로 '집oikos'을 '연구하는 학문logos'이라는 뜻입니다. 이때 집이란 온갖 생명이 함께 살고 있는 집, 즉 물속이나 땅속이나 공중처럼 생물이 서식하는 범위인 생물권生物圈을 말합니다. 다시 말해서 생태학이란 생물과 그를 둘러싼 환경과의 상호 관계를 연구하는 생물학의 한 분야입니다.

본디 이 생태학이라는 용어는 19세기 중엽 독일 생물학자 에른스트 헤켈이 발표한 논문 〈생물체의 일반 형태론〉에서 처음 사용되었고, 그 뒤 과학자들은 말할 것도 없고 이제는 일반인들까지도 널리 쓰게 되었습니다. 〈동물학의 진화 과정과 그 문제점에 관하여〉라는 논문에서 헤켈은 생태학을 이렇게 설명하고 있습니다.

우리는 생태학이라는 용어를 자연계의 질서와 조직에 관한 전반적인 지식으로 이해한다. 즉 동물과 생물적 및 비생물적 외부 세계와의 전반적인 관계에 대한 연구이며, 한걸음 더 나아가 외부 세계와 동물 그리고 식물이 직접 또는 간접적으로 갖는 친화적親和的 관계 또는 불화적不和的 관계에 대한 연구라고 볼 수 있다.

헤켈의 정의를 좀 더 쉽게 풀어서 말하자면 생태학이란 생물학의 한 분과 학문으로 생물의 생활 상태를 연구하고, 생물과 그 환경과의 관계를 연구하는 학문이라고 할 수 있습니다. 즉, 생물이 수위 환경과 조화롭게 살아가고 있느냐 그렇지 않느냐를 연구하는 학문 분야로 이해하면 쉽습니다. 최근 에릭 피안카 같은 생물학자는 생태학을 "생물체와 생물체에 영향을 주고받는 모든 물리적 생물적 요인 사이의 관계에 관한 학문”이라고 규정짓고 있습니다.

그런데 여기에서 한 가지 흥미로운 것은 ‘경제학economics’이라는 말이 ‘생태학’이라는 말과 같은 뿌리에서 갈라져 나왔다는 점입니다. 경제학이란 그리스어로 ‘집oikos’을 ‘관리하는 학문nomia’이라는 뜻입니다. 요즈음에도 가정과家庭科나 가정학家庭學을 ‘홈 에코노믹스’라고 합니다. 이렇게 같은 어버이에게서 태어난 자식이면서도 하나는 생물을 보호하고 지키려고 안간힘을 쓰는 반면, 다른 하나는 그것을 망치는 데 앞장서고 있으니 참으로 아이러니가 아닐 수 없습니다.

그래서 요즈음 선진국에서는 자원을 효율적이고 환경친화적으로 이용하는 데 국력을 집중하고 있습니다. ‘녹색 산업’이나 ‘녹색 기술’이 새로운 성장 엔진으로 자리 잡아가는 것도 이와 같은 맥락에서 이해할 수 있습니다. 기존의 ‘요소 투입형’ 성장 방식은 환경을 해칠 뿐 아니라 경제적으로도 이미 한계에 도달했습니다. 자원과 에너지 가격이 치솟으면서 이들을 대량으로 투입하는 경제 시스템은 이제 더 이상 가능하지 않게 되었습니다.

유럽연합EU을 비롯한 선진 국가들은 녹색 기술 육성과 환경 규제를 통해 관련 산업의 성장을 이끌어내는 것은 물론, 그를 통해 새로운 시장을 선점하려고 발 빠르게 움직이고 있습니다. 특히 자동차 분야에서는 하이브리드 자동차, 전기 자동차, 수소 자동차 등 저탄소 차량을 제작하고자 치열한

경쟁을 벌이고 있지요. 이런 새로운 경제학을 흔히 '생태경제학eco-economics'이라고 부릅니다. 머리에 갓을 두 개 겹쳐 쓰고 있는 것처럼 어색한 용어입니다만, 자연 파괴와 환경오염의 빙산에 부딪쳐 타이타닉 호처럼 바다로 가라앉고 있는 이 지구를 살리기 위해서는 경제학도 이제 궤도 수정을 하지 않을 수 없는 단계에 이르렀습니다.

이제 경제학은 기존의 패러다임을 바꾸어 좁게는 환경 문제를, 더 넓게는 생태계까지 포괄하는 새로운 학문으로 거듭 태어나야 합니다. 지금은 비非주류 경제학이나 반反주류 경제학으로 푸대접을 받고 있을지 모르지만 앞으로는 전통적인 경제학을 밀어내고 대신 그 자리를 차지하게 될 것입니다. 아니, 반드시 그렇게 되어야만 합니다. 그렇지 않으면 이 지구라는 배가 침몰할 수밖에 없습니다.

인간에게 아무리 귀찮고 해로운 벌레라 하더라도 이 우주 안에서는 그 나름대로의

존재이유가 있기 마련입니다. 존재이유가 있을뿐더러 생태계라는 가족에게는 그

무엇보다 소중한 식구입니다.

재상이 노상 이를 잡는 건
나 아니고서야 또 누가 있겠는가
어찌 타오르는 화롯불이 없기야 하겠나마는
땅에 던져버리는 것이 나의 자비이다

가난한 재상이라고는 하지마는
안회顔回같이 냄새 날 지경엔 이르지 않았네
하필 애써 찾아내노라고
더듬는 내 손만 괴롭다

너 역시 붙어살 데 없어서
나를 십으로 삼은 것이네
내가 없으면 이것 없을 것이라
더욱 몸을 가진 개탄이 나온다

고려시대의 문인이요 정치가인 백운白雲 이규보李奎報의 〈이를 잡다捫蝨〉라는 작품입니다. 《동국이상국집東國李相國集》으로 유명하지만 고주몽高朱蒙의 일대기를 소재로 한 서사시 《동명왕편》을 쓰고 수필집 《백운소설白雲小說》을 써서 이름을 떨치기도 한 이규보는 무인 집권기의 화를 피해 가까스로 살아남은 몇 안 되는 문인 중의 한 사람입니다. 어려서부터 시와 문장에 뛰어난 그는 아홉 살 때부터 경사經師, 백가百家, 도교道敎, 불교佛敎 등의 문헌을 모두 섭렵하여 한번 읽으면 잊는 법이 없었다고 합니다. 이규보는 평소 시·거문고·술 세 가지를 무척 좋아하여 '삼혹호 선생三酷好先生'이라는 별명을 얻기도 했습니다.

이규보는 흔히 '영물시詠物詩'로 일컫는 작품을 많이 썼습니다. 2,000여 수에 이르는 방대한 시 작품을 남겼는데 그중에서 4분의 1에 해당하는 500여 수가 이 영물시에 해당합니다. 영물시란 글자 그대로 사물이나 살아 있는 동물을 노래하는 시를 말합니다. 중국 문학에 뿌리를 두고 있는 이 영물시는 이규보뿐만 아니라 고려시대 목은牧隱 이색李穡을 비롯한 시인들도 깊은 관심을 기울인 장르였습니다. 특히 이규보는 어떤 시인보다도 하찮은 벌레나 짐승을 시의 소재로 삼아 노래하곤 했습니다. 가령 이·벼룩·파리·누에·거미·매미·개똥벌레·달팽이·개구리·쥐·개·고양이 등을 노래했지요. 실제로 그가 작품의 소재로 삼고 있지 않은 동물이 거의 없다시피 합니다.

영물시에서는 이렇게 하찮은 미물과 짐승을 노래하는 것이 중요한 것이 아니라 그것들에 대해 어떻게 노래했는가가 훨씬 더 중요합니다. 다시 말해서 시인이 벌레나 짐승에 대해 어떠한 태도를 취하고 있는가가 무엇보다 중요합니다. 이규보는 이런 벌레나 짐승에 대한 관심이 무척 지대했을 뿐만 아니라 애정과 사랑이 깊었습니다. 인간이 퇴치하거나 이용해야 할 대상이 아니라 함께 더불어 살아가야 할 생태계의 소중한 식구로 생각하고 있었습니다. 영물시를 쓴 많은 시인 가운데에서도 이규보처럼 인간이 아닌 생물의 존재이유를 인정해주고 그들을 소중하게 여긴 시인을 찾아보기란 무척 어렵습니다.

이런 이규보의 생태주의가 가장 잘 드러나 있는 작품이 〈이를 잡다〉라는 시입니다. 이 작품에서 먼저 눈길을 끄는 것은 한 나라의 재상이 옷을 벗고 이를 잡는다는 점입니다. 최 씨 무인 정권에 협력하면서 늦깎이로 벼슬길에 들어선 이규보는 1230년고종 17에 잠시 위도蝟島에 귀양을 갔다가 다시 기용되어 집현전集賢殿 대학사大學士·정당문학政堂文學·참지정사參知政事·태사소무太子少傅 등을 거쳐 1237년고종 24에 문하시랑평장사門下侍郞平章事·감수국사監修國事·태자대보太子大保를 마지막으로 벼슬에서 물러났습니다.

그런데 이런 높은 벼슬자리에 앉아 있는 사람이 옷을 벗고 이를 잡는다는 것부터가 참으로 어울리지 않습니다. 물론 이 무렵에는 오늘날처럼 옷을 자주 갈아입을 수도 없고 여러모로 위생 시설이 부족한 탓에 이가 무척 기승을 부렸을 것입니다. "이가 칼을 쓰겠다"라든지 "이 잡듯 하다"라든지 하는 관용어 표현이 자주 쓰이는 것만 봐도 서민은 말할 것도 없고 지배 계층의 삶에서도 이는 늘 가까이 있는 생물이었음을 알 수 있습니다. 한국에서 이가 퇴치된 것은 겨우 몇 십 년 전의 일에 불과합니다. 완전히 퇴치된 것으로 알려진 이가 한때 다시 유치원생이나 초등학생을 중심으로 퍼지고 있다고 하여 화제가 된 적이 있습니다. 최근 질병관리본부는 유치원이나 초등학교 학생을 중심으로 머릿니 감염 사례가 자주 일어난다면서 주의를 당부하고 나섰습니다. 몇 해 전 통계이기는 합니다만 질병관리본부가 조사한 전국 초등학교 머릿니 감염실태 보고서에 따르면 평균 10퍼센트 안팎의 학생들이 머릿니에 감염돼 있는 것으로 파악되어 충격을 주었습니다.

아무리 그렇다 해도 한 나라의 재상이 옷을 벗고 앉아 이를 잡는다는 것이 어딘지 걸맞지 않습니다. 그런 행동은 자칫 재상으로서의 품위와 체면을 저버리는 것으로 보일지도 모릅니다. 이 사실을 알아차리기라도 한 듯 이규보도 이 세상에서 재상이 이를 잡는 것은 아마 자신 한 사람밖에는 없을 것이라고 말합니다. 그러나 이규보가 이를 잡는 태도에서는 궁상맞다기보다는 오히려 소박하고 청빈한 삶의 방식을 읽을 수 있습니다. 나라에서 중책을 맡고 있는 고위 관직자들이 이렇게 청빈하게 생활한다면 얼마나 바람직하겠습니까? 백성들은 누가 시키지 않아도 저절로 그런 삶의 방식을 따를 것입니다.

첫째 연의 마지막 두 행 "어찌 타오르는 화롯불이 없기야 하겠나마는 / 땅에 던져버리는 것이 나의 자비이다"라는 구절도 찬찬히 눈여겨볼 필요가 있습니다. 이를 잡으면 그것을 죽이는 방법도 가지가지일 것입니다. 가령 손톱으로 눌러 죽일 수도 있을 것이고, 불이 이글거리는 화롯불 속에 집어넣어 죽일 수도 있을 것입니다. 화로가 주로 난방 기구로 쓰이던 이 무렵 사람들은 아마 이를 잡아 화롯불 속에 집어넣어 죽이는 방법을 가장 많이 썼을 것입니다. 그러나 이규보는 자비심을 발휘하여 이를 잡아 화롯불 속에 집어넣지 않고 그냥 땅에 내동댕이쳐버리는 것으로 만족한다고 노래합니다. 사람의 피를 빨아먹는 벌레일망정 목숨이 붙어 있는 생물을 차마 죽일 수 없다고 생각했기 때문이지요. 여기에서 '자비'라는 낱말이 시사하는 바가 자못 큽니다. 본디 자비란 불교佛敎에서 쓰는 말로 부처나 보살이 중생에게 낙樂을 주고 고苦를 없애주는 일을 가리킵니다. 그렇다면 이규보가 이를 잡은 뒤 죽이지 않고 그냥 땅에 던져버리는 행위는 어찌 보면 부처나 보살이 인간에 대해 보여주는 자비와 같은 차원에서 이해할 수 있습니다.

그러나 〈이를 잡다〉에서 무엇보다도 눈여겨봐야 할 구절은 "너 역시 붙어살 데 없어서 / 나를 집으로 삼은 것이네"라는 마지막 연의 첫 두 행입니다. 이는 사람의 옷과 몸에 붙어서 사람의 피를 빨아먹고 살아가는 흡혈 곤충입니다. 이것을 달리 바꾸어 말하면 사람이 입고 있는 옷과 몸은 이가 삶을 영위하는 터전이라는 말이 됩니다. 단독주택이나 아파트가 사람이 사는 주거 공간인 것처럼 사람의 몸이나 옷은 바로 이가 사는 주거 공간입니다. 그러므로 집이나 아파트가 없다면 사람이 살 수 없듯이 이도 사람의 몸이나 옷이 없다면 살 수가 없습니다. 마지막 연의 셋째 행 "내가 없으면 이것 없을 것이라"라는 구절은 바로 이 점을 노래한 것입니다. 김남조金南祚의 시 중에 〈그대 있음에〉라는 작품이 있습니다. "그대 있음에 내가 있네. 나를 불러 손잡게 해……." 김순애金順愛가 작곡하여 더욱 유명해진 이 작품처럼 이규보 같은 사람이 있기에 이 같은 벌레가 이 세상에 존재한다고 말할 수 있습니다.

중국 제齊 나라 때 살았던 강필江泌이라는 사람은 성품이 얼마나 어질고 의리가 두터운지 입고 있던 옷이 다 헤지면 이를 잡아 비단 주머니에 싸두었다가 새 옷으로 갈아입은 뒤 다시 옷 속에 넣어주곤 했다는 일화가 전해져 옵니다. 행여 이가 굶어 죽지나 않을까 하고 걱정되었기 때문입니다. 이렇게 인간의 몸이나 옷을 이가 거처하는 집이요 먹이를 구하는 삶의 터전이라고 본 점에서 강필이나 이규보나 크게 다르지 않습니다. 이를 잡아 땅에 던져버리는 이규보보다는 이를 다시 옷에 넣어주는 강필이 이를 사랑하는 마음에서는 한 수 위라고 할 수 있습니다.

둘째 연의 첫 두 행 "가난한 재상이라고는 하지마는 / 안회 같이 냄새 날 지경엔 이르지 않았네"라도 구절도 눈여겨봐야 합니다. 안회는 중국 노魯나라 사람으로 공자의 제자입니다. 자는 자연子淵으로 자를 따서 흔히 안연安淵이라고도 부릅니다. 학덕이 높고 재질이 뛰어나 공자의 가장 촉망받는 수제자 중의 수제자였지만 스승보다 먼저 세상을 떠났습니다. 공자 다음가는 성인으로 받들어 훗날 사람들은 그를 '안자顏子'라고 높여 부르기도 했습니다.

안회는 우직하고 학덕이 높은 제자의 대명사였지만 또한 가난과 청빈을 벗 삼아 일생을 소박하게 살다 간 선비이기도 했습니다. 공자는 안회를 두고 《논어論語》〈옹야雍也〉에서 "밥 한 소쿠리와 마실 것 한 표주박을 마시며 누추한 마을에 살게 되면 보통 사람들은 그 근심을 견뎌내지 못하는데, 안회야말로 그 즐거움을 바꾸지 않으니 어질구나, 안회여! 賢哉, 回也! 一簞食, 一瓢飲, 在陋巷, 人不堪其憂, 回也不改其樂, 賢哉, 回也" 하고 칭찬하고 있습니다. 안회는 가난이 뼛속에 스며들 정도로 힘든 역경 속에서도 여유롭게 자신의 본분에 충실했습니다. 안연은 늘 가난해서 술지게미와 쌀겨 같은 거친 음식조차 배불리 먹지 못하고 끝내 젊은 나이에 죽고 말았습니다. 음식뿐만 아니라 옷도 제대로 갈아입지 못해 그에게서는 늘 냄새가 날 정도였다고 합니다. 이규보가 안회의 냄새에 비하면 자신한테서 나는 냄새는 아무것도 아니라고 노래하는 까닭이 바로 여기에 있습니다.

인간중심적인 합리주의에 철저히 물들어 있는 현대인들에게 이규보나 강필의 태도는 전혀 이해가 가지 않을 것입니다. 논리와 합리성의 세계에서라면 이나 벼룩 같은 해충은 죽여 없애버려야 마땅합니다. 이나 벼룩 같은 해충은 인간을 물어뜯어 괴롭힐 뿐만 아니라 발진티푸스나 재귀열이나 참호열 같은 온갖 전염병을 옮기기 때문에 더더욱 그렇습니다. 서양인들은 디디티DDT 같은 살충제를 만들어 이나 벼룩 같은 해충을 절멸시켜버린 지 이미 오래되었습니다. 디디티를 처음 사용하기 시작한 것은 1940년대 초엽부터입니다. 이 살충제의 효능을 과학적으로 규명한 스위스의 과학자 폴 뮐러는 그 공로를 인정받아 1948년에 노벨의학상을 받았습니다. 해방과 더불어 미군이 들어오면서 우리나라에서도 디디티가 널리 보급되어 이나 벼룩이 그 자취를 감춰버리다시피 했습니다.

이처럼 맹독성 화학 물질인 디디티는 이와 벼룩을 박멸시켰지만 그 과정에서 땅과 유기체를 오염시키는 등 엄청난 부작용을 낳았습니다. 미국의 해양 생물학자이자 생태주의자인 레이철 카슨은 이제는 이 분야에서 고전이 되다시피 한 책 《침묵의 봄》1962에서 인간이 디디티와 파라티온 같은 맹독성 살충제와 제초제를 함부로 쓴 나머지 지금 무척 큰 대가를 치르고 있다고 지적하고 있습니다. 유해 화학 물질은 땅속과 유기체의 조직에 쌓이고 인간은 말할 것도 없고 인간이 아닌 다른 종種과 개체個體도 태어나는 순간부터 죽을 때까지 이 화학 물질에 큰 영향을 받고 있다고 주장합니다. 카슨은 살충제와 제초제의 피해가 어쩌면 핵 위협보다도 더 클지 모른다고 경고합니다. 최근 무려 99퍼센트에 해당하는 미국인 산모의 모유에서 디디티가 검출되어 미국 사회를 발칵 뒤집어놓았습니다. 그런데 살충제의 위협을 처음 경고한 바로 그 카슨이 암으로 사망했다는 사실은 참으로 아이러니가 아닐 수 없습니다. 해충을 잡으려고 살충제나 제초제를 쓰는 것은 우리말 속담 그대로 "벼룩 잡으려다 그만 초가삼간을 태우는 것"과 조금도 다르지 않습니다.

사돈 남 말 한다고 지금 외국의 이야기를 할 때가 아닙니다. 한국에서도 최근 디디티 문제로 여간 시끄럽지 않습니다. 문제의 빌난은 경상북도 칠곡군 왜관읍 미군기지 '캠프 캐럴'의 지하수가 사용이 금지된 살충제 디디티에 고농도로 오염된 사실이 밝혀지고 나서입니다. 이런 사실은 미국 극동 사령부 육군 공병단이 최근 작성한 '캠프 캐럴 환경오염 치유를 위한 예비조사 보고서'에서 확인되었습니다. 캠프 캐럴 지역은 과거 화학물질 저장고였고, 관리를 소홀히 한 탓에 이곳의 토양과 지하수가 크게 오염되었던 것입니다. 얼마 전 〈한겨레〉 신문이 보고서를 입수해 보도한 기사에 따르면 지하수에서 발암물질인 테트라클로로에틸렌PCE이 국내 먹는 물 기준치의 최고 650배가량이 검출되었고, 트리클로로에틸렌TCE도 최고 180배까지 나왔습니다. 특히 맹독성 살충제 디디티의 성분이 미군의 자체 환경 기준의 최고 210배나 검출되었다니 충격이 아닐 수 없습니다. 토양이 오염되면 지하수가 오염되고 지하수가 오염되면 그 물을 마시는 동물이나 인간이 영향을 받습니다. 오염된 지하수를 마시는 동물이나 인간은 유해 화학 물질이 신체에 그대로 축적되어 암 같은 무서운 질병을 유발합니다. 그래서 서양에서는 일찍이 1970년대부터 디디피의 사용을 전면적으로 금지하고 있습니다.

인간에게 아무리 귀찮고 해로운 벌레라고 하더라도 이 우주 안에서는 그 나름대로의 존재이유가 있기 마련입니다. 존재이유가 있을뿐더러 생태계라는 가족에게는 그 무엇보다 소중한 식구입니다. 만약 인간에게 전혀 쓸모가 없다고 하여 어느 한 생물을 절멸시킨다면 생태계는 그 조화와 균형이 깨뜨려지고 맙니다. 우리가 빅토리아비단나비 같은 동물이나 금강초롱꽃 같은 식물이 이 지구상에서 사라지는 것을 안타깝게 여기는 이유가 바로 여기에 있습니다. 작은 귀돌 하나가 집 전체를 무너뜨릴 수 있듯이 작은 생물종 하나가 생태계 전체에 크나큰 영향을 끼칠 수도 있습니다. 생태계는 마치 그물이나 망 또는 고리처럼 서로 연결되어 있어 어느 한 부분이 없어져 버리면 다른 부분은 반드시 영향을 받을 수밖에 없습니다. 악어와 악어새처럼 그 관계가 서로에게 이익을 주는 상리공생相利共生의 개체에서는 두말할 나위가 없고 편리공생片利共生이나 기생寄生 같은 관계에서도 마찬가지입니다.

이가 더 소중한가,
개가 더 소중한가

이 세상에 존재하는 만물은 모두 평등하게 창조되었습니다. 이 생물평등주의는 먹

이의 피라미드와는 또 다른 이야기입니다. 하나같이 평등한 만물 사이에서 우열을

가리거나 계급 질서를 둔다는 것은 한낱 부질없는 일입니다.

어떤 길손이 나에게 이런 말을 했다.

"어제저녁에는 아주 처참한 광경을 보았습니다. 어떤 불량한 사람이 큰 몽둥이로 돌아다니는 개를 쳐서 죽이는데, 보기에도 너무 참혹하여 실로 마음이 아파서 견딜 수가 없었습니다. 그래서 이제부터는 맹세코 개고기나 돼지고기를 먹지 않기로 했습니다."

이 말을 듣고 나는 길손에게 이렇게 대답했다.

"어떤 사람이 불이 이글이글하는 화로를 끼고 앉아서, 이[蝨]를 잡아서 그 불 속에 넣어 태워 죽이는 것을 보고, 나는 마음이 아파서 다시는 이를 잡지 않기로 맹세했습니다."

그러자 길손이 실망하는 표정을 짓고 대들었다.

"이는 미물微物이 아닙니까? 나는 덩치가 크고 육중한 짐승이 죽는 것을 보고 불쌍히 여겨서 한 말인데, 당신은 구태여

이를 예로 들어 대꾸하니, 이는 필연코 나를 놀리는 게 아닙
니까?"

나는 좀 더 구체적으로 설명할 필요를 느끼고 이렇게 말했다.
"무릇 피血와 기운氣이 있는 것은 사람으로부터 소, 말, 돼지,
양, 벌레, 개미에 이르기까지 모두가 한결같이 살기를 원하
고 죽기를 싫어하는 것인데, 어찌 큰 놈만 죽기를 싫어하고,
작은 놈만 죽기를 좋아하겠습니까? 개와 이의 죽음은 한가
지입니다. 그래서 나는 예를 들어 큰 놈과 작은 놈을 적절히
대조한 것이지, 당신을 놀리기 위해서 한 말은 아닙니다. 당
신이 내 말을 믿지 못하겠으면 당신의 열 손가락을 깨물어보
십시오. 엄지손가락만이 아프고 그 나머지는 아프지 않습니
까? 한 몸에 붙어 있는 큰 지절支節과 작은 부분이 골고루 피
와 고기가 있으니, 그 아픔은 같은 것이 아니겠습니까? 하물
며 각기 기운과 숨을 받은 자로서 어찌 저놈은 죽음을 싫어

하고 이놈은 죽음을 좋아할 턱이 있겠습니까? 당신은 물러가서 눈 감고 조용히 생각해보십시오. 그리하여 달팽이의 뿔을 쇠뿔과 같이 보고, 메추리를 대붕大鵬과 똑같이 보도록 해보십시오. 그런 뒤에야 비로소 나는 당신과 함께 도道를 이야기하겠습니다."

앞서 언급한 이야기는 백운 이규보가 한문으로 쓴 수필 〈이와 개에 관한 생각蝨犬說〉의 전문입니다. 그는 시 작품 못지않게 수필도 많이 썼습니다. 이 작품은 그의 시문집 《동국이상국집》에 실려 있습니다. 그 제목을 '이와 개에 관한 생각'이라고 옮겼습니다만 본디 '설說'은 한문학의 한 장르입니다. 영물시와 마찬가지로 설도 중국에서 먼저 시작했습니다. 당唐나라 때 한유韓愈와 유종원柳宗元 등이 이 장르에 관심을 기울이면서 널리 퍼지게 되었습니다. 우리나라에서는 고려시대 이규보가 처음 이 장르를 시도하여 〈슬견설蝨犬說〉을 비롯하여 〈경설鏡說, 주뢰설舟賂說, 뇌설畾說〉 같은 글을 남겼습니다. 설이란 구체적인 사물이나 사건의 이치를 밝히고 난 뒤 작가 자신의 의견을 서술하는 형식을 갖춘 글입니다. 즉 첫 부분에서는 사실이나 체험에 바탕을 둔 구체적인 예화를 들어 말하다가 뒷부분에 이르러 작가 자신의 의견을 제시하거나 깨달음을 밝히는 방법을 취합니다. 주로 비유나 우의적인 방법을 사용하는 이 장르는 독자들에게 교훈을 주고자 하는 수필에 안성맞춤입니다.

문학의 밥상에서는 그릇形式보다 더 중요한 것이 그 그릇에 담겨 있는 음식물內容입니다. 그 내용과 주제를 보면 이규보가 〈이를 잡다〉라는 시에서 말하는 주제와 동일한 연장선에 놓여 있습니다. 이 수필에서도 이규보가 자연에 대해 얼마나 깊은 관심을 기울이며 또 얼마나 애틋한 정을 느끼고 있는지 쉽게 가늠해볼 수 있습니다. 오늘날처럼 자연이 파괴되거나 환경오염이 심각해지기 훨씬 이전인 고려시대에 이미 생태주의적 의식에 눈떠 있었다는 것이 여간 놀랍지 않습니다.

지금까지 학자들은 이규보의 〈이와 개에 관한 생각〉의 주제를 조금 지나치다 싶을 만큼 철학적으로 해석하거나 민중의 시각에서 해석해왔습니다. 가령 이 작품을 정반합正反合의 구도로 발전하는 프리드리히 헤겔의 변증법적 논리로 해석하는 것은 그다지 바람직하지 않습니다. 또 극단적인 절대주의와 극단적 상대주의의 대립으로 이 작품을 읽으려는 데도 적잖이 무리가 따릅니다. 그런가 하면 지나치게 계급투쟁적인 관점에서 이 작품을 우화적으로 해석하는 것도 그렇게 바람직하지 않기는 마찬가지입니다. 특히 세 번째 해석은 그동안 꽤 관심을 받았습니다. 어떤 비평가는 이와 개를 인간에 빗대어 말한 것으로 해석합니다. 개가 주인을 따르고 반긴다는 속성을 근거로 개를 집권세력에 속하는 사람으로 보는 반면, 이를 피지배 계급이나 농민 또는 노예 집단으로 보려고 합니다. 그러나 사람의 피를 빨아먹고 사는 벌레인 이를 지배 계급한테 착취당하는 농민이나 노예로 보는 것은 사리로 보나 논리로 보나 전혀 맞지 않습니다.

이규보는 〈이와 개에 관한 생각〉에서 넓게는 생태주의, 좀 더 좁게는 생물평등주의를 말하고 있습니다. 그의 관점에서 보면 이 세상에 존재하는 만물은 하나같이 평등합니다. 미국 독립선언서 첫머리에는 "모든 인간은 평등하게 창조되었다" 는 구절이 나옵니다. 이 표현을 빌려 말하자면 이 세상에 존재하는 만물은 모두 평등하게 창조되었다고 말할 수 있습니다. 이 생물평등주의는 먹이의 피라미드와는 또 다른 이야기입니다. 이 수필에서 이규보가 말하고 싶은 것은 이 세상에 존재하는 만물은 하나같이 평등하기 때문에 그 사이에 우열을 가리거나 계급 질서를 둔다는 것은 한낱 부질없는 일이라는 것입니다.

이 작품에서 이규보는 길손과 수필의 화자인 '나'가 서로 대화를 주고받으며 자신의 의견을 밝히는 형식을 취합니다. 먼저 길손이 '나'를 찾아와 자신이 지난 저녁에 목격한 '아주 처참한 광경'을 들려줍니다. 길손의 말대로 어떤 불량한 사내가 큰 몽둥이로 돌아다니는 개를 쳐서 죽이는 광경은 처참하기 이를 데 없을 것입니다. 그런데 이렇게 무자비하게 개를 때리는 것은 모르긴 몰라도 아마 고기 맛을 내기 위해서일 것입니다. 예로부터 개는 몽둥이로 매질을 많이 하면 할수록 고기가 부드러워지고 그 맛도 훨씬 좋아진다고 하지 않습니까? "개 패듯 한다"는 관용어가 생겨난 것도 바로 그 때문이지요. 이렇게 몽둥이로 때려 개를 잡는 것을 보면 아마 한여름인 것 같습니다. 예로부터 우리나라에서는 복날에 으레 개를 잡아먹는 풍습이 있지 않았습니까? 초복·중복·말복이라고 할 때의 그 '복伏' 자를 주의 깊게 살펴보십시오. 사람 '人' 변에 개 '犬' 자가 들어가 있습니다.

서양에서는 몹시 무더운 여름철 한때를 'dog days'라고 합니다. 그러나 한국에서 개를 잡아 몸을 보신하는 복날과는 큰 차이가 있습니다. 고대 로마시대 북반구에서 7월 23일또는 24일에서 8월 23일또는 24일에 큰개 별자리 시리우스성이 태양에 가장 근접하기 때문에 그렇게 부르는 것입니다. 그러니까 한국에서는 복날이 개고기와 관련이 있는 반면, 서양에서는 별자리와 관련이 있습니다. 고대 로마시대에도 더위를 몹시 타는 개를 잡아 성문에 매단 채 제사를 지내며 더위를 물리치는 의식을 행했다고 합니다.

맹자孟子는 일찍이 인간이 본질적으로 착한 존재라고 가르치며 네 가지 심성을 언급했습니다. 측은지심惻隱之心·수오지심羞惡之心·사양지심辭讓之心·시비지심是非之心이 바로 그것이지요. 맹자는 이 네 가지 마음이 없으면 인간이 아니라고 잘라 말합니다. 이 가운데에서 측은지심이란 남을 불쌍히 여기는 심성입니다. 맹자는 "측은지심이야말로 어진 마음의 극치惻隱之心 仁之端也"라고 못 박아 말합니다. 길손이 '나'에게 앞으로는 다시 개고기와 돼지고기를 먹지 않겠다고 말하는 것은 다름 아닌 이 측은지심이 발동했기 때문입니다. 이 착한 심성을 인간이 아닌 짐승에게까지 확대한 것으로 볼 수 있습니다.

길손의 말을 듣고 난 '나'는 길손이 지나치게 큰 짐승만 불쌍하게 여기고 작은 짐승은 하찮게 여긴다는 생각이 들었습니다. 그래서 '나'는 화로를 끼고 앉아서 이를 잡아 불 속에 태워 죽이는 모습을 본 것을 들려주며 그 모습이 너무 가슴 아파 다시는 이를 잡아 죽이지 않겠다고 말합니다. '나'는 크기에 관계없이 생명이 있는 짐승이 죽임을 당하는 것은 똑같이 불쌍하다고 생각하기 때문입니다. '나'는 크기나 규모란 생물체의 가치를 헤아리는 잣대로서는 알맞지 않다고 생각합니다. 차라리 혈기가 있는지 그렇지 않은지를 그 잣대로 삼아야 한다고 목소리를 높입니다. 이왕 크기 말이 나왔으니 말이지만, 크기로 따지자면 이 세상에는 인간보다 더 큰 짐승이 얼마든지 있지 않습니까? 이미 오래전에 지구상에서 사라져버린 공룡은 접어두고라도 상어와 코끼리, 소나 말 같은 짐승도 사람보다 몸집이 훨씬 더 큽니다.

그러나 길손은 자못 실망하는 표정을 짓고는 '나'의 논리를 부정하는 논박을 폅니다. "이는 미물이 아닙니까?"라는 질문의 밑바닥에는 크기가 작고 하찮은 이는 죽여도 괜찮다는 전제가 깔려 있습니다. 길손은 측은지심을 인간을 뛰어넘어 짐승에게까지 확대하되 어디까지나 개나 돼지처럼 몸집이 큰 짐승에만 한정할 뿐이나 벼룩같이 작은 벌레는 제외시킵니다. 다시 말해서 모든 동물을 평등하게 생각하는 것이 아니라 차이를 두어 생각합니다. 적어도 이 점에서 그의 측은지심은 '차별적 측은지심'이라고 부를 수 있겠습니다.

길손의 이런 논박에 '나'가 가만히 있을 리가 없습니다. '나'는 이번에는 좀 더 구체적으로 만물이 모두 평등하다는 사실을 밝힙니다. 소·말·돼지·양 같은 덩치가 큰 짐승에서 이·벌레·개미 같은 작은 미물에 이르기까지 생명이 있는 것이라면 하나같이 다 죽기를 싫어한다고 말합니다. 그러므로 개의 죽음이나 이의 죽음이나 조금도 다를 바가 없다는 논리를 폅니다. 다시 말해서 크기나 규모가 아니라 혈기를 지니고 있느냐 그렇지 않느냐의 유무有無가 그 잣대가 되어야 한다는 것이지요.

'나'는 길손에게 "당신은 물러가서 눈 감고 조용히 생각해 보십시오. 그리하여 달팽이의 뿔을 쇠뿔과 같이 보고, 메추리를 대붕과 똑같이 보도록 해보십시오" 하고 말합니다. 여기에서 '나'가 여러 비유법을 구사하는 솜씨가 여간 돋보이지 않습니다. 대붕과 메추리를 언급하는 것은 전고법典故法입니다. 대붕은 하루에 구만 리를 날아간다는 매우 큰 새입니다. 동물도감에서는 아무리 눈을 씻고 찾아보아도 찾을 수 없는, 용처럼 전설에 나오는 상상의 새입니다. 북해北海에 살던 곤鯤이라는 물고기가 변해서 대붕이 되었다고 합니다. 장주莊周는 《장자莊子》〈소요유逍遙遊〉 편에서 이 두 새 이야기를 언급합니다.

붕이 가슴에 바람을 가득 넣고 날 때, 그의 양 날개는 하늘에 걸린 구름 같았다. 그 새는 바다가 움직일 때 남쪽바다로 여행하려고 마음먹었다. (……) 메추라기가 대붕이 나는 것을 비웃으며 말했다. "저놈은 어디로 가려고 생각하는가? 나는 뛰어서 위로 날며, 수십 길에 이르기 전에 숲 풀 사이에서 (자유롭게) 날개를 퍼덕거린다. 그것이 우리가 날 수 있는 가장 높은 것인데, 그는 어디로 가려고 생각하는가?"

한편 대붕을 메추라기에 빗대고 소뿔을 달팽이 뿔에 빗대는 것은 대조법對照法입니다. 대붕과 메추라기, 소와 달팽이는 비록 겉으로 보면 엄청나게 차이가 있는 것 같지만 실제로는 그렇지 않다는 것을 힘주어 말하기 위한 수사법입니다. 땅과 하늘, 불과 얼음처럼 서로 이질적인 것을 두고 빗대면 대조적 효과가 더욱 두드러집니다.

이렇게 '나'는 《장자》를 은근히 언급하면서 길손에게 "그런 뒤에야 비로소 나는 당신과 함께 도를 이야기하겠습니다" 하고 결론 맺습니다. 이 말을 뒤집어보면 길손이 집에 돌아가 자신의 주장을 음미하면서 틀리다는 사실을 깨달을 때 비로소 '나'와 담론을 나눌 상대가 될 수 있다는 말입니다. 그러기 전에는 그와 아무리 도를 이야기해본들 한낱 시간 낭비라는 것입니다.

길손의 생각과 '나'의 생각을 삼단논법으로 정리해 보면 다음과 같습니다.

길손의 삼단논법

큰 동물이 죽임을 당하는 것은 불쌍하다.

이는 큰 동물이 아니다.

그러므로 이가 죽임을 당하는 것은 불쌍하지 않다.

'나'의 삼단논법

생명이 있는 존재는 모두 평등하다.

이는 생명이 있는 존재이다.

그러므로 이는 개나 돼지와 평등하다.

이 중에서 '나'의 논리가 길손의 논리보다 앞섭니다. 길손의 삼단논법에서는 대전제부터 틀렸습니다. 큰 동물이 죽임을 당하는 것만이 불쌍한 것이 아니라 모든 동물이 죽임을 당하는 것이 불쌍한 것입니다. 요즈음 유행하는 용어로 풀어보자면 길손은 소극적 생태주의자에 해당하고, '나'는 적극적 생태주의자에 해당합니다. 조금 나쁘게 말하면 길손은 겉으로는 생태주의의 깃발을 내세우면서도 뒤에서는 이익을 챙기는 개발론자로 볼 수도 있습니다. 실제로 이런 기업이 의외로 전 세계에 많습니다. 이런 기업은 과일에 빗대어 말하자면 초록색 사과와 같습니다. 겉만 초록색이지 막상 껍질을 벗겨놓고 나면 흰색입니다.

이규보의 〈이와 개와 관한 생각〉은 그의 〈이를 잡다〉라는 시를 떠올리게 하는 작품입니다. 수필의 화자 '나'가 "어떤 사람이 불이 이글이글하는 화로를 끼고 앉아서, 이를 잡아서 그 불 속에 넣어 태워 죽이는 것을 보고, 나는 마음이 아파서 다시는 이를 잡지 않기로 맹세했습니다" 하고 말하는 것을 봐도 잘 알 수 있습니다. 여기에서 '나'가 말하는 내용은 〈이를 잡다〉에서 노래한 것과 아주 비슷합니다. 화자를 시인이나 소설가와는 엄격히 구별 지어 생각하는 시와 소설과는 달리 수필에서는 화자와 수필가의 구별이 그렇게 뚜렷하게 드러나지 않습니다. 수필에서는 화자와 수필가를 동일한 일물로 봐도 크게 무리가 되지 않습니다. 이 두 글에서 이규보는 크기와는 관계없이 이 세상에 존재하는 모든 개체나 종은 그 나름대로의 존재이유를 지니고 있다고 봅니다. 앞에서 이미 지적했듯이 이 작품에서 이규보는 온갖 생물이 서로 평등하다는 생물평등주의를 내세우고 있습니다.

요즈음 서양에서는 동물보호 운동이 활발합니다. 동물보호단체에 속한 회원들이 밍크코트를 만들거나 판매하는 가게 앞에서 벌거벗은 채 시위를 벌이거나, 웅담을 얻기 위해 곰을 남획하는 행위에 항의하는 모습을 가끔 보게 됩니다. 동양이라고 예외는 아니어서 몇 해 전 일본에서는 동물을 학대하거나 유괴하는 경우 지금까지 명목적으로 벌금형을 내리던 법을 고쳐 이제는 무거운 벌금형과 함께 감옥살이를 시키기로 했다고 합니다. 그러나 이나 벼룩을 보호하자는 운동은 눈을 씻고 세계 구석구석을 샅샅이 뒤져봐도 찾을 수 없습니다. 그렇다면 동물에 대한 편애도 이만저만이 아닙니다. 이규보는 바로 이런 편애에 쐐기를 박고 있습니다. 자식을 편애하는 것만큼 나쁜 것도 없듯이 생물을 크기에 따라 편애하는 것도 옳지 않기는 마찬가지입니다. 만물이 평등하다고 생각하는 것이야말로 오늘날 인류가 겪고 있는 생태계 위기를 극복할 수 있는 지름길입니다.

쥐를 위해
밥을 남기고

배를 조금 주리거나 어두워서 불편한 것은 쥐가 굶지 않고 배를 채우는 것이나 모기가 불에 타 죽지 않고 날아다니는 것에 비하면 아무것도 아닙니다. 쥐를 사랑하고 모기를 사랑하는 마음이 바로 이와 같습니다.

爲鼠常留飯

憐蛾不點燈

自從靑草出

便不下堦行

쥐를 위해 언제나 밥을 남겨놓고

모기가 불쌍해 등에 불을 켜지 않노라

절로 푸른 풀이 돋아나니

계단을 함부로 딛지 않노라

고려시대의 승려인 탄연坦然이 지은 게송偈頌입니다. 탄연의 속성은 손孫이요, 호는 묵암黙庵이며, 시호는 대감大鑑이고, 본관은 밀양입니다. 그는 흔히 '묵암선사黙庵禪師'라는 이름으로 우리에게 더욱 잘 알려져 있습니다. 열세 살 때《육경六經》의 대의大義에 통하고 열다섯 살 때 명경과에 합격하고, 숙종肅宗의 초청으로 세자예종를 보도補導하다가 1088년선종 5 몰래 궁중에서 빠져나와 안적사女寂寺에서 승려가 되고 광명사廣明寺 혜소국사慧炤國師에게 오의奧義를 이어받았습니다. 그 뒤 탄연은 선사를 거쳐 1146년인종 24에 왕사王師에 임명될 만큼 이 무렵 크게 존경받는 스님이었습니다.

탄연은 경전에 대한 지식이 뛰어났을 뿐만 아니라 글씨도 잘 썼습니다. 신라시대와 고려시대에 글씨가 빼어난 경지에 이른 네 사람을 일컬어 신품사현神品四賢이라고 명명했는데 탄연은 그 가운데 한 사람으로 꼽힙니다. 서거정徐居正은 일찍이 "동국의 필법에 김생金生이 제일이요, 요극일姚克一, 영업靈業, 탄연이 다음간다"고 평할 정도였습니다.

묵암대사는 불법이나 서예 못지않게 뛰어난 게송을 지은 것으로도 유명합니다. 게송이란 불교에서 경전의 교리나 부처님의 공덕을 기리는 데 사용하는 시를 말합니다. 본디 게송의 '偈'는 찬가를 뜻하는 산스크리트어 '가타gatha'를 음역音譯한 것이고, '頌'은 그것을 다시 한문으로 의역意譯한 것입니다. 그러니까 '깡통'이라는 말처럼 영어 'can'을 음역하고 의역한 말인 '통'을 덧붙여놓은 것과 마찬가지인 셈이지요. 어찌 되었든 게송은 일반 사람들이 쉽게 외울 수 있도록 게구偈句라는 형식을 빌려 짓습니다.

위에 인용한 게송은 묵암선사의 게송 중에서도 가장 잘 알려진 작품으로 그의 생태주의 사상이 잘 드러나 있습니다. 처음 두 행 "쥐를 위해 언제나 밥을 남겨놓고 / 모기가 불쌍해 등에 불을 켜지 않노라"라는 구절을 다시 한번 찬찬히 읽어보고 그 뜻을 곰곰이 되새겨보시기 바랍니다. 쥐는 남극과 뉴질랜드를 제외한 지구의 전 지역에 살고 있는 설치류 동물로 포유류 가운데 가장 큰 목目에 속합니다. 우리가 흔히 알고 있는 쥐는 집쥐로 본디 서남아시아가 원산이었지만 15세기에서 18세기에 걸쳐 해양 문화의 발달과 더불어 전 세계로 퍼져나갔다는 것이 일반적인 견해입니다.

쥐는 이와 벼룩처럼 인간에게 해로운 동물입니다. 농작물을 해치고 곳간에 저장해둔 곡식을 훔쳐 먹습니다. 그래서 쥐를 탐관오리에 자주 빗대기도 합니다. 조선 후기 실학자 다산茶山 정약용丁若鏞은 탐관오리들을 쥐에 빗대어 이렇게 노래한 적이 있습니다.

들쥐는 구멍 파서 이삭 낟알 숨겨두고
집쥐는 이것저것 훔치지 않는 것이 없네
백성들은 쥐 등쌀에 나날이 초췌하고

기름 말라 피 말라 뼛골마저 말랐다네

두말할 나위 없이 들쥐는 외직에 있는 탐관오리를 가리키고, 집쥐는 내직에 있는 탐관오리를 가리킵니다. 정약용은 탐관오리들이 쥐처럼 안팎으로 백성들의 재산을 빼앗아 피를 말리고 뼈마저 말린다고 한탄합니다.

더구나 쥐는 시궁창 같은 더러운 곳에 살면서 질병을 옮기기도 합니다. 이 중에서도 특히 들쥐는 흔히 흑사병으로 일컫는 페스트를 유발시킵니다. 감염된 쥐의 피를 빨아먹으면서 서식하는 쥐벼룩이 사람을 물면 이틀에서 닷새 정도의 짧은 잠복기를 거쳐 페스트에 걸립니다. 빨리 치료하지 않으면 발병된 지 며칠 안에 감염자의 60퍼센트 정도가 사망하는 무서운 전염병입니다. 구한말의 유학자이자 재야 문인 선비인 황현黃玹이 쓴 《매천야록梅泉野錄》을 보면 순종純宗 3년이었던 1909년에 쥐 때문에 전염병이 돌아서 항구마다 외국 배들을 검역했으며, 쥐를 잡아오는 사람에게 3전씩 포상금을 주었다는 기록이 남아 있습니다.

문제는 이렇게 해로운 쥐가 덩치는 작지만 번식력이 무척 왕성하다는 데 있습니다. 집쥐의 임신 기간은 3주, 즉 출산 뒤 몇 시간만 지나면 금방 발정하여 교미합니다. 쥐 한 쌍이 한배에 10마리씩 해마다 다섯 번 새끼를 낳을 경우 3년 뒤에는 3억 5,000만 마리로 불어납니다. 실로 엄청난 번식력이 아닐 수 없습니다.

인간에게 해로운 것으로 말하자면 모기도 쥐보다 더 하면 더 하지 덜 하지는 않습니다. 여름철의 불청객 하면 모기가 첫 손가락에 꼽힙니다. 모기는 전 세계에 줄잡아 3,000종, 한국에만 47종이 서식하는 것으로 알려져 있습니다. 본디 모기는 애벌레 때 천적인 큰 물고기, 송사리, 미꾸라지 등이 잡아먹어 그 수가 자연히 조절됩니다. 그러나 최근 경제 발전과 무분별한 공업화로 생태계가 파괴되면서 상대적으로 천적이 사라지자 모기는 비정상적으로 늘어나고 있습니다. 오염된 물에서 송사리와 미꾸라지는 살 수 없지만 장구벌레는 살 수 있기 때문이지요.

모기에 물리면 가려운 것도 가려운 것이지만 말라리아학질, 필라리아상피병, 일본뇌염, 황열병, 뎅기열, 웨스트나일 같은 무서운 질병에 걸릴 수 있습니다. 미국의 일간신문 〈유에스에이 투데이〉에 실린 최근 기사에 따르면 미국에서도 모기가 매개하는 전염병 때문에 골치를 앓고 있다고 합니다. 예전에는 라틴아메리카나 남동아시아 또는 아프리카의 사하라사막 남쪽 지역에서만 감염되던 전염병들이 나라와 나라 사이의 상벽이 부너진 지구촌 시대에 이르러서는 북아메리카 대륙에도 쉽게 옮겨진다는 것입니다. 모기가 옮기는 말라리아와 뎅기열은 전 세계로 퍼져 해마다 3억 5,000만 명이 감염되고 있고, 이 중에서 무려 300만 명이 사망한다고 합니다. 더구나 이 신문은 지금까지는 의학계에 보고되지 않았던 '치쿤구냐chikungunya'라는 치명적인 바이러스가 곧 미국에 상륙할 예정이라는 달갑지 않은 소식을 전하고 있습니다.

그래서 모기를 퇴치하려고 모기향을 사용하지만 아토피와 천식, 알레르기 질환 등을 유발할 수 있는 포름알데히드와 미세분진을 일으켜 그 피해는 담배 50개비를 한번에 피는 것과 맞먹습니다. 모기향뿐만 아니라 스프레이형 살충제나 전자 모기향 등도 정도의 차이가 있을 뿐 인체에 해롭기는 마찬가지입니다. 모기를 퇴치하려다 오히려 피해를 입는 일이 많습니다.

여기에서 잠깐 법정法頂 스님이 한 수필집에 기록한 모기 이야기를 해볼까 합니다. 땅거미가 지고 사위가 어두워지자 시아버지 모기가 외출을 준비합니다. 문 밖으로 발을 내디디면서 그는 며느리 모기에게 이렇게 말합니다. "얘야, 내 저녁밥은 짓지 말거라." 그러자 며느리 모기가 그에게 "무슨 잔칫집에라도 가시는지요, 아버님?" 하고 묻습니다. 시아버지 모기는 먼 산을 바라보면서 힘없이 이렇게 중얼거립니다. "마음씨 좋은 사람을 만나면 저녁 한 상 잘 얻어먹겠지. 하지만 모진 놈을 만난다면 맞아 죽는 수밖에 없지 않겠느냐. 어느 쪽이든 오늘 저녁 내 밥 준비는 할 필요가 없겠다." 그저 웃어넘겨버리기에는 의미심장한 이야기입니다. 모기는 인간에게 해로운 위생해충이고 그만큼 인간에게 맞아 죽을

확률도 큽니다. 오죽하면 ‘파리 목숨’이니 ‘모기 목숨’이니 하는 말까지 생겨났겠습니까?

그런데도 묵암선사는 “쥐를 위해 언제나 밥을 남겨놓고 / 모기가 불쌍해 등에 불을 켜지 않노라” 하고 노래합니다. 행여 쥐가 굶지 않을까 걱정되어 밥을 먹다가도 언제나 조금은 남겨둔다는 것입니다. 또 모기가 천방지축 날아다니다가 행여 불에 뛰어들어 타 죽지나 않을까 걱정되어 등에 불을 밝히지도 않는다고 합니다. 쥐를 사랑하고 모기를 사랑하는 마음이 이보다 더 애틋할 수가 있을까요? 내가 조금 배를 주리고 어두워서 불편한 것은 쥐가 굶지 않고 배를 채우는 것이나 모기가 불에 타 죽지 않고 날아다니는 것과 비교해 보면 그야말로 아무것도 아니라고 생각하는 듯합니다.

우리 조상들은 이렇게 다른 짐승을 생각하는 마음이 유별났습니다. 가을이 되면 까치밥이라고 하여 감나무 같은 과일나무에서 열매를 모두 따지 않고 몇 개는 남겨두어 까치 같은 새들이 먹을 것이 별로 없는 겨울철에 먹을거리로 삼도록 했습니다. 다른 짐승을 위해 배려하는 선조들의 마음이 여간 소중하고 귀하지 않습니다. 내가 풍족하게 쓰고도 나머지 것을 나누어주기가 쉽지 않은 법인데 이렇게 내가 부족한데도 남에게 자신의 것을 나누어주는 행위는 더더욱 아름답습니다. 이런 나눔의 미덕을 실천할 때 생태계는 그만큼 풍요롭고 건강하게 됩니다.

이번에는 위에 인용한 묵암선사의 게송에서 나머지 두 행 "절로 푸른 풀이 돋아나니 / 계단을 함부로 딛지 않노라"라는 구절을 찬찬히 살펴보기로 하지요. 동물에 대한 관심이나 사랑이 이번에는 식물에까지 확대됩니다. 풀은 봄이 되면 어김없이 저절로 돋아납니다. 또한 생명력이 무척 강하여 돌계단 같은 틈바구니 사이를 뚫고 돋아납니다. 심지어 도회지의 아스팔트 틈바구니를 뚫고 잡초가 솟아나는 것도 쉽게 볼 수 있습니다. 새봄이 되면서 이렇게 돌계단 사이에 돋아난 풀을 밟지 않기 위해 묵암선사는 계단조차 함부로 딛지 않으려고 무척 조심합니다. 〈창세무가〉와 관련하여 앞에서 새봄이 되면 스님들이 탁발하며 돌아다닐 때 새로 지은 짚신을 신고 다닌다고 말한 적이 있습니다. 갓 지어 푹신푹신한 짚신을 신고 다니는 것은 봄이 되어 길가로 나온 벌레를 죽이지 않으려는 배려 때문입니다. 그런데 묵암선사는 벌레도 아니고 풀을 배려하여 이렇게 돌계단 밟는 일조차 조심하고 또 조심합니다. 이 풀은 잔디처럼 인간이 가꾸는 풀이 아니라 천덕꾸러기 잡초입니다. 이 얼마나 자연을 사랑하고 배려하는 마음입니까?

그런데 묵암선사의 이 게송이 세상에 널리 알려지기 시작한 데는 '한살림운동'으로 유명한 사회운동가이자 생명운동가인 무위당無爲堂 장일순張壹淳의 공이 컸습니다. 장일순은 김지하金芝河의 사상적 스승이었고 1970년대 반독재 민주화

투쟁의 해방구와 다름없던 원주 캠프의 정신적 지주였습니다. 한 강연회에서 장일순은 묵암선사의 게송을 인용하면서 "하나의 생명을 존중한다는 그 도리에 있어서 모기도 남이 아니고 쥐도 남이 아니고 미물 전체도 남이 아니다" 하고 말한 적이 있습니다. 그러면서 장일순은 "한살림이 왜 필요한가 하는 얘기를 하면서 이로우니까 한살림운동을 한다든가, 이런 먹(을)거리라야 오래 산다고 하니까 그렇게 한다든가, 그런 차원으로 문제를 보게 된다고 할 것 같으면 거기에는 반드시 무엇이 수반되느냐, 경쟁이 수반됩니다" 하고 지적하기도 합니다. 이롭다는 말과 관련하여 장일순은 한자 '이利' 자의 본뜻을 설명합니다. 나락 '禾' 자에 칼 '刀' 자를 결합하여 만든 말이라는 것입니다. 물론 칼로 벼를 수확한다는 뜻으로 농경문화에서 비롯한 글자입니다만 칼이라는 말에서는 섬뜩한 느낌이 듭니다. 장일순은 '이'라는 말이 나락을 벤다는 뜻에서 왔듯이 살림을 하는데 '이'를 따지기만 한다면 궁극적으로 경쟁이 수반되어 나머지는 도태될 수밖에 없다고 지적합니다.

장일순이 말하는 '한살림'이라는 것도 따지고 보면 '함께 더불어' 살아가는 현상을 일컫는 것에 지나지 않습니다. 오로지 이로운 것만 추구하다 보면 묵암선사처럼 쥐에게 먹이를 남겨두거나 모기를 배려하여 등불을 밝힐 수 없을 것입니다. 장일순이 정치운동에서 생명운동으로 눈을 돌린 것도 묵암선사의 생태주의와 삶의 방식에서 파멸을 향해 치닫고 있는 지구를 구원할 수 있는 희망을 찾았기 때문이었지요. 1980년대에 '한살림운동'을 전개하면서 장일순은 밥이 곧 하늘이고 모든 생명은 하나라는 사실을 일깨우는 데 누구보다도 앞장섰습니다. 1988년 가을 그는 서울 대치동 성당에서 열린 '한살림 월례강좌'에서 잔잔한 목소리로 이렇게 말했습니다.

한살림의 기본 정신은 이런 자애가 바탕이 되어야 해요. 그렇기 때문에 만나는 물건마다 알뜰하게 대해야 한다는 거라. 한 번 더 말하지만, 알뜰함이란 인색하게 나만 갖는다는 거하곤 달라요. 마땅히 좋은 데에 베풀기 위해서 소중히 다룰 줄 아는 거지. 그리고 겸손한 자세로 모든 것을 받아들여야 해요. 이런 겸손의 토대 위에서 세상을 넉넉하게 하고 풍요롭게 하는 거예요. 알뜰함으로 세상에 누구도 굶주리지 않게 하고, 자애 속에서 잘못한 사람조차 안식처를 찾도록 하자는 게 한살림 정신인 거라.

장일순은 한살림운동의 기본 바탕이란 곧 자애라고 말합니다. 자애란 다름 아닌 불교와 기독교를 비롯하여 모든 종교가 강조하는 덕목입니다. 묵암선사의 게송도 바로 이런 자애를 노래하고 있는 것입니다. 앞서 살펴본 장일순의 강연에서 "세상에 누구도 굶주리지 않게 하고"라는 구절을 눈여겨

보시기 바랍니다. 이 '누구'의 범주 속에는 비단 만물의 영장
이라는 인간만이 들어가지 않고 먹을 것이 없어 굶주리고 있
는 쥐와 모기, 그리고 심지어 새봄이 되어 돌계단에 돋아나
는 잡초까지도 모두 포함됩니다.

청산도
절로절로

자연은 아무런 인공을 보태지 않고 본디 상태 그대로 그냥 내버려두었을 때 최적의 상태를 유지합니다. 우리말 속담에 '긁어 부스럼'이라는 말이 있듯이 자연은 손을 대면 댈수록 손해를 본다는 이야기입니다.

청산靑山도 절로절로 녹수綠水도 절로절로

산山 절로 수水 절로 산수간山水間에 나도 절로

이 중에 절로 ᄌᆞ란 몸이 늙기도 절로 ᄒᆞ리라

푸른 산도 저절로 된 것이요, 푸른 물도 저절로 된 것이라

산도 물도 자연 그대로이니 그 속에 자란 나도 자연 그대로라

자연 속에서 절로 자란 몸이니 늙는 것도 자연의 순리에 따르리라

조선시대 후기의 문신이자 학자인 우암尤庵 송시열宋時烈이 지은 옛시조입니다. 스물일곱 살 때 생원시生員試에서 장원으로 합격한 뒤 그의 학문적 명성이 널리 알려졌고, 2년 뒤에는 뒷날 효종孝宗이 되는 봉림대군鳳林大君의 사부師傳로 임명되었습니다. 그러나 병자호란丙子胡亂으로 왕이 치욕을 당하고 소현세자와 봉림대군이 인질로 잡혀가자 좌절감 속에서 낙향하여 십여 년 동안 모든 벼슬을 사양하고 초야에 묻혀 학문에만 몰두했습니다.

송시열이 이 시조 같은 자연친화적인 작품을 남긴 것은 충청도 옥천군 구룡촌九龍村 외가에서 태어나 스물여섯 살 때까지 그곳에서 성장한 데다 일찍이 낙향하여 자연을 벗 삼았기 때문입니다. 이 작품은 김수장金壽長이 편찬한 《해동가요海東歌謠》에 수록되어 있습니다. 이 시조는 송시열이 쓴 것이 아니라 하서河西 김인후金麟厚가 쓴 것이라는 주장도 있습니다.

옛시조의 구조가 흔히 그러하듯이 이 작품도 초장과 중장과 종장 세 행은 서양의 논리학에서 말하는 삼단논법의 형식과 비슷합니다. 이를테면 대전제라고 할 초장에서 시적 화자인 '나'는 푸른 산이나 푸르고 맑은 물 같은 자연이 저절로 생겨난 것이라고 말합니다. 중장은 소전제로 자연 속에서 자란 '나'도 어디까지나 자연의 일부에 지나지 않는다고 말합니다. 결론인 종장에 이르러 '나'는 이런 자연의 순리나 질서에 따라 자연스럽게 늙어갈 것이라고 말합니다.

앞에서 이미 고려가요 〈청산별곡〉에 대해 살펴보았습니다만, 청산은 비단 '푸른 산'을 뜻하지 않고 자연을 뜻하는 환유나 제유입니다. 이 두 비유법은 부분으로 전체를 가리키는 수사법입니다. 맑은 물이나 푸른 물을 뜻하는 녹수도 마찬가지입니다. 황진이黃眞伊가 화담花潭 서경덕徐敬德을 염두에 두고 지었다는 "청산은 내 뜻이요 녹수는 님의 정이……"로 시작하는 시조에서도 청산과 녹수는 자연을 가리키는 비유입니다. 그런데 여기에서 한 가지 흥미로운 것은 한국어에서는 푸른색과 초록색을 구별하지 않고 뒤섞어 사용한다는 점입니다. 산도 푸르고靑山, 언덕도 푸르고靑坡, 물도 푸르고靑波, 하늘도 푸르다靑天고 합니다. 그러나 좀 더 엄밀히 말하자면 산은 초록빛을 띠고 있는 반면, 하늘은 푸른빛을 띠고 있다고 해야 합니다. 어찌 보면 한국인들은 녹색과 청색을 잘 구별하지 못하는 청록색맹이라고 할 수 있습니다. 다만 계곡에 흐르는 물은 상황에 따라 초록색을 띨 수도 있고, 푸른색을 띨 수도 있습니다.

중장의 "산 절로 수 절로 산수간에 나도 절로"라는 구절도 눈여겨보기 바랍니다. 자연의 섭리에 따라 푸른 산도 저절로 생겨났고 맑고 푸른 물도 저절로 생겨났다고 말합니다. 이런 산수 사이에 태어나 살고 있는 '나'도 산수와 더불어 자연의 순리에 따라 살아갈 수밖에 없습니다. 시적 화자인 '나'도 궁극적으로는 자연의 일부에 지나지 않기 때문이지요. 여기에서 '나'는 송시열 한 사람만을 가리키는 것이 아니라 청산이나 녹수처럼 인간을 두루 일컫는 환유나 제유로 보면 크게 틀리지 않습니다. 자연을 소중하게 생각하고 사랑하는 사람이라면 하나같이 '나'의 범주에 들어갑니다.

여기에서 잠깐 '산수간'이라는 말과 관련하여 '인간'이라는 말의 어원을 살펴볼 필요가 있습니다. 인간이라는 말은 본디 중국에서 사용하던 한자어라기보다는 일본어식 한자어가 들어오면서 쓰기 시작한 말입니다. '人間'이라는 한자어는 '人生世間'을 줄여 쓴 말로 곧 인간이 사는 세상이라는 뜻입니다. 다시 말해서 이 말은 곧 천계天界에 대응하는 말로 썼던 것입니다. 《월인석보月印釋譜》에는 "인간은 사룸 서리라人間은 사람 사이이다"로 풀이해놓고 있습니다. "天上人間"이니 "人間到處有靑山"이니 하는 표현은 이 점을 더욱 뒷받침합니다. 전자는 천계와 하계를 두루 일컫는 말이고, 후자는 세상 어느 곳이나 청산이 존재한다는 뜻입니다. 그러고 보니 "산수간에 나도 절로"라는 구절이 예사롭지 않습니다.

종장 "이 중에 절로 즈란 몸이 늙기도 절로 홀이라"라는 구절도 자못 의미심장합니다. 이 세상에 태어나는 것이 자연의 순리라면 이 세상에서 사라지는 것도 자연의 순리입니다. 노자老子는 《도덕경道德經》에서 "대저 만물이 운운해도 각각 그 뿌리로 돌아간다夫物芸芸, 各復歸其根"고 말합니다. 그러면서 "뿌리로 돌아가는 것을 정이라 하고, 이를 일러 명에 돌아간다歸根曰靜, 是謂復命"고 말하기도 합니다. 이처럼 도가 철학에서는 삶과 죽음을 따로 떼어서 보지 않고 동전의 양면처럼 한 가지로 봅니다. 기독교에서도 "너는 흙이니 흙으로 돌아갈 것이다"〈창세기〉 3장 19절 하고 말하지 않습니까?

불로장생不老長生이나 불사불로不死不老는 어느 민족이나 공통적으로 바라는 열망이었습니다. 예로부터 사람들은 이 꿈을 실현하기 위해 얼마나 많은 시간과 노력을 바쳤습니까? 동양 문화권에서는 잘 알려진 이야기입니다만 《삼국지三國志》와 《후한서後漢書》에 따르면 진시황제秦始皇帝가 서복徐福으로 하여금 불로초를 구해 오게 했습니다. 서복은 배 60척에 일행 5,000명과 동남동녀 3,000명을 이끌고 단주亶洲 또는 이주夷洲에 도착합니다. 중국에서 이주는 대만을 가리키고, 단주는 일본을 가리킵니다.

최근 영국의 일간지 〈데일리 메일〉은 불로장생의 영약이 곧 현실화될 것 같다고 보도하여 관심을 끌었습니다. 이 신문은 '라파마이신rapamycin'으로 알려진 '영원한 젊음의 약'을 조로증에 걸린 어린이 세 명의 피부 세포에 주입했더니 놀랍게도 세포들이 다시 건강해지는 것은 말할 것도 없고 다른 피부 세포보다 더 오래 살아남는다고 전했습니다. 정말 그렇게 된다면 중국 진시황제가 꿈꾸던 생명 연장의 꿈이 2,000여 년 만에 현실로 다가오는 셈입니다. 그러나 그것은 어디까지나 자연의 순리를 거스르는 행위일 뿐입니다. 사람들이 나이가 들어도 죽지 않고 몇 백 년을 산다고 한번 상상해보십시오. 의학이 눈부시게 발달하면서 인간 수명이 연장되어 노령화가 얼마나 심각한 사회 문제로 대두되고 있습니까? 매스컴이 전하는 소식에 따르면 최근 불황의 여파로 몸이 편찮은 부모를 병원에 버리고 달아나는 이른바 '현대판 고려장高麗葬'이 늘어나고 있다고 합니다. 양로원이나 요양원을 비롯해 지금도 여러 형태로 현대판 고려장이 시행되고 있다고 볼 수 있습니다.

이 시조에서 무엇보다도 눈길을 끄는 것은 '절로'라는 시어입니다. 이 부사는 '저절로'를 줄인 말로 "다른 힘을 빌리지 아니하고", "인공의 힘을 더하지 아니하고", 또는 "자연적으로"라는 뜻입니다. 이와 비슷한 말로는 "제 스스로", "제풀로", "제물로" 등이 있습니다. '절로'라는 말은 유음流音 'ㄹ'이 말음과 초음에 걸쳐 있어 마치 물이 흘러가듯 저절로 입에서 흘러나옵니다. 세계 모든 언어를 샅샅이 뒤져보아도 이처럼 시니피앙기표과 시니피에기의가 잘 맞아떨어지는 어휘가 없을 듯합니다. 가령 영어 'by itself'나 프랑스어 'en soi'와 한번 비교해보십시오. 술술 흘러나오는 한국어와는 달리 영어나 프랑스어는 발음할 때 음이 끊겨 숨이 탁탁 막힙니다.

여기에서 다시 한번 묵암선사의 게송에서 "절로 푸른 풀이 돋아나니 / 계단을 함부로 딛지 않노라"는 구절을 살펴봅시다. 새봄이 되어 돌계단에 풀이 저절로 돋아나듯이 산도 물도 하나같이 저절로 생겨나고 존재한다는 뜻입니다. 산과 물 같은 자연 속에서 태어나 살고 있는 인간도 예외가 아닙니다. 송시열의 작품에서는 사람의 힘이 가해진 인공적인 것이라고는 아무리 눈을 씻고 찾아봐도 찾아볼 수가 없습니다. 모든 것이 저절로 생겨나 저절로 존재하기 때문입니다.

그런데 송시열은 이 짧은 시조에 '절로'라는 시어를 무려 아홉 번에 걸쳐 되풀이하여 사용하고 있습니다. 이 낱말을 빼고 나면 남는 말이 별로 없다시피 합니다. 일본의 전통 시가인 하이쿠俳句보다는 길이가 조금 길다고는 하지만 일정한 시 형식 안에 감정을 응축하여 표현해야 하는 정형시이기 때문에 시조에서는 시어 한 마디를 허투루 낭비할 수 없습니다. 시어 한 마디 한 마디가 모두 유기적으로 깊이 연결되어 있어 만약 어느 시어 하나라도 빠져버리면 건축물에서 주춧돌 하나를 빼는 것처럼 시의 집이 와르르 무너져버립니다. 그런데도 송시열이 동일한 낱말을 아홉 번이나 반복한다는 것은 이 시어가 그만큼 중요하다는 것을 뜻합니다.

이 시조의 주제를 캐는 비밀은 다름 아닌 이 '절로의 미학'에 들어 있습니다. 아무런 인공을 가하지 않은 자연 그대로의 세계, 그것이 바로 도교나 도가에서 말하는 무위자연無爲自然의 조화로운 삶입니다. 즉 자연의 순리에 거역하지 않고 그 질서에 순응하며 살아가려는 태도입니다. 노자는 일찍이 우주의 근본이요 진리인 도道의 길에 도달하려면 자연의 법칙에 따라 살아야 한다고 강조했습니다. 즉 법률·도덕·윤리·풍속·문화 등 인위적인 것에 얽매이지 말고 사람의 가장 순수한 양심에 따라 있는 그대로의 모습을 지키며 살아갈 때 비로소 도에 이를 수 있다고 했습니다. 노자는 "도는 만물을 생장시키지만 만물을 자신의 소유로는 하지 않는다. 도는 만물을 형성시키지만 그 공을 내세우지 않는다. 도는 만물의 장長이지만 만물을 주재하지 않는다"고 말합니다. 이 말을 달리 바꾸면 만물의 형성이나 변화는 본디 스스로 그런 것이며 또한 거기에는 예정된 아무런 목적조차 없다는 것이 됩니다.

송시열도 "녹수도 절로절로" 하고 노래했듯이 노자는 최고선의 경지를 물에서 찾았습니다. "상선上善은 물과 같다. 물은 만물을 이롭게 하지만 다투지 않는다. 그러면서 뭇 사람들이 싫어하는 곳에 놓여 있다. 그 때문에 도에 가깝다", "천하에서 유약柔弱하기는 물보다 더한 것이 없다"고 말합니다. 이 구절에서 볼 수 있듯이 노자는 물처럼 나를 내세우지 않고 세상의 흐름을 따라 세상과 함께 살아가기를 권합니다. '겸하부쟁謙下不爭'은 바로 이런 특성을 지적한 말입니다.

이런 무위자연의 세계는 바로 건강한 생태계가 지향하는 세계이기도 합니다. 생태주의의 원칙 가운데 "자연이 가장 잘 알고 있다"는 것이 있습니다. 자연은 아무런 인공을 보태지 않고 본디 상태 그대로 그냥 내버려두었을 때 최상의 상태를 유지한다는 원칙입니다. 우리말 속담에 ‘긁어 부스럼’이라는 말이 있듯이 자연은 손을 대면 댈수록 손해를 봅니다.

4대강 정비 사업에 대해 환경단체나 시민단체가 그토록 반대한 것도 바로 그 때문입니다. 2008년 하반기부터 이명박 정부가 추진했던 이 사업은 ‘한국형 뉴딜’ 또는 ‘녹색 뉴딜 사업’으로 일컬어졌습니다. 한강·낙동강·금강·영산강 등에 총 14조 원을 투입해 노후 제방을 보강하고 하천 생태계를 복원하며 중소 규모 댐 및 홍수 조절지를 건설할 뿐만 아니라, 하천 주변 자전거 길을 조성하고 친환경 보洑를 설치하는 사업입니다. 이렇게 한반도를 흐르는 중요한 강을 다시 정비한다는 사업 그 자체는 나무랄 것이 없습니다. 긍정적 측면이 적지 않기 때문입니다.

그러나 문제는 자연스럽게 흐르는 물줄기를 돌리고 물의 흐름을 저해한다는 데 있습니다. 이런 대공사를 하면 자연은 어쩔 수 없이 영향을 받을 수밖에 없습니다. 자연에 인공을 가하면 가할수록 장기적으로는 피해를 봅니다. 지금 서양에서는 막았던 댐을 다시 없애고 시멘트로 만든 제방도 원래 상태로 돌려놓고 있습니다. 댐이나 제방 건설로 이로운 점보다는 해로운 점이 더 많다는 사실이 속속 밝혀졌기 때문입니다. 그러므로 4대강 정비 사업은 일자리를 창출한 뉴딜 사업과 비슷할지는 몰라도 자연과 환경을 보호하고 지키는 ‘녹색 사업’과는 거리가 멀다고 아니할 수 없습니다.

이 지구라는 땅덩어리의 한 조각 한 조각이 모두 신성한 것입니다. 반짝이는 솔잎 하나며, 모래가 깔린 해변이며, 깊은 숲 속의 안개 한 자락이며, 풀밭, 잉잉거리는 풀벌레 한 마리까지도 어느 것 하나 중하지 않은 것 없이 하나같이 신성합니다.

말 업슨 청산青山이요 태態 업슨 유수流水] 로다
갑 업슨 청풍清風이요 님즈 업슨 명월明月이라
이 중中에 병 업슨 이 몸이 분별分別 업시 늙으리라

말 없는 것은 청산이요, 모양 없는 것은 흐르는 물이로다
값 없는 것은 시원한 바람이요, 주인 없는 것은 밝은 달이로다
이런 자연 속에 묻혀 병 없는 이 몸은 걱정 없이 늙으리라

조선시대 중기의 성리학자 우계牛溪 성혼成渾이 지은 옛시조입니다. 그는 생원과 진사의 양장兩場 초시에는 모두 합격했지만 복시에 응하지 않고 학문에만 전심했습니다. 1554년부터 같은 고을에 사는 율곡栗谷 이이李珥와 사귀면서 평생 친구가 되었습니다. 1568년선조 1에는 이황李滉을 만나 깊은 영향을 받기도 했습니다. 1572년 여름에는 이이와 아홉 차례에 걸쳐 서신을 주고받으면서 사칠이기설四七理氣說을 논한 것으로 유명합니다. 여러 관직에 부름을 받았지만 관직에 나가지 않거나 나갔어도 곧바로 사임하곤 했습니다. 관직은 그에게 잘 맞지 않는 옷처럼 여간 거추장스럽지 않았던 것 같습니다. 이 시조는 작가와 발간 연대가 아직 알려져 있지 않은 《화원악보花源樂譜》에 수록되어 있습니다.

이 작품에는 성혼의 인생관과 함께 그의 자연관이 잘 드러나 있습니다. 높이 솟아 있는 푸른 산, 산 밑에 흐르는 물, 나무 사이로 부는 바람, 하늘에 떠 있는 달까지 어느 것 하나 자신의 모습을 자랑하거나 뽐내지 않습니다. 방금 앞에서 언급한 송시열의 옛시조가 '절로의 미학'을 구현한다면 성혼의 이 작품은 '없음의 미학'을 구현합니다. 성혼은 '업슨'이나 '업시'라는 말을 무려 여섯 차례나 사용하고 있습니다. 청산이 말이 없는가 하면 흐르는 물은 모양이 없습니다. 시원한 바람에 값이 없는 것처럼 하늘에 떠 있는 둥근 달에도 주인이 없습니다. 이런 대자연 속에 묻혀 사는 시적 화자 '나'는 아무런 병이 없어 걱정 없이 늙어가리라고 노래합니다.

언제나 푸름을 간직하고 있는 청산은 벙어리처럼 말이 없고, 늘 높은 데서 낮은 곳으로 흐르는 물은 아무런 형체가 없습니다. 시적 화자 '나'는 이런 산과 물을 벗 삼아 자연 속에서 한가롭게 살아갑니다. 공자는 일찍이 《논어》에서 "슬기로운 자는 물을 좋아하고, 어진 이는 산을 좋아한다知者樂水 仁者樂山"고 말했습니다. 지금 '나'는 바로 이런 경지를 맛보고 있다고 할 수 있습니다.

중장 "갑 업슨 청풍이요 님주 업슨 명월이라"에서 값이 없다는 것은 무가치無價値하다는 뜻이 아니라 값을 지불하지 않아도 된다는 뜻입니다. 시쳇말로 공짜라는 뜻이지요. 요즈음 도시의 공기가 오염되면서 시원한 공기를 돈을 주고 사고팔기에 이르렀습니다. 보통 대기의 산소 농도는 20퍼센트 수준입니다. 이런 산소 농도를 20~30퍼센트로 높인 공간이나 고농도 산소를 마실 수 있는 편의 시설을 제공하는 공간을 흔히 '산소방'이라고 부릅니다. 몇 해 전 일본 편의점에서는 피로에 지친 일본인들을 위해 신선한 산소를 캔에 담아 팔기 시작했다고 해 큰 화제가 된 적이 있습니다. 일본의 한 유명 편의점은 캔에 담은 공기를 자몽향과 박하향 두 종류로 팔기 시작했다고 밝혔습니다. 공기 캔은 35번 정도 마실 수 있는 3.2리터의 산소를 담고 있으며 값은 600엔円이라고 합니다. 업계에서는 산소 캔 사용에 익숙해지는 데 시간이 걸리겠지만 산소 시장도 생수 시장 못지않게 클 것이라고 내다봤습니다.

시원한 바람이 공짜이듯이 하늘에 떠 있는 둥근 달도 주인이 없기는 마찬가지입니다. 봉이鳳伊 김선달金先達은 대동강 물을 팔아먹었다고 하지만 하늘의 달을 자기 것이라고 소유권을 주장할 수 있는 사람은 아무도 없을 것입니다. 물론 달을 정복하려고 선진국들이 경쟁적으로 우주개발에 나서는 것과는 조금 다른 이야기입니다. 또한 일본에서는 봉이 김선달보다 더 뛰어나 화성을 팔아먹은 하라다 미쓰오原田三夫라는 괴짜 과학자가 있었습니다. 1950년 중엽 하라다는 '일본 우주여행협회'라는 단체를 조직하고 연회비 100엔뒤에는 200엔을 받고 회원으로 등록한 사람들과 일반인들을 대상으로 계약금 단돈 200엔에 각각 10만 평씩 예약 분양했습니다. 어찌 되었든 성혼은 청풍명월이 소유권자가 없기 때문에 그것을 즐기기 위해 값을 지불할 필요가 없다고 노래합니다.

이렇게 대자연 속에서 자연에 몸을 맡긴 채 모든 탐욕을 버리고 살고 있으니 시적 화자 '나'에게 병이 생길 리 없습니다. 또 병이 없으니 분별이 있을 리도 없습니다. 여기에서 분별이 없다는 것은 아무런 걱정이 없다는 뜻입니다. 시적 화자 '나'는 세속적인 근심걱정을 모두 잊고 자연의 섭리에 따라 늙으리라고 노래합니다. 성혼의 시조 종장 "이 중에 병 업슨 이 몸이 분별 업시 늙으리라"는 송시열의 작품 중 "이

중에 절로 주란 몸이 늙기도 절로 흘이라”라는 구절과 아주
비슷합니다.

 성혼의 작품에서 시적 화자 ‘나’의 태도는 지나치게 자신
의 모습을 과시하고 물건 값을 따지며 소유를 주장하는 현대
인들과는 차이가 납니다. 그야말로 ‘없음’의 미덕을 유감없
이 잘 보여줍니다. ‘있음’에 유달리 무게를 싣는 세태에서 이
렇게 ‘없음’을 중요하게 생각하는 것이야말로 무척 소중합니
다. 말 많은 세상에 말이 없고, 온갖 맵시를 부리는 세상에서
겉모습에 관심을 두지 않는다는 것은 그만큼 인위적인 것을
멀리하고 자연적인 것을 가까이한다는 뜻입니다.

 무엇이든지 값을 따지기를 좋아하는 현대 자본주의 사회
에서 ‘없음’을 말하기란 여간 어렵지 않습니다. ‘없는’ 것도
‘있다’고 하는 세상이 아닙니까? 마찬가지로 유난히 내 것
네 것을 따지는 세상에서 소유를 따지지 않는 것도 쉽지 않
을 것입니다. 성혼의 이 작품은 낭원군朗原君의 작품이나 윤
이후尹爾厚의 작품과 비교해 보면 더욱더 찬란한 빛을 내뿜습
니다. 낭원군은 이렇게 자연을 노래합니다.

평생平生에 일이 없어 산수간山水間에 노니다가
강호江湖의 임ㅈ 되니 세상世上 일 다 잊어라
어쩌다 강산풍월江山風月이 그 벗인가 하노라

초장에서 낭원군이 "평생에 일이 없어"라고 노래하는 것은 액면 그대로 받아들여도 좋습니다. 선조宣祖의 손자인 인흥군仁興君의 아들이자 효종孝宗의 당숙인 그는 관직에 나가지도 않고 그야말로 풍류나 즐기며 평생 할 일 없이 편하게 살았기 때문입니다. 이렇게 시간적 여유가 많은 까닭에 낭원군은 왕실 작가 중에서 가장 많은 30여 수의 시조 작품을 남겼습니다. 그런데 중장 "강호의 임주 되니……"라는 구절이 왠지 걸립니다. 물론 이 '임자'라는 말을 글자 그대로 받아들일 필요는 없을지도 모릅니다. 단순히 자연을 벗 삼는다는 뜻으로 해석할 수도 있기 때문입니다. 그런데도 이 '임자'라는 말에는 여전히 주인이나 소유주라는 의미가 실려 있습니다.

적어도 그런 점에서는 윤이후 작품도 낭원군의 작품과 크게 다르지 않습니다. 흔히 〈일민가逸民歌〉로 일컫는 작품에서 그는 이렇게 자연을 노래합니다.

세상世上이 버리거늘 나도 세상을 버린 후의
강호江湖의 임주 되어 일 업시 누었으니
어즈버 부귀공명富貴功名이 꿈인 듯하여라

윤이후는 세상에서 버림을 받았기 때문에 어쩔 수 없이 자연에 묻히게 되었다고 밝힙니다. 이 말을 뒤집어 보면 만약 세상이 자신을 버리지만 않았어도 자연을 벗 삼지 않았을 것이라는 뜻이 됩니다. 낭원군처럼 그도 "강호의 임주"임을 강조합니다. 중장 뒷부분 "일 업시 누었으니"에서는 모든 노동을 하인들에게 맡겨놓고 풍류나 즐기는 봉건 사회의 지주의 모습이 떠오르기도 합니다. 종장에 이르러 시인은 지난날 잠깐 맛보았던 권력의 무상함을 깨달으면서 달콤한 권력 맛에 대한 미련을 떨쳐내지 못한 채 못내 아쉬워합니다.

자연은 값이 없고 임자가 없다고 노래하는 성혼과는 달리 낭원군이나 윤이후는 자신들이 자연의 임자나 소유주라는 사실을 분명히 못 박아 말하고 있습니다. 이 두 사람은 세상을 다 잊어버리고 특별히 할 일 없다고 말하면서도 소유에 대해서만은 이렇게 무척이나 신경을 쓰는 것이 여간 흥미롭지 않습니다. 옛 시조 시인 중에는 자신을 '서호주인西湖主人'이니 '구로주인鷗鷺主人'이니 하고 부르면서 자연의 주인으로 행세하려는 사람들이 의외로 많다는 데 새삼 놀라게 됩니다.

북아메리카 대륙에 살았던 인디언 원주민들은 땅이 돈을 주고 사고팔 수 있는 대상이 아니라고 생각했습니다. 그들의 세계관에서 보면 만물이 함께 살아가는 터전인 대지는 어느 누구도 소유권을 주장할 수 없습니다. 말하자면 세상 만물의 공유재산이라는 것이지요. 자본주의가 본격적으로 모습을 드러내기 훨씬 이전 원시 공동체와 비슷한 생각이었습니다. 19세기 중엽 '명백한 운명'이라는 깃발을 내걸고 미국이 서부 개척에 박차를 가하고 있을 때였습니다. 미합중국 정부가 나날이 늘어나는 미국 국민을 이주시키기 위해 인디언 원주민을 서쪽으로 서쪽으로 계속 몰아내면서 땅을 빼앗습니다. 태평양에서 대서양에 이르는 그 광활하던 대륙이 한 원주민 추장의 말대로 이제 "담요 한 장 깔 만한" 땅도 남지 않고 태평양 연안까지 쫓겨 가다시피 했습니다.

그런데도 미국 정부는 서부 개척의 고삐를 조금도 늦추지 않고 이번에는 오늘날의 워싱턴 주에 살고 있는 스쿠아마시 부족에게 땅을 팔 것을 요구했습니다. 그때 우리에게도 잘 알려진 연설에서 스쿠아마시족 추장 시애틀은 "하늘을 어떻게 사고팝니까? 땅을 어떻게 사고팝니까? 우리로서는 땅을 사겠다는 생각은 낯설기 짝이 없어 보입니다" 하고 부르짖습니다. 그러면서 백인에게 "맑은 대기와 찬란한 빛이 우리 것이 아닌 터에 어떻게 그걸 사겠다는 것입니까?" 하고 되묻습니다. 추장은 계속하여 "이 지구라는 땅덩어리의 한 조각 한 조각이 우리 백성에게는 신성한 것입니다. 반짝이는 솔잎 하나며, 모래가 깔린 해변이며, 깊은 숲 속의 안개 한 자락이며, 풀밭, 잉잉거리는 풀벌레 한 마리까지도 우리 백성에게는 하나같이 신성합니다" 하고 말합니다.

이렇게 돈을 주고 자연을 사고팔거나 소유할 수 없다고 생각한 점에서는 북아메리카 대륙에 살았던 인디언 원주민이나 성혼이나 서로 비슷합니다. 인디언 원주민의 생태 의식이 우리 한국인의 생태 의식과 여러모로 비슷하다는 데 새삼 놀라게 됩니다. 인디언 원주민은 베링 해협이 육지로 연결되어 있던 먼 옛날 북아메리카 대륙으로 건너간 몽고족이라고 주장하는 문화인류학자들이 있습니다. 실제로 이 두 민족 사이에는 서로 비슷한 점이 한두 가지가 아니지요. 예를 들어 어린애를 등에 업고 다닌다든지, 머리 위에 항아리나 광주리를 얹고 다닌다든지, 맷돌로 옥수수 같은 곡물을 갈아 음식을 만든다든지 하는 것들만 봐도 잘 알 수 있습니다.

걱정근심이나 두려움을 없애려면 무엇보다도 먼저 탐욕의 옷을 훌훌 벗어버려야

합니다. 두꺼운 탐욕의 옷을 입고 있는 한, 인간은 근심과 두려움에서 결코 자유로

워질 수 없습니다. 욕심은 만병의 근원이요 모든 악의 뿌리입니다.

靑山兮要我以無語
蒼空兮要我以無垢
聊無愛而無憎兮
如水如風而終我

靑山兮要我以無語
蒼空兮要我以無垢
聊無怒而無惜兮
如水如風而終我

청산은 나를 보고 말없이 살라 하고
창공은 나를 보고 티 없이 살라 하네
사랑도 벗어놓고 미움도 벗어놓고
물같이 바람같이 살다가 가라 하네

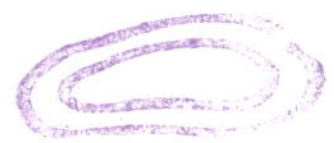

청산은 나를 보고 말없이 살라 하고
창공은 나를 보고 티 없이 살라 하네
성냄도 벗어놓고 탐욕도 벗어놓고
물같이 바람같이 살다가 가라 하네

　고려시대 말기의 고승 나옹선사懶翁禪師가 지었다는 작품입니다. 그의 속성은 아开 씨요, 본래 이름은 원혜元慧입니다. 지금의 경상북도 영덕군인 예주에서 태어났습니다. 스무 살 때 한 친구의 죽음을 목격한 뒤 인생의 허무함을 깨닫고 출가하여 공덕산 묘적암妙寂庵의 요연선사了然禪師 문하에서 득도했습니다. 그 뒤 전국의 이름 있는 절을 찾아다니면서 열심히 수양을 하여 1344년충혜왕 5 양주 천보산 회암사檜巖寺에서 큰 깨달음을 얻었습니다. 1348년충목왕 4에는 원元나라에 가서 연경燕京의 고려 사찰인 법원사法源寺에 머물며 인도 승려 지공指空의 가르침을 받았습니다.

　또한 나옹선사는 견문을 더욱 넓히기 위해 중국 각지를 돌아다니며 평산처림平山處林과 천암원장千巖元長에게서 달마達磨로부터 내려오는 선禪의 요체要諦를 배워 체득했습니다. 그는 또한 인도 불교를 한국 불교로 승화시킨 역사적 인물로 보우대사普雨大師와 함께 조선시대 불교의 토대를 닦은 위대한 스님으로 평가받고 있습니다. 나옹선사는 조선조를 건국한 태조太祖의 왕사인 무학대사無學大師의 스승이기도 했습니다.

　고려로 돌아온 뒤 나옹선사는 오대산 상두암象頭庵에서 숨어 지냈지만 공민왕과 태후가 간곡하게 요청하지 잠시 신광사神光寺에 머무르면서 부처님의 말씀을 전하고 참선을 하며 제자들을 길러냈습니다. 그가 한국 불교에 끼친 가장 큰 업적이라면 고려에 선禪을 도입했다는 점입니다. 그는 종래의 구산선문九山禪門이나 조계종曹溪宗과는 다른 임제종臨濟宗의 전통을 받아들임으로써 이 무렵 침체되었던 불교계에 새로운 바람을 불러일으켰습니다. "염불은 곧 참선"이라는 그의 주장은 지금도 한국 선종에 계속 이어지고 있습니다.

〈청산은 나를 보고〉라는 작품의 작자에 대해서는 아직도 의견이 엇갈립니다. 흔히 나옹선사가 지은 것으로 알려져 있지만 나옹선사 말고도 중국 당唐나라 때의 승려 한산寒山 스님이 지었다는 견해도 만만치 않습니다. 그런가 하면 아예 작자 미상의 작품으로 간주하려는 학자도 있습니다. 이 작품을 쓴 사람이 누구이든 이 작품에는 선불교 사상이 녹아 있습니다. 또 넓게는 대승불교, 좁게는 선불교가 흔히 그러하듯이 자연에 대한 깊은 사랑을 읽을 수 있습니다. 선불교는 도교의 영향을 적잖이 받았는데 이 작품 곳곳에서도 그 흔적을 쉽게 엿볼 수 있습니다.

나옹선사의 작품은 앞서 언급한 성혼의 작품과 여러모로 비슷합니다. 청산을 노래하는 것도 그러하고, 흐르는 물을 노래하는 것도 그러하며, 바람을 노래하는 것도 그러합니다. 성혼은 청산이 말이 없고 흐르는 물은 모양이 없다고 노래했습니다. 그러나 나옹선사는 이보다 한발 더 나아가 청산이 시적 화자인 '나'에게 자신처럼 말없이 살아가라 한다고 노래합니다. 말은 이렇게 쉽게 해도 말 많은 세상에 어디 말없이 살아간다는 것이 그리 쉽겠습니까? 옛날 새색

시가 고된 시집살이를 견디려면 눈 감고 3년, 귀 막고 3년, 벙어리 3년으로 살아야 한다고 했습니다. 그런데 눈을 감고 귀를 막고 3년을 살 수 있어도 아마 입을 막고 벙어리로 살기란 여간 어려운 일이 아닐 것입니다. 말은 생각을 담는 수단이지만 세 치 혀는 날카로운 비수처럼 사람을 해칠 수도 있습니다. 지은이가 밝혀지지 않은 다음의 시조에서도 살펴볼 수 있듯이 말로써 말이 많을 수밖에 없습니다.

> 말하기 좋다 하고 남의 말을 말을 것이
>
> 남의 말 내 하면 남도 내 말 하는 것이
>
> 말로서 말이 많으니 말 말음이 좋왜라

이 작품에서 시인은 말이 말을 낳고, 또 그 말은 다른 말을 낳는다고 노래합니다. 초장에서 '말'이라는 동음이의어를 한껏 살려 표현하는 솜씨가 돋보입니다. 앞의 '말'은 입으로 하는 말言이고, 뒤의 '말'은 어떤 일이나 행동을 하지 않거나 그만둔다는 동사의 어간입니다. 종장도 마찬가지여서 처음 세 '말'은 언어를 가리키고 마지막 '말'은 동사의 어간입니다.

중국 안휘성 구화산九華山 만불루萬佛樓에 오르는 800여 계단 난간에는 수천수만 개의 쇠사슬에 수천수만 개의 자물쇠가 달려 있습니다. 굳이 중국에서 예를 찾을 필요도 없이 남산에만 올라가 봐도 잘 알 수 있습니다. 이렇게 열쇠 없이 자물쇠를 잠가 달랑 달아놓으면 사랑하는 사람들이 서로 헤어지지 않는다는 미신이 있기 때문입니다. 그런데 이렇게 열쇠 없이 자물쇠를 잠가두는 것은 입을 굳게 닫고 말조심을 하면 모든 일이 잘 풀리고 집안이 잘된다는 주술적 의미도 담겨 있습니다.

푸른 산이 '나'를 보고 말없이 살라고 하지만 푸른 하늘은 '나'를 보고 티 없이 살라고 말합니다. 지금은 온갖 공해로 하늘이 오염되어 있지만 도시화가 급격히 이루어지기 전만 해도 하늘은 티 없이 맑디맑았습니다. 그렇게 티 없이 맑은 하늘은 '나'에게 자신을 본받아 순수하게 살아갈 것을 권합니다. 청산과 창공은 한발 더 나아가 이번에는 '나'에게 "사랑도 벗어놓고 미움도 벗어놓고" 살라 하고, 또 "성냄도 벗어놓고 탐욕도 벗어놓고" 살라고 합니다. 이렇게 애증이나 노욕怒慾의 멍에에서 벗어나려면 물이나 바람처럼 살아야 할 것입니다. 두 연의 끝 행에서 후렴처럼 "물같이 바람같이 살다가 가라 하네" 하고 노래하는 까닭이 바로 그 때문입니다.

그렇다면 나옹선사는 도대체 왜 우리에게 물같이 바람같이 살다가 가라고 할까요? 물은 어느 모양도 거부하지 않습니다. 둥근 그릇에는 둥근 모양으로, 네모난 그릇에는 네모난 모양으로 자신의 모습을 바꿉니다. 맑으면 맑은 대로, 더러우면 더러운 대로 아무런 불평 없이 뒤섞입니다. 또 흐르는 물은 멈추지 않고 언제나 높은 데서 낮은 데로 흘러갑니다. 웅덩이를 만나면 웅덩이를 메우고, 바위를 만나면 옆으로 돌아갑니다. 앞에서 이미 노자의 상선약수上善若水, 즉 "최상의 선은 물과 같다"는 말에 대해 언급한 적이 있습니다. 나옹선사가 왜 우리에게 물처럼 바람처럼 살라고 하는지 그 까닭을 알 만합니다.

이 점에서는 바람도 마찬가지입니다. 바람은 힘이 무척 세지만 인간의 눈에 보이지 않습니다. 비록 눈에 보이지는 않지만 이 세상의 모든 생명체에 생기를 불어넣어 줍니다. 숨은 곧 생명입니다. 숨이 넘어간다는 것은 곧 죽는다는 것을 뜻합니다. 기독교에서 말하는 성령도 그리스어 '푸뉴마'나 라틴어 '스피리투스'에서 온 말로 곧 바람이나 숨을 뜻합니다. 동양 철학에서 말하는 기氣도 따지고 보면 바람과 맞닿아 있습니다. 땅에 있는 지기地氣와 하늘의 천기天氣가 서로 맞닿아 교류하는 것이 바로 공중에 떠 있는 공기입니다.

이렇게 인간이 물처럼 바람처럼 살 때 자연히 세상에 대한 욕심이 없어집니다. 《법구경法句經》에서는 인간의 걱정근심이나 두려움이 하나같이 탐욕에서 생겨난다고 말합니다. "會欲生憂 貪欲生畏 無所貪欲 何憂何畏"이라는 구절이 바로 그것입니다.

탐욕에서 근심이 생기고
탐욕에서 두려움이 생기네

탐욕 없는 곳에 근심이 없나니

또 어디에 두려움 있겠는가?

걱정근심이나 두려움을 없애려면 무엇보다도 먼저 탐욕의 옷을 훌훌 벗어버려야 합니다. 두꺼운 탐욕의 옷을 입고 있는 한, 인간은 근심과 두려움에서 결코 자유로워질 수 없습니다. 기독교 경전에서도 욕심을 여간 경계하지 않습니다. 신약성서에서는 "욕심이 잉태하면 죄를 낳고, 죄가 자라면 죽음을 낳습니다"〈야고보서〉 1장 15절 하고 말하지 않습니까? 이렇듯 동양에서나 서양에서나 욕심은 만병의 근원이요 모든 악의 뿌리로 봅니다.

세상에 대한 욕심이 없어지면 자연과 환경은 그만큼 훼손되지 않고 잘 보존될 수 있습니다. 물론 욕망은 인간 행위에서 아주 중요합니다. 그러나 문제는 그 욕망의 고삐가 풀려 더 이상 제어할 수 없다는 데 있습니다. 욕망은 자칫 욕심으로 발전할 수 있습니다. 오늘날 이렇게 자연이 무참하게 망가진 것도 궁극적으로는 인간의 욕망과 욕심 때문입니다. 어떤 경제 제도보다도 자본주의에서는 이윤 추구를 최대 목표로 삼고 있습니다. 이렇게 이윤을 추구하다 보면 그 과정에서 어쩔 수 없이 자연이 파괴되고 환경은 오염될 수밖에 없습니다.

소비는 자본주의라는 수레가 굴러가도록 하는 동력입니

다. 그래서 기업에서는 "소비가 미덕"이니 "소비자는 왕"이니 하고 소비를 부추깁니다. 소비를 하지 않으면 자본주의라는 수레는 멈추어 설 수밖에 없기 때문입니다. 지금 미국을 비롯한 전 세계가 심각한 경제 위기를 맞고 있고 또 좀처럼 그 위기가 사라지지 않는 것도 소비자들이 지갑을 꼭 닫고 돈을 쓰지 않기 때문입니다.

그러나 소비가 지나쳐 낭비를 하게 되면 상품의 원료인 천연자연은 고갈되고 상품을 만들어내는 과정에서 그 부산물로 온갖 공해물질이 배출됩니다. 그동안 사회주의 체제 속에서 깊은 잠을 자고 있던 중국이 이제 서서히 잠에서 깨어나 자본주의 사회로 진입하고 있습니다. 만약 중국이 자본주의 사회 시민이 누리는 삶의 질을 누리게 되면 지구가 네 개는 더 있어야 한다고 합니다. 지금까지 밝혀진 바에 따르면 인간이 살 수 있는 행성은 오직 지구 하나밖에는 없습니다. 어떻게 지구를 네 개나 더 가질 수 있겠습니까? 이것을 달리 표현하면 지금 지구촌 주민이 누리고 있는 삶의 질을 4분의 1로 줄여야 한다는 말이 됩니다.

최근 들어 중국에서 자동차 판매량이 놀랄 정도로 급증하고 있습니다. 올해는 전년보다 32퍼센트 늘어난 2,000만 대에 육박합니다. 2002년 하루 9,000대 정도 늘던 차가 이제는 하루 4만 5,000대씩 길거리로 쏟아져 나오고 있습니다. 출퇴근길 베이징北京의 명물이었던 자전거 행렬은 이제 자취를 감춘 지 이미 오래되었습니다. 도로가 거대한 주차장으로 변해가자 대도시에서는 온갖 머리를 짜내 자동차 억제책을 내놓고 있습니다. 가령 상하이上海는 번호판 경매제를 도입해 한정된 수의 번호판을 경매에 붙여 높은 금액을 제시한 사람에게 돈을 받고 번호판을 내어줍니다. 차를 사려는 사람이 크게 늘면서 상하이의 번호판 가격은 승용차 한 대 값과 맞먹을 정도입니다.

다른 문제는 다 접어두고 환경 문제로만 좁혀보더라도 중국은 언제 터질지 모르는 뇌관과 같습니다. 흔히 '세계의 굴뚝'으로 일컫는 중국은 지구촌 주민이 사용하는 온갖 저가 상품을 만들어냅니다. 얼마 전 한 미국 가정주부가 미국에 범람하는 중국 제품을 쓰지 않고 과연 일상생활을 할 수 있는지 시험해본 적이 있습니다. 결론부터 말하자면 그것은 불가능한 일이었습니다. 집 안에서 '메이드 인 차이나' 제품이나 식품을 하나씩 없애기 시작했더니 집 안에 남아 있는 물건이라고는 오직 피넛버터 한 병뿐이었다고 합니다.

중국은 지난 몇 십 년 동안 미국이라는 거대한 시장을 겨냥해 값싼 상품들을 팔아왔습니다. 미국의 어느 상점에 가도 컴퓨터, 전화기, 텔레비전, 식료품, 장난감, 가구, 시계, 옷가지 등 온통 중국 상품으로 넘쳐납니다. 한때 '메이드 인 차이나'의 뜻이 제품의 질이 '차이가 난다'는 뜻이라는 우스갯소리마저 있었습니다. 그러나 지금은 사정이 많이 달라졌습니다. 중국이 이제는 저가 상품보다는 질 좋은 고가 상품 생산 쪽으로 관심을 돌렸습니다. 이제 중국은 하이테크 산업의 강국일 뿐만 아니라 벌써 유인有人 우주선을 발사했고 쌀의 유전자를 해독하는 등 첨단 산업에서도 놀라운 발전을 보이고 있습니다.

더구나 13억 중국인들이 자본주의 사회의 소비 풍조에 젖기 시작했으니 환경 재앙은 앞으로 불 보듯 뻔한 노릇입니다. 그렇다고 중국이 공산주의 시절 그대로 계속 남아 있기를 바라는 것도 옳지 않습니다. 바로 여기에 이러지도 못하고 저러지도 못하는 딜레마가 있습니다. 중국인들에게 "성냄도 벗어놓고 탐욕도 벗어놓고 / 물같이 바람같이 살다가 가라"고 말한다면 아마 모욕처럼 들릴지 모릅니다. 아마 자본주의의 단맛을 이미 경험해본 퇴폐적인 부르주아지의 넋두리로 치부해버릴 것입니다.

인간의
미혹함이여

인간중심주의라는 눈곱을 떼고 좀 더 맑은 눈으로 다른 생물을 바라봐야 합니다. 그러면 인간은 생태계라는 거대한 가족에 속한 구성원일 뿐 그 가장이 아니라는 사실을 깨닫게 될 것입니다. 그 사실을 깨닫는 순간 생태계는 그만큼 건강해질 것입니다.

"심하도다. 너의 미혹함이여! 물고기들을 놀라게 하지 않음은 용의 혜택이요, 새들을 겁나게 하지 않음은 봉황의 다스림이니라. 구름의 다섯 채식은 용의 의장儀裝이요, 온몸에 휘감은 문채文彩는 봉의 복식이니라. 바람과 우레가 떨치는 것은 용의 병형兵刑이요, 높은 언덕에서 내는 화和한 울음은 봉황의 예악禮樂이니라. 시초蓍草와 창초菖草는 종묘와 사직에서도 귀하게 쓰이며, 송백松柏은 동량의 귀중한 재료이니라. 그러므로 옛 사람이 백성에게 혜택을 입히고 세상을 통치하는데 일찍이 만물에게서 그 법칙을 참고하지 않음이 없었다. 대체로 군신의 의리는 벌에게서, 병진兵陣은 개미에게서, 예절의 제도는 박쥐에게서, 그물 치는 법은 거미에게서 각각 따온 것이다. 그러므로 '성인은 만물을 스승으로 삼는다' 하였느니라. 그런데 이제 너는 어찌하여 하늘의 입장에서 만물을 보지 않고 오히려 사람의 입장에서 만물을 보느냐?"

　　조선시대 후기의 문신이요 실학자이자 과학 사상가인 담헌湛軒 홍대용洪大容의 《의산문답毉山問答》에 나오는 한 대목입니다. 그의 나이 서른다섯 살이었던 1765년영조 41 숙부인 홍억洪檍이 서장관으로 청나라에 갈 때 군관으로 수행하여 세 달 남짓 북경에 머물며 청나라 학자인 엄성嚴誠, 반정균潘庭筠, 육비陸飛 등을 만나 경의經義, 성리性理, 역사, 풍속 등에 대해 토론했습니다. 또한 북경에 머무는 동안 천문학, 지리학, 역사 등에 관한 지식을 쌓고 서양문물을 배우는가 하면, 독일 출신의 예수회 선교사이자 청나라의 흠천감정欽天監正, 국립천문대장을 맡았던 할레르슈타인劉松齡과 흠천감 부감副監직을 맡았던 안톤 고가이슬鮑友管 등을 만나 면담했습니다. 홍대용은 그 시기 청나라의 기상 관측소를 여러 차례 방문하여 천문 지식을 습득하였고, 그 덕분에 이 무렵 여러 북학파 학자 중에서도 가장 발 빠르게 실학을 도입할 수 있었습니다.

　　홍대용은 실사구시實事求是 정신에 따라 과거제도를 폐지하고 각 지방의 인재를 추천하는 공거제貢擧制를 주장하며 혁신적인 개혁 사상을 부르짖었습니다. 또한 토지 균등분할을 골자로 한 균전제均田制, 부병제府兵制와 같은 경제 개혁을 주창하였으며, 신분의 높고 낮음에 관계없이 여덟 살 이상의 모든 아동을 교육시켜야 한다고 주장하기도 했습니다. 또한 홍대용은 북학파의 학자인 박지원朴趾源과 박제가朴齊家 등과도 친분을 쌓았습니다.

위 인용문이 실린 《의산문답》은 홍대용의 과학 사상이 오롯이 담긴 책입니다. 이 책에서 그는 이 무렵 조선인들에게는 무척 낯설었던 과학 지식과 개념을 처음 소개했습니다. 일찍이 17세기에 서양에서 지구 지전설이 전해졌을 때 중국 학자들이 그것을 받아들이지 못한 것에 비하면 홍대용의 과학 지식은 자못 놀랍습니다.

이 책에서 홍대용은 성리학의 교조주의教條主義, 과학적 해명 대신 신앙이나 신조에 입각한 사고방식에 집착하는 유학자 허자虛子와 과학적이고 실증주의적 입장에서 새로운 이론을 세우려는 실학자 실옹實翁을 내세워 그들이 서로 주고받는 문답 형식을 취합니다. 앞서 살펴본 인용문은 허자가 실옹에게 사람과 달리 짐승과 초목에게는 인仁과 지知가 없다고 말하자 실옹이 이에 답하는 말입니다.

위 인용문에서 홍대용이 실옹의 입을 빌려 말하는 내용은 크게 두 가지로 요약할 수 있습니다. 먼저 실옹은 동물들에게는 그 나름대로 질서가 있어 서로 어긋나지 않는다고 말합니다. 가령 용은 하늘을 날되 물고기들을 놀라게 하지 않으며, 봉황은 구천을 날되 새들을 겁나게 하지 않는다는 것입니다. 용과 봉황은 전설에서나 등장하는 고귀하고 성스러운 동물이건만 이렇게 하찮은 물고기들이나 새들에게까지 세심한 배려를 아끼지 않는 것이 여간 놀랍지 않습니다. 실옹은 이런 조화와 균형을 심지어 생물과 무생물 사이에서도 찾아볼 수 있다고 밝힙니다. 즉 다섯 색깔의 영롱한 구름은 용이 입고 있는 옷이고, 온갖 모양의 구름은 봉황이 차려 입고 있는 옷이라는 것입니다. 갑자기 한바탕 바람이 휘몰아치며 우레가 치는 것은 곧 용이 벌을 내리는 모습인 반면, 높은 언덕에서 울려 퍼지는 부드러운 소리는 바로 봉황이 내는 음악 소리라고 말합니다.

둘째, 실옹은 예로부터 백성을 다스리고 이롭게 하는 데 성인들이 만물을 스승으로 삼았다고 밝힙니다. 말하자면 만물은 성인들에게 교과서 같은 구실을 해왔다는 것입니다. 예를 들면 군신의 의리는 벌에게서, 병진은 개미에게서, 예절의 제도는 박쥐에게서, 그리고 그물 치는 법은 거미에게서 각각 배운다는 것이지요. 이 같은 실옹의 이야기는 언뜻 보면 지나친 과장 같지만 곰곰이 따져보면 반드시 그렇지만도 않습니다. 실제로 이런 곤충들한테서는 배울 만한 것이 적지 않습니다. 공자는 일찍이 "삼인행三人行이면 필유사必有師"라고 말하지 않았습니까? 겸손한 사람은 세 사람만 함께 있어도 그중에서 배움의 대상을 찾을 수 있다는 말입니다. 이렇게 배우는 것으로 말하자면 비록 사람이 아니라도 주위에 있는 생물에서도 얼마든지 배울 것이 있다는 뜻입니다.

곤충 중에서도 벌은 부지런하고 성실하게 모범 가정을 꾸려나가는 것으로 유명합니다. 꿀벌 집안은 평생 알만 낳는 여왕벌, 애벌레를 키우고 집을 짓고 꿀과 화분을 수집하는 일벌, 여왕벌과 짝짓기를 하는 수벌로 이루어진 가족 공동체입니다. 이렇게 가족 공동체를 위해 서로 일을 분담하며 죽는 날까지 한순간도 편히 쉬지 않습니다. 근면과 성실의 대명사라고 할 일벌은 1킬로그램의 꿀을 모으기 위해 지구 한 바퀴를 비행할뿐더러 식물의 수정을 도와 지구 생태계 다양성에 크게 이바지합니다. 또한 일벌은 여왕벌이 알을 낳을 자리며, 분가할 시기 등을 다양한 몸짓과 페로몬으로 의사를 전달해 합의로 결정하고, 여왕벌은 일벌이 내린 결정을 존중합니다. 실옹이 왜 성인들이 군신의 의리를 벌한테서 배운다고 말하는지 이제 그 까닭을 알 만합니다.

더구나 꿀벌 사회는 인류 사회보다 뛰어난 고도의 역할 분담을 통해 민주적 방법으로 공동체를 운영합니다. 일벌은 나이가 많다고 그냥 노는 법이 없습니다. 최후의 무기인 벌침은 일생에 단 한 번밖에는 쓸 수 없기 때문에 이 벌침을 무기 삼아 늙은 일벌은 벌통을 철통같이 지키며 외적의 침입에 대비합니다. 만약 외적이 침입해 오면 희생정신을 발휘하여 벌침을 쏘아 적을 퇴치하고 자신은 기꺼이 죽습니다. 이렇듯 꿀벌에게는 성실과 근면, 민주적 소통, 청결과 협동, 희생정신 등 배울 것이 아주 많습니다.

이 점에서는 개미도 벌 못지않습니다. 개미들은 동료 한 마리가 먹잇감을 발견하면 여러 마리가 달려들어 협동하여 물체를 운반하는 훌륭한 팀워크를 발휘합니다. 이때 한 팀이

된 개미들은 물체의 균형을 완벽하게 잡으면서도, 서로의 다리가 엉키지 않도록 절묘하게 보조를 맞추어 물체를 운반합니다. 개미들이 자신의 몸집보다 몇 배 큰 물체를 옮길 수 있는 것은 그들에게 어떤 초인적인 힘이 있어서가 아니라 서로 단결하고 협동하는 능력이 있기 때문입니다. 예로부터 성인들이 개미한테서 병진을 배웠다고 말하는 것은 바로 이것을 두고 이르는 것이지요. 병사가 진을 치고 적과 싸우면서 일사불란하게 움직이지 않으면 전쟁에서 승리할 수 없을 것입니다.

중앙아메리카와 남아메리카에는 버섯농사를 짓는 개미가 200여 종이나 살고 있다고 합니다. 흔히 '버섯개미'로 불리는 이 개미들은 동물의 배설물이나 썩은 시체에 홀씨를 뿌려 버섯을 키우기도 하고, 잎을 잘라다 숙성시켜 버섯을 키우기도 합니다. 입에 물고 온 잎을 잘근잘근 씹어 효소가 듬뿍 들어 있는 침과 잘 섞은 다음 펼쳐놓은 잎 위에다 문지른 뒤 발효실에 저장합니다. 그러면 또 다른 일개미가 옆방에서 자라고 있는 작은 버섯을 물고 와 하나하나 그 위에다 심습니다. 또한 그보다 더욱 신기한 것은 혼인 비행을 하기 위해 집을 떠날 때 버섯 한 줌을 입안의 작은 주머니에 넣어 혼수로 갖고 간다는 사실입니다.

그런가 하면 박쥐도 벌이나 개미보다 더하면 더하지 결코 뒤지지 않습니다. 미국에서 군사 목적으로 처음 개발한 위성

위치 확인 시스템이 요즈음에는 웬만한 자동차에는 모두 부착되어 있습니다. 그런데 박쥐는 인공위성을 하늘에 발사하지 않고서도 위치를 정확하게 측정할 수 있습니다. 박쥐의 청각은 그야말로 경이로울 정도로 발달되어 있습니다. 수천 마리의 박쥐들이 동굴에서 서식하고 캄캄한 동굴 안을 날면서도 다른 박쥐들이나 동굴 벽에 좀처럼 부딪히는 법이 없습니다. 박쥐들은 매우 빠른 신호를 계속 보내고, 그 신호는 물체에 반사되어 다시 박쥐의 귀로 되돌아옵니다. 되돌아오는 신호의 강도와 방향에 따라 박쥐는 물체를 인식하고 그것의 정확한 위치를 파악할 수 있습니다. 한마디로 박쥐는 첨단 레이더를 방불케 하는 초음파를 발사하고 그것을 수신합니다. 이런 방법으로 박쥐는 날아가는 길목에 놓여 있는 장애물의 위치나 먹잇감의 위치를 정확하게 알아냅니다.

박쥐들이 어떻게 그토록 정밀하게 제 소리를 분간할 수 있는지는 아직도 수수께끼로 남아 있습니다. 언젠가 과학자들은 박쥐 소리보다 2,000배 크지만 진동수는 똑같은 음파로 박쥐의 레이더 신호를 교란하려는 실험을 한 적이 있습니다. 그러나 박쥐는 아무런 장애도 받지 않았습니다. 제 소리만을 골라낼 뿐 다른 잡음은 모두 무시하더라는 것입니다. 물론 "기는 놈 위에 나는 놈 있다"고 털날개나방 같은 야행성 나방들은 박쥐가 내는 초음파를 감지할 수 있는 아주 예민한 귀를 가지고 있습니다. 그래서 박쥐가 접근하면 털날개나방들은 본디 날고 있던 방향을 갑자기 바꾸어 직각으로 하강하거나 곡선으로 비행하여 도망쳐버립니다.

한편 거미는 어떻습니까? 영화 〈스파이더 맨〉을 보면 주인공이 거미줄을 타고 건물과 건물 사이를 쉽게 날아다니는 것을 볼 수 있습니다. 최근 과학자들은 거미줄의 강도가 겉보기보다 아주 크다는 사실을 밝혀내면서 거미줄에 부쩍 관심을 기울이고 있습니다. 그래서 거미줄을 이용해 합성 섬유로 만든 방탄복이나 강철보다 더 튼튼한 방탄복을 만들기 위해 끊임없이 연구하고 있습니다. 화학 물질을 이용한 합성 섬유와는 달리, 거미줄 방탄복은 환경 친화적인 제품입니다.

그런데 문제는 과연 어떻게 거미줄을 대량으로 생산할 수 있느냐 하는 것이었습니다. 거미줄 500그램을 얻으려면 개미 3만 마리 정도가 필요하다고 합니다. 더구나 거미들은 여럿이 모여 있으면 서로 잡아먹는 습성이 있어서 사육하기란 거의 불가능합니다. 그런데 최근 생명공학의 눈부신 발전으로 거미 유전자를 포유동물의 세포에 이식해 거미줄을 대량으로 생산하는 방법을 연구 중에 있습니다. 이제 머지않아 거미줄로 만든 방탄조끼를 볼 수 있을 날이 올 것입니다. 만약 성공을 거둔다면 실옹이 말하는 그물 정도는 문제가 아닙니다.

실옹이 이렇게 구체적으로 곤충의 능력을 힘주어 말하는 데는 그럴 만한 까닭이 있습니다. 그런 사실을 근거로 그는 인간이 우주의 중심이 아니라는 사실을 말하고 싶은 것입니다. 실옹은 허자에게 "너는 어찌하여 하늘의 입장에서 만물을 보지 않고 오히려 사람의 입장에서 만물을 보느냐?" 하고 나무랍니다. 이 말에서는 인간중심주의에 대한 날카로운 비판을 읽을 수 있습니다. 지금까지 인간은 오직 자신의 입장에서 세상 만물을 보아왔습니다. 학 다리가 길면 짧게 자르고 오리 다리가 짧으면 길게 늘어뜨리는 식으로 말입니다. 이런 태도는 인간이 잘나서가 아니라 미혹하기 때문이라고 실옹은 따끔하게 일침을 가합니다. 그러면서 실옹은 인간중심주의라는 눈곱을 떼고 좀 더 맑은 눈으로 다른 생물을 바라볼 것을 권합니다. 그러면 인간은 생태계라는 거대한 가족에 속한 소중한 구성원일 뿐 그 가장家長이 아니라는 사실을 깨닫게 될 것이라고 말입니다. 그 사실을 깨닫는 순간 생태계는 그만큼 건강한 모습을 되찾게 될 것입니다.

땅을 여기기를
어머니 살갈이 하라

최시형은 "땅을 소중히 여기기를 어머니의 살같이 하라"라고 말합니다. 대지는 만물을 낳아 키우는 어머니 같은 존재입니다. 대지가 어머니라면 지금처럼 대지를 함부로 대할 수 없을 것입니다.

최시형, 《해월신사 법설》

우주에 가득 찬 것은 도시都是 혼원混元한 한 기운이니, 한 걸음이라도 감히 경솔하게 걷지 못할 것이니라. 내가 한가히 있을 때에 한 어린이가 나막신을 신고 빠르게 앞을 지나니, 그 소리 땅을 울리어 놀라서 일어나 가슴을 어루만지며, "그 어린이의 나막신 소리에 내 가슴이 아프더라"고 말했었노라. 땅을 소중히 여기기를 어머니의 살같이 하라. 어머니의 살이 중한가, 버선이 중한가? 이 이치를 바로 알고 공경하고 두려워하는 마음으로 체행體行하면, 아무리 큰비가 내려도 신발이 조금도 젖지 아니할 것이니라.

동학東學의 제2대 교주 해월海月 최시형崔時亨의 가르침인 《해월신사 법설海月神師法說》 중 〈성誠·경敬·신信〉의 한 대목입니다. 본디 한문으로 쓴 것을 일반 신도를 위해 한글로 옮긴 이 글에서 최시형은 "우리 도道는 다만 성·경·신 세 글자에 있느니라吾道只在誠敬信三字" 하고 잘라 말합니다. 이 글은 천도교를 창시한 수운水雲 최제우崔濟愚와 제3대 교주 의암義菴 손병희孫秉熙의 글과 함께 《천도교경전》에 수록되어 있습니다.

최시형은 일찍이 고아가 되어 공부도 제대로 하지 못한 채 종이를 만드는 조지소造紙所에서 일했습니다. 1861년철종 12 조지소를 찾아온 먼 친척 최제우를 만나 세상살이와 철학 등을 논하다가 그의 제자가 되어 동학교도가 되었습니다. 1863년 최제우가 "삿된 도로 정도를 어지럽혔다左道亂正之律"는 죄목으로 처형되자 최시형이 그의 뒤를 이어 제2대 교주가 되었습니다. 최제우의 《동경대전東經大全》이나 일반 백성과 부녀자의 교리 대중화를 위해 한글 가사체로 읊은 《용담유사龍潭遺詞》가 동학의 기본 강령을 피력한 총론이라면, 최시형의 《법설》은 기본 강령을 부연해 설명한 각론이라고 할 수 있습니다. 더구나 최시형의 글에는 최제우나 손병희의 글보다도 자연에 대한 깊은 사랑이 담겨 있다는 특징이 있습니다.

위 인용문에서 첫 문장 "우주에 가득 찬 것은 도시 혼원한 한 기운이니, 한 걸음이라도 감히 경솔하게 걷지 못할 것이니라"라는 구절부터 찬찬히 살펴볼 필요가 있습니다. 최시형은 이 우주가 오직 하나의 기운으로 이루어졌다고 말합니다. 다른 글에서도 "천지는 한 기운 덩어리"라거나 "천지는 한 기운 울타리"라고 말하면서 천지를 덩어리나 울타리라는 비유로 표현합니다. 서로 떼어서 생각할 수 없이 하나로 뭉쳐 있거나 한곳에 모여 있다는 뜻입니다. 그래서 흙 한 줌, 한 조각 땅도 가볍게 보지 말라고 가르칩니다.

그러면서 최시형은 언젠가 어린아이 하나가 나막신을 신고 요란한 소리를 내며 걷고 있는 것을 보고 땅이 아파할 것 같아 가슴을 쓸어내렸다고 밝힙니다. 몸무게가 많이 나가는 어른도 아니고 체구가 작은 어린아이가 걸어가는데도 땅이 아파할지 모른다고 걱정하고 있는 것입니다. 땅이 인간처럼 아픔을 느낀다는 것은 곧 땅에게도 인간 못지않은 감정이 있다고 생각하는 것이지요. 다시 말해서 그저 무생물인 흙 덩어리로 보지 않고 기가 서려 있는 생명체로 보고 있다는 증거입니다. 그리고 보니 중국 당나라 말기의 이산怡山 혜연 선사慧然禪師의 발원문이 생각납니다. 우리나라에서 가장 많이 독송되고 있다는 이 발원문에서 선사는 "유정有情도 무정無情도 일체존귀一體尊貴할지이다" 하고 말하고 있습니다.

실제로 현대 과학에서도 유정한 존재와 무정한 존재를 정확히 구분 짓기란 꽤 어렵다고 합니다. 유정한 존재, 곧 생명체는 복제 가능한 유전 물질인 DNA가 있어 생식 활동을 할 수 있다는 특징이 있습니다. 한편 무정한 존재, 즉 무생물은 유전자를 지니고 있지 않다는 것이 일반상식이지요. 그런데 1990년대에 들어와 광우병의 원인체를 규명하는 과정에서 프리온prion이라는 원인 물질이 밝혀지면서 사태는 달라졌습니다. 즉, 유전자가 없는 단백질에 지나지 않는 프리온이 생물체 안에서 증식되고 확산된다는 사실이 발견되면서 생물과 무생물의 구분이 적잖은 도전을 받기 시작했습니다.

이처럼 생명 과학자들은 생물과 무생물, 유정물과 무정물 사이에 놓여 있던 경계란 지금까지 생각해온 것처럼 그렇게 절대적이지 않다는 사실을 깨닫게 되었습니다. 유정이니 무정이니 하는 구별은 처음부터 우리 인간이 만들어낸 분류 방식이었을 뿐 처음부터 그렇게 나눠진 것은 아닙니다. 그것은 한낱 한 바탕에서 비롯되어 여러 원인과 결과에 따라 만들어진 모양에 지나지 않습니다. 이 사실을 과학적으로 밝혀낸 미국의 스탠리 프루지너 교수는 그 공로가 인정되어 1997년에 노벨생리의학상을 받았습니다.

실제로 짐승이나 식물도 인간이 존중해주고 사랑과 자비를 베풀면 그 모습이 아름다워집니다. 벌써 10여 년이 지났습니다만 영국의 BBC방송은 젖소에게 감미로운 음악을 들려주니 우유 생산량이 증가한다는 연구 결과를 보도한 적이 있습니다. 영국 레스터 대학의 심리학자들은 외양간에서 기르는 젖소들에게 각기 다른 템포의 음악을 들려주었더니 클래식이나 감미로운 음악을 들려준 젖소의 우유 생산량이 증가했다고 밝혔습니다. 우유 생산량을 증가시킨 음악은 흔히 악성樂聖으로 일컫는 루트비히 판 베토벤의 〈전원 교향곡〉이나 사이먼 앤 가펑클의 〈험한 세상의 다리가 되어〉 등이었으며, 록음악처럼 시끄러운 음악을 들려준 젖소에게서는 우유 생산량에 아무런 변화가 없었다는 것입니다. 식물도 이와 크게 다르지 않아서 음악을 들려주면 빠르게 생장할 뿐만 아니라 아름다운 모습으로 자란다는 사실이 밝혀졌습니다.

여기에서 잠깐 일본의 전통 시가인 하이쿠 한 편을 살펴보도록 하지요. 요사 부손与謝蕪村이라는 시인이 쓴 작품입니다.

짐마차가 지나가면 깜짝 놀라는 모란이여
地車のとどろとひびく牡丹かな

요사 부손은 무거운 짐을 실은 마차가 덜컹거리는 소리를 내며 길을 지나가자 길가에 피어 있는 모란이 그만 무서워 몸을 부르르 떤다고 노래합니다. 마차 소리에 모란이 몸을 떤다고 말하는 것이 과장치고는 조금 심하다고 생각할지도 모릅니다. 흔히 모란은 제비꽃이나 패랭이꽃 같은 일년초의 연약한 꽃과는 달라서 줄기도 굵고 꽃도 아수 소담스럽습니다. 그러나 마차 소리가 크건 작건 그것은 그렇게 중요한 것이 아닙니다. 여기에서 중요한 것은 시인이 모란 같은 작은 식물한테도 인간처럼 희로애락의 감정이 있다고 본다는 사실입니다. 오직 사람만이 그런 감정을 느낄 수 있다고 생각한다면 인간중심주의적이라는 낙인이 찍힐 것입니다.

최제우에 이어 뒷날 증산교甑山敎를 창시한 강증산姜甑山도 일곱 살 때 "멀리 뛰려 하니 땅이 꺼질까 두렵고, 크게 소리치려 하니 하늘이 놀랄까 두렵구나遠步恐地坼 大呼恐天驚"라는 한 시를 지었다고 합니다. 이 시에서도 최시형이나 요사 부손이 말하는 생태주의를 읽을 수 있습니다. 표현 방법만 다를 뿐 땅을 소중하게 생각하는 마음만큼은 크게 다르지 않습니다.

이렇게 인간처럼 감정을 지니고 있기는 무생물도 마찬가지입니다. 일본에서 대체의학을 전공한 에모토 마사루江本勝는 몇 해 전 세계 최초의 물 결빙 결정 사진집을 출간하여 화제가 된 적이 있습니다. 《물은 답을 알고 있다》2003라는 책에서 그는 물에도 의식이 있다는 주장을 펴서 세계적으로 관심을 모았습니다. 물에게 글씨나 그림을 보여준 뒤 얼리면 물에게 보여준 이미지가 결정체에 나타난다는 것입니다. 가령 사랑이나 감사라는 말을 하면서 찍은 물의 결정은 아름다운 육각형으로 나타났지만, 이와는 반대로 욕설이나 저주를 하면서 찍은 물의 결정은 흉하게 일그러져 있었습니다. 실제로 에모토는 이 책에 결정체가 판이하게 다른 물의 결정 사진을 싣고 있습니다. 물론 그의 주장은 주류 과학계에서는 유사과학으로 받아들여졌지만 달리 생각해 보면 일리가 있습니다.

최시형은 어린아이의 나막신 소리에 그만 놀라 가슴을 어루만지며 "그 어린이의 나막신 소리에 내 가슴이 아프더라"고 말했다고 밝힙니다. 그러면서 "땅을 소중히 여기기를 어머니의 살같이 하라"고 말합니다. 예로부터 우리는 대지를 자애로운 어머니 같은 존재로 보았습니다. 영어로는 '어머니 대지Mother Earth'라고 말하고, 한자 문화권에서도 흔히 '지모地母'라고 말합니다. 중국 북송北宋 때의 성리학자 장횡거張橫渠는 일찍이 "하늘은 아버지요 땅은 어머니다. 나의 이 조그마한 모습은 이에 혼연混然히 그 가운데에 살고 있다. 그러므로 하늘과 땅 사이에 가득한 것은 나의 형체요, 하늘과 땅이 거느리는 이치는 나의 본성이다. 인류는 나의 형제요, 만물은 나의 동반자이다"라고 말하지 않았습니까?

이렇듯 대지는 만물을 낳아 키우는 어머니 같은 존재입니다. 대지가 어머니라면 어머니를 함부로 할 수 없듯이 대지를 함부로 대할 수도 없을 것입니다. 최시형은 "어머니의 살이 중한가, 버선이 중한가?" 하고 묻습니다. 여기에서 버선을 언급하는 까닭은 나무로 만든 나막신과 대비시키기 위해서입니다. 그 어린아이처럼 나막신을 신고 함부로 걸어 땅을 괴롭힐 것이 아니라 버선발처럼 사뿐히 걸어야 한다는 것입니다. '버선발'이라고 하면 아낙네가 귀한 손님을 반갑게 맞이하는 모습이 눈앞에 선히 떠오릅니다. 그만큼 최시형은 어머니와 다름없는 땅을 소중하게 대하라고 가르칩니다.

그런데도 인간은 그동안 개발이나 진보라는 그럴듯한 이

름으로 땅을 마구 파헤쳐왔습니다. 산을 뚫어 터널을 파고 꼬불꼬불 구부러진 길을 일직선으로 만듭니다. 석탄이나 석유 같은 천연자원을 발굴하고 금 같은 광물을 채취하려고 땅을 마구 파헤치기도 합니다. 폐광 지역을 가보면 여기저기 파헤쳐놓은 모습이 흉물스럽게 널려 있습니다. 또 경치가 조금 좋기라도 하면 어김없이 낮은 땅을 메우고 언덕이나 산을 깎아 호텔이나 콘도 같은 위락시설을 짓습니다. 한국의 지형에 잘 맞지도 않는데 산과 언덕을 깎아 골프장은 또 얼마나 많이 만들었습니까? 이런 과정에서 어머니 대지는 망가질 대로 망가져 그야말로 만신창이가 되어 신음하고 있습니다. 그래서 서양에서는 땅을 파헤쳐 천연자원을 발굴하면서 대지를 망가뜨리는 행위를 모친 살해에 빗대기도 합니다. 우리를 낳아준 어머니를 죽게 만든다는 뜻이지요.

위 인용문에서 "이 이치를 바로 알고 공경하고 두려워하는 마음으로 체행하면, 아무리 큰비가 내려도 신발이 조금도 젖지 아니할 것이니라"라는 마지막 구절도 찬찬히 눈여겨볼 필요가 있습니다. 물론 태풍이 불고 큰비가 내리면 신발은 말할 것도 없고 옷도 모두 젖지 않을 수가 없습니다. 그런데도 최시형이 신발이 젖지 않을 것이라고 말하는 것은 어디까지나 비유적으로 말하기 때문입니다. 자연을 어머니처럼 공경하고 두려워하는 마음으로 섬기면 아무리 비가 많이 내려도 피해를 입지 않는다는 말입니다.

몇 해 전 여름 폭우가 쏟아져 내려 그 일부가 붕괴된 우면산牛眠山 사태만 보아도 잘 알 수 있습니다. 소가 드러누워 잠을 자는 모습을 하고 있다 하여 이름 붙인 우면산은 비교적 평탄해 등산객들이 자주 찾는 산입니다. 언젠가부터 우면산에는 예전에 자라던 소나무나 참나무 대신 아카시아 나무가 많이 늘었습니다. 그런데 땅속에 뿌리를 깊이 내리고 땅속의 수분을 많이 흡수하는 소나무나 참나무와는 달리, 아카시아 나무는 뿌리가 짧아 흙을 제대로 잡아주지 못할뿐더러 수분을 많이 흡수하지도 못합니다.

또한 우면산에 약수터를 마구잡이로 만든 것 역시 토사가 붕괴되는 원인이 되었다는 지적도 있습니다. 이미 젖어 있는 흙이 물기를 제대로 빨아들이지 못해 폭우가 내리면 그대로 쓸려 내려갈 수밖에 없습니다. 엎친 데 덮친 격으로 우면산 주변에 주택이나 아파트를 많이 건설하여 산의 생태계를 파괴하기도 했습니다. 전문가들은 우면산 주변을 무분별하게 개발하면서 토질이 약해졌고 이 토사가 유입되어 산사태를 일으켰다고 보고 있습니다.

한마디로 최시형의 말처럼 자연의 이치를 바로 알고 공경하거나 두려워하지 않았기 때문에 큰비가 내리자 '인간의 삶'이라는 '신발'이 물에 흠뻑 젖었던 것입니다. 이제라도 정신을 바짝 차리지 않으면 신발이 물에 젖는 정도가 아니라 신발이 아예 망가지거나 물에 떠내려가게 될지도 모릅니다.

만물이
시천주 아님이 없으니

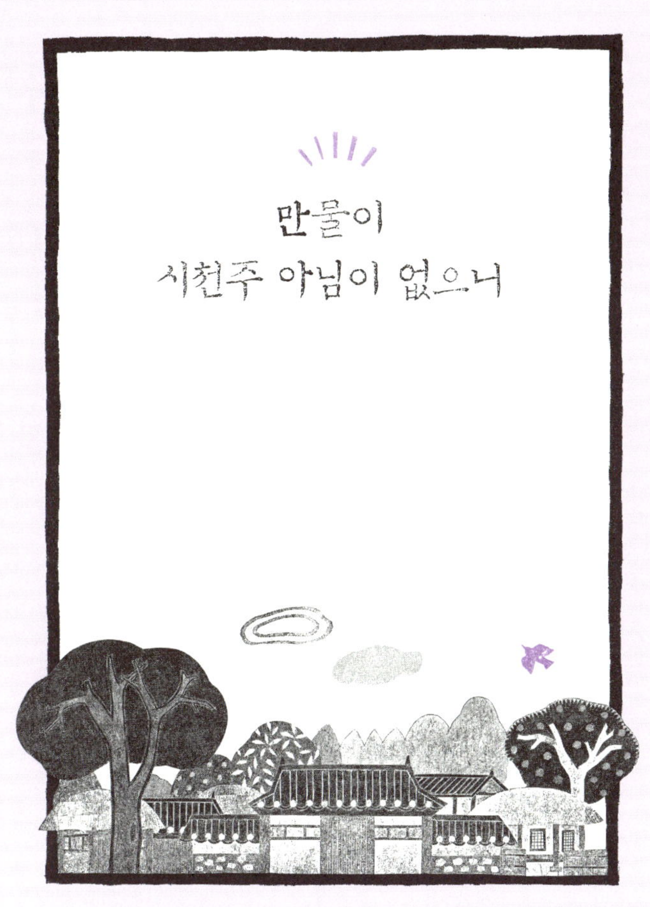

최시형은 세상 만물이 제아무리 하찮게 보이더라도 함부로 대해서는 안 된다고 말

합니다. 봉황처럼 큰 새를 보기 위해서는 조그마한 제비 알을 깨뜨리지 말아야 하

며, 숲이 무성하게 되려면 초목의 싹을 꺾지 말아야 한다고 가르칩니다.

최시형, 《해월신사 법설》

만물이 시천주侍天主 아님이 없으니 능히 이 이치를 알면 살생은 금치 아니해도 자연히 금해지리라. 제비의 알을 깨치지 아니한 뒤에라야 봉황이 와서 거동하고, 초목의 싹을 꺾지 아니한 뒤에라야 산림이 무성하리라. 손수 꽃가지를 꺾으면 그 열매를 따지 못할 것이요, 폐물을 버리면 부자가 될 수 없느니라. 날짐승 삼천도 각각 그 종류가 있고 털벌레 삼천도 각각 그 목숨이 있으니, 물건을 공경하면 덕이 만방에 미치리라.

최시형의 《해월신사 법설》 중 〈대인접물待人接物〉에서 뽑은 한 대목입니다. 이 글에서 최시형은 자연에 대한 사랑을 좀 더 구체적으로 밝힙니다. 땅 같은 자연을 어머니처럼 공경할 뿐만 아니라 우리가 사용하는 물건도 하나같이 부모나 한울님처럼 소중하게 여기라고 가르칩니다. 이 글에서 최시형은 〈성·경·신〉이라는 글에서 펼친 녹색 사고를 한발 더 밀고 나갑니다.

이 가르침을 이해하려면 동학의 기둥이라고 할 만한 '시천주'의 개념을 먼저 살펴볼 필요가 있습니다. 쉽게 말하면 한울님하느님을 내 마음속에 모신다는 뜻입니다. 1860년경신년 4월 5일 최제우가 처음 종교 체험을 할 때 받은 스물한 글자의 주문呪文에 처음 등장하는 말입니다. 바로 "至氣今至願爲大降 侍天主造化定永世不忘萬事知"라는 구에서 비롯한 개념입니다. 최제우는 《동경대전》의 〈논학문論學文〉에서 시천주에 대해 설명하면서 "시侍라는 것은 안으로 신령이 있고 밖으로 기화氣化가 있어서 온 세상 사람이 각각 옮기지 못할 것을 아는 것이고, 주主라는 것은 존칭해서 부모와 마찬가지로 섬긴다는 것이다" 하고 말하고 있습니다.

그렇다면 '시'와 '주'의 대상인 '천天'은 과연 무엇일까요? 동학 경전을 종합해 보면 시천주는 크게 두 가지 의미로 해석할 수 있습니다. 첫째는 초월적이고 인격적인 상제上帝로서의 천주를 모신다는 뜻입니다. 천주는 인간의 외부에 독립적으로 존재하는 초월적 신이자 인간의 숭배를 받는 신을 가리킵니다. 이런 의미는 《용담유사》에 실린 〈안심가安心歌〉를 보면 "호천금궐昊天金闕 상제님을 / 네가 어찌 알까 보냐"라는 구절에서 쉽게 엿볼 수 있습니다.

천주의 두 번째 의미는 인간에 내재하는 신으로 볼 수 있습니다. 역시 《용담유사》에 실린 〈교훈가敎訓歌〉에 "하염없는 이것들아 / 나는 도시 믿지 말고 / 하느님만 믿어서라 / 네 몸에 모셨으니 / 사근취원捨近取遠하단 말가"라는 구절이 나옵니다. 굳이 몸 밖에서 멀리 찾지 말고 가까이 있는 내 몸 안에서 찾으라는 말입니다. 그렇다면 시천주에는 "부모님처럼 하느님을 정성껏 받든다"는 의미와 함께 "사람은 누구나 자신의 몸속에 이미 하느님을 모시고 있다"는 이중적 의미가 담겨 있습니다. 바꾸어 말해서 최제우가 말하는 시천주란 초월적 의미와 내재적 의미를 동시에 지니고 있음을 알 수 있습니다. 그러나 동학의 전반적인 교리나 운동 방향으로 판단해 보면 첫 번째 의미보다는 아무래도 두 번째 의미에 더 무게가 실려 있는 듯합니다.

한편 최시형은 시천주 대신에 인시천人是天이라는 개념을 사용합니다. 그는 "사람이 바로 한울이요 한울이 바로 사람이니, 사람 밖에 한울이 없고 한울 밖에 사람이 없느니라"하고 말합니다. 이와 비슷한 개념으로 최시형은 '사인여천事人如天'이라는 용어를 사용하기도 합니다. 즉 사람을 하늘처럼 여기라는 뜻입니다. “사람이 바로 한울이니 사람 섬기기를 한울같이 하라人是天 事人如天”고 가르칩니다. 그렇다면 ‘천주’라는 인격적 존재 대신에 ‘천’이라는 비인격적 존재를 강조하는 것이지요. 최시형이 “도인道人 집에 사람이 오거든 사람이 왔다 이르지 말고 한울님이 강림하셨다 이르라”고 말하는 까닭이 바로 여기에 있습니다.

그런가 하면 제3대 교주이자 천도교를 창시한 손병희는 이보다 한걸음 더 나아가 “사람이 곧 하늘이다”라는 이른바 인내천人乃天 사상을 내세웠습니다. 표현은 이렇게 조금씩 달라도 근본 사상은 서로 통하는 데가 있습니다. 기독교를 비롯한 많은 종교에서 초월자나 절대자는 인간계와는 멀리 떨어져 있는 천상계에 존재해 있을 뿐만 아니라 전지전능한 존재로 상정되어 있지만 동학이나 천도교에서는 인간 속에 내재되어 있는 아주 가까운 존재로 파악합니다.

최시형은 “만물이 시천주 아님이 없으니 능히 이 이치를 알면 살생은 금치 아니해도 자연히 금해지리라” 하고 말합니다. 세상 만물이 시천주 아닌 것이 없다는 것은 곧 만물 속에 하느님의 신령함이 깃들어 있다는 것을 뜻합니다. 만물은 하나같이 거룩하고 신성한 것입니다. 그렇기에 최시형은 세상 만물이 하찮게 보이더라도 함부로 대해서는 안 된다고 말하는 것입니다. 봉황처럼 큰 새를 보기 위해서는 조그마한 제비 알을 깨뜨리지 말아야 하며, 숲이 무성하게 되려면 초목의 싹을 꺾지 말아야 한다고 가르칩니다. 이와 마찬가지로 꽃이 핀 가지를 꺾으면 그 열매를 따지 못할 것이라고 말하기도 합니다.

흔히 생명이 있다고 일컫는 생물만이 아닙니다. 최시형은 "폐물을 버리면 부자가 될 수 없느니라" 하고 말합니다. 여기에서 폐물이란 못 쓰게 된 물건을 가리킵니다. 이렇게 못 쓰게 된 물건도 함부로 버리면 재산을 모을 수 없어 부자가 될 수 없다는 말입니다. 그러나 이 말은 곧 세상 만물을 신성하고 거룩하게 생각하라는 뜻으로 해석할 수도 있습니다. 비록 못 쓰게 된 물건에조차 시천주가 깃들어 있다는 의미이기 때문입니다. "물건을 공경하면 덕이 만방에 미치리라" 하고 말하는 것을 보면 더더욱 그런 생각이 듭니다. 일반적인 언어 관습에서 보면 이 '공경'이라는 말은 부모님이나 스승처럼 윗사람한테는 사용해도 생명이 없는 물건한테는 좀처럼 사용하지 않습니다. 그런데도 최시형은 물건을 공경해야 덕이 곳곳에 퍼진다고 말하고 있습니다.

세상 만물이 시천주 아닌 것이 없다는 시천주 사상은 〈영부주문靈符呪文〉이라는 글에서도 엿볼 수 있습니다. 이 글에서 최시형은 "어찌 반드시 사람만이 홀로 한울님을 모셨다 이르리오. 천지 만물이 다 한울님을 모시지 않은 것이 없느니라. 저 새소리도 또한 시천주의 소리니라" 하고 말합니다. 나뭇가지 위에서 지저귀는 새소리도 시천주의 소리라면 들판에 졸졸 흐르는 시냇물의 소리도 시천주의 소리요, 하늘을 찢는 듯 요란하게 울리는 천둥소리도 시천주의 소리일 것입니다. 그렇다면 천하는 온통 시천주 소리로 가득 차 있다고 할 수 있습니다.

그런데 여기에서 한 가지 눈여겨볼 것은 최시형이 말하는 '만물' 속에는 비단 생물이나 무생물만 들어가는 것이 아니라는 점입니다. 위 인용문에서는 막상 언급하고 있지 않지만 이 말 속에는 요즈음 지식인 사회에서 유행하는 '타자他者'가 모두 들어갑니다. 타자는 일반적 의미로는 '나'가 아닌 다른 사람을 일컫는 말이지만, 철학이나 최근 문화 이론에서는 '동일자同一者'에 반대되는 개념으로 이런저런 이유로 강자한테 차별받고 억압받는 종속적 존재를 두루 일컫는 용어입니다. 즉 그동안 남성중심의 가부장 질서 속에서 제대로 기를 펴지 못하고 살아온 여성이나 장유유서의 질서로 인해 주눅이 들어온 아이들, 혹은 이런저런 이유 때문에 사회적으로 홀대를 받아온 사람들이 포함되어 있습니다. 한마디로 만물 시천주 사상에 따르면 성별이나 나이 또는 사회적 신분에 따라 인간을 차별하지 말아야 한다는 것입니다. 〈삼경三敬〉이라는 글에서도 그는 "한울만 공경하고 사람을 공경함이 없으면 이는 농사의 이치는 알되 실지로 종자를 땅에 뿌리지 않는 행위와 같으니" 하고 말합니다.

먼저 여성에 대한 최시형의 태도가 여간 돋보이지 않습니다. 그는 "부인은 한 집안의 주인이니라" 하고 잘라 말합니다. 그러면서 "남자는 한울이요 여자는 땅이니, 남녀가 화합치 못하면 천지가 막히고, 남녀가 화합하면 천지가 크게 화하리니, 부부가 곧 천지란 이를 말한 것이니라" 하고 밝힙니다. 여기에서 하늘이 높고 땅이 낮다는 말이 아니라, 수레의 두 바퀴처럼 어느 한쪽이 없이는 다른 한쪽도 움직일 수 없다는 뜻입니다. 아내가 혹 화를 내도 남편은 아내에게 한 번 절하고 그래도 아내가 화를 풀지 않으면 두 번 절하라고 가르칩니다. 여필종부女必從夫나 부창부수夫唱婦隨를 미덕으로 여기고 있던 이 무렵 남편더러 아내에게 절을 하라고 가르치는 것은 사회적 관습에서 벗어나도 한참 벗어나는 것이라고 할 수 있지요.

여성이 제대로 대접받지 못하던 시대에 여성의 존재를 인정하고 그들의 권리를 주장했다는 점에서 최시형은 가히 선각자라 할 수 있습니다. 어떤 의미에서는 한국 최초의 페미니스트라고 해도 크게 틀리지 않습니다. 오직 여성만이 페미니즘을 부르짖을 수 있다고 생각하는 것은 좁은 생각입니다. 백인도 얼마든지 흑인인권 운동에 동참할 수 있듯이 남성도 얼마든지 여권 운동에 동참할 수 있기 때문입니다.

비단 여성만이 아닙니다. 최시형은 어린아이들에게도 깊은 관심과 사랑을 기울입니다. 〈대인접물〉이라는 글에서 그는 아이들을 함부로 때리지 말라고 말합니다. 아이들도 여성들처럼 시천주이기 때문임은 두말할 나위가 없습니다. "아이를 때리는 것은 곧 한울님을 때리는 것이니 한울님이 싫어하고 기운이 상하느니라" 하고 말합니다. 앞에서도 언급했듯이 공자는 세 사람이 함께 길을 걸어가면 그중 한 사람은 스승이 될 수 있다고 말했습니다. 또한 최시형은 아이들이나 여성들에게서도 얼마든지 배울 것이 있다고 말합니다.

> 사람을 대할 때에 언제나 어린아이같이 하라. 항상 꽃이 피는 듯이 얼굴을 가지면 가히 사람을 융화하고 덕을 이루는데 들어가리라.
> 누가 나에게 어른이 아니며 누가 나에게 스승이 아니리오. 나는 비록 부인과 어린아이의 말이라도 배울 만한 것은 배우고 스승으로 모실 만한 것은 스승으로 모시리라.

최시형의 이 말은 유교의 가르침과는 정반대의 개념이기도 합니다. 공자는 일찍이 여성과 아이들을 싸잡아 '소인배小人輩'라 부르며 이들은 군자가 될 수 없음을 못 박아 말하지 않았습니까? 모든 종교를 통틀어 유교만큼 여성과 아이들을 가볍게 보고 업신여기는 종교는 없을 것입니다. 누가 뭐라고 해도 유교는 역시 남성중심주의를 부르짖는 종교입니다. 이 점과 관련하여 최시형은 〈천도天道와 유불선儒佛仙〉이라는 글에서 "우리 도는 '유'와 같고 '불'과도 같고 '선'과도 같으나,

실은즉슨 '유'도 아니요 '불'도 아니요 '선'도 아니니라" 하고 말합니다.

아이들에 대한 최시형의 태도는 차라리 동학이 그 대응 종교로 생각한 서학西學, 즉 기독교에서 가르치는 것과 아주 비슷합니다. 제자들이 예수 그리스도에게 "하늘나라에서는 누가 가장 큰 사람입니까?" 하고 묻자 예수는 "너희가 돌이켜서 어린이들과 같이 되지 않으면, 절대로 하늘나라에 들어가지 못할 것이다. 그러므로 누구든지 이 어린이와 같이 자기를 낮추는 사람이 하늘나라에서는 가장 큰 사람이다. 또 누구든지 내 이름으로 이런 어린이 하나를 영접하면, 나를 영접하는 것이다"〈마태복음〉 18장 1~5절 하고 대답합니다. 동학은 내세보다는 현세, 피안보다는 차안을 훨씬 더 중요하게 생각하기 때문에 앞으로 다가올 하늘나라에 대해서는 이렇다 할 관심이 없습니다. 그러나 어린이를 영접하는 것이 곧 자기를 영접하는 것이라는 예수의 메시지는 동학의 메시지와 일맥상통하는 데가 있습니다.

절대적인 신을 밀어내고 그 자리에 인간을 올려놓았다는 점에서 동학은 가히 혁명적이라고 할 수 있습니다. 동학이나 천도교는 사회 계층이라는 사다리에서 가장 밑바닥에 놓여 있던 민초들에게 꿈과 희망을 주었습니다. 힘 있는 자들에게 짓밟혀온 그들에게도 거룩한 신성이 깃들어 있다는 사실을 강조함으로써 그들도 인간 가족의 소중한 구성원임을 새삼 일깨워주었습니다. 인간 사이에 놓여 있는 갈등이나 불평등을 해결하지 못하면서 인간과 자연의 갈등이나 불평등에 관심을 기울인다는 것은 일의 순서가 잘못된 것이며 자칫 위선적으로 보일 수도 있습니다. 그것은 마치 이웃에 대해서는 온갖 관심을 보이면서도 막상 한집에 살고 있는 집안 식구들에 대해서는 배려하지 않는 행동과 같습니다. 서양 속담에도 "자선은 집안에서 시작한다"는 말이 있잖습니까?

서양에서는 사회생태학이나 인간생태학이라고 하여 인간과 자연의 관계 못지않게 인간과 인간 사이의 관계에 주목합니다. 미국의 신좌파 운동가인 머리 북친은 한 인간이 다른 인간을 억압하고 지배하고 종속하는 것이 자연 훼손이나 환경 파괴와 밀접하게 관련되어 있다고 주장했습니다. 1950년대 말부터 환경 문제에 관심을 기울인 그는 환경 문제를 사회 문제로 이끌어낸 최초의 이론가일 것입니다. 북친에 따르면 인간의 자연 지배는 인간의 인간 지배라는 위계 구조에서 파생되어 나온 것이고, 따라서 이런 불평등한 구조를 먼저 타파하지 않는 한 환경 문제를 궁극적으로 해결할 수 없다고 지적합니다.

노르웨이의 철학자 아르네 네스 등이 주장하는 심층생태학 같은 근본생태주의는 인간의 의식 개혁에 지나치게 무게를 싣는 나머지 사회 계급 구조나 그것에 따른 사회 불평등에 대해서는 소홀이 하는 경향이 있습니다. 다시 말해서 구체적인 실천 쪽보다는 이론이나 관념 쪽에 관심을 기울인다는 점에서 한계가 있습니다. 그러나 북친은 인간과 인간 사이에 조화와 균형을 이루지 않고서는 어떤 환경 문제도 극복할 수 없다고 봅니다. 최시형이 강조한 사인여천의 개념도 궁극적으로는 인간과 인간 사이의 벽을 허물고 조화와 균형을 꾀할 것을 부르짖는다는 점에서 북친의 사회생태학과 서로 맞닿아 있습니다.

밥 한 그릇의 철학

향벽설위가 내세와 피안에 희망을 두는 도피주의적 사상이라면, 향아설위는 모든 희망을 현세와 차안에 거는 현실주의적 사상입니다. 내일이 아니라 오늘, 천상의 낙원이 아니라 지상의 낙원을 꿈꾸는 것이 바로 향아설위의 철학입니다.

신사神師 물으시기를 "제사 지낼 때에 벽을 향하여 위位를 베푸는 것이 옳으냐, 나를 향하여 위를 베푸는 것이 옳으냐?"

손병희孫秉熙 대답하기를 "나를 향하여 위를 베푸는 것이 옳습니다."

신사 말씀하시기를 "그러하니라. 이제부터는 나를 향하여 위를 베푸는 것이 옳으니라. 그러면 제물을 차릴 때에 혹 급하게 집어먹었다면, 다시 차려서 제사를 지내는 것이 옳겠느냐 그대로 지내도 옳겠느냐?"

손천민孫天民이 대답하기를 "그대로 제사를 지내는 것이 옳겠습니다."

신사 말씀하시기를 "너희들은 매번 식고食告할 때에 한울님 감응하시는 정을 본 때가 있느냐?"

김연金演局이 대답하기를 "보지 못하였습니다."

신사 말씀하시기를 "그러면 한울님께서 감응하시지 않는 정은 혹 본 일이 있느냐? 사람은 다 모신 한울님의 영기靈氣로

사는 것이니, 사람의 먹고 싶어 하는 생각이 곧 한울님이 감
응하시는 마음이요, 먹고 싶은 기운이 곧 한울님이 감응하시
는 기운이요, 사람이 맛나게 먹는 것이 이것이 한울님이 감
응하시는 정이요, 사람이 먹고 싶은 생각이 없는 것이 바로
한울님이 감응하시지 않는 이치니라. 사람이 모신 한울님의
영기가 있으면 산 것이요, 그렇지 아니하면 죽은 것이니라."

최시형의 〈향아설위向我設位〉라는 글에서 뽑은 한 대목입니다. 그의 가르침 중에서 아마 이 글만큼 민중 운동에 크나큰 영향을 끼친 글도 없을 것입니다. 한살림운동을 펼친 강일순이나 생명 사상을 부르짖은 김지하도 하나같이 이 글에서 알게 모르게 정신적 자양분을 섭취했습니다. 〈수도법修道法〉에서 최시형은 "내가 바로 한울이요 한울이 바로 나니, 나와 한울은 도시 일체이니라" 하고 말합니다. 이런 인즉천이나 사물여천의 명제를 구체적으로 예시하는 글이 바로 이 〈향아설위〉입니다.

〈향아설위〉는 글자 그대로 제사 방법과 관련한 글입니다. 여러 의례 규칙을 적어놓은 《예문禮文》에는 "마음을 다하는 것이 제사의 근본이지 물질로만 때우려드는 것은 잘못된 제사이다 盡其心者 祭之本, 盡其物者 祭之末" 하고 기록되어 있습니다만, 유교 질서를 철저하게 훈육 받은 후손들은 이 말을 곧이곧대로 들을 수 없었고 제사를 지내는 데 무척이나 신경을 썼습니다. 그런데 제사를 준비하는 일은 남성보다는 어디까지나 여성의 몫이었습니다. 특히 제사 지낼 선조가 많은 장손 집안의 맏며느리는 선조의 제사를 치르는 데 일 년 중 거의 대부분의 시간을 보내기도 합니다. 장남에게 재산을 상속하는 제도도 따지고 보면 장남이 선조의 제사를 맡아 지내기 때문입니다. 재산이 있는 집은 그래도 다행이지만 못사는 집은 제수祭需 준비할 돈이 없어 걱정이 많았습니다. 오죽하면

"없는 집 제사 돌아오듯 한다"는 속담까지 생겨났겠습니까?

방금 앞에서 동학은 내세의 종교라기보다는 어디까지나 현세의 종교요, 피안의 종교라기보다는 차안의 종교라고 말했습니다. 이처럼 현세와 차안에 무게를 실으면서도 전통적으로 지켜온 제사 같은 의례에 대해서는 조금도 게을리하지 않습니다. 서양 선교사들이 한국에 처음 기독교를 전할 때도 이 제사가 늘 문젯거리가 되었습니다. 토착 종교를 인정하자니 유일신 신앙에 어긋나고, 유일신 신앙을 강조하자니 조상 숭배를 소중하게 생각하는 한국인들을 기독교로 개종시키기가 어려웠던 까닭이지요. 그러나 최시형은 예로부터 전해온 대로 제사를 지내되 다만 새로운 시대에 걸맞게 새로운 방식으로 제사를 지낼 것을 주장합니다. 〈향아설위〉는 바로 제사 지낼 때 제삿밥을 차리는 방식과 관련이 있습니다.

지금까지 제사를 지낼 때에는 유교 규범에 따라 늘 위패와 메밥을 벽 쪽을 향해 놓았습니다. 향벽설위向壁設位가 바로 그것입니다. 그런데 최시형은 위패와 메밥의 위치를 벽 쪽에서 제사 지내는 사람 쪽으로 옮겨놓아야 한다고 주장합니다. 이것이 다름 아닌 향아설위입니다. 위패와 메밥을 벽 쪽에 놓건, 아니면 제사 지내는 후손들 쪽에 놓건 그것이 뭐 그렇게 중요하냐고 따질 사람들도 있을 것입니다. 그러나 내세보다 현세에 무게를 싣는 동학의 입장에서 보면 무척이나 중요합니다. 조금 과장해서 말하자면 향벽설위가 지난 5만 년에 이르는 선천先天 시대라면, 향아설위는 후천後天 개벽을 부르 짖는 새로운 시대입니다. 향아설위는 제사상을 차리는 방법을 바꾼 것에 지나지 않는 것처럼 보일지 모르지만 실제로는 유교 질서를 무너뜨리는 가히 혁명에 가까운 사건이라고 할 수 있습니다. 최시형의 이런 급진적인 생각이야말로 세계관을 바꾸는 이른바 '패러다임의 전이'나 '코페르니쿠스의 전이'에 해당합니다.

이렇게 오랫동안 지켜온 유교 관례를 깨뜨리고 위패와 메밥을 옮겨놓는 까닭을 묻자 최시형은 "제사를 받들고 위位를 베푸는 것은 그 자손을 위하는 것이 본위"라고 대답합니다. 사망한 선조를 위해 제사를 지내는 것이 아니라 살아 있는 후손을 위해 제사를 지낸다고 말하는 것은 이 무렵 유교 관습에서 보면 패륜에 가깝습니다. 그러면서 최시형은 "평상시에 식사를 하듯이 위를 베푼 뒤에 지극한 정성을 다하여 심고心告하고, 부모가 살아 계실 때의 교훈과 남기신 사업의 뜻을 생각하면서 맹세하는 것이 옳으니라" 하고 말합니다. 정성을 드리지 않고 값비싼 음식을 차려놓고 제사를 지내는 것보다는 차라리 맑은 물 한 그릇이라도 정성을 다하여 바치는 것이 더 낫다고 말하기도 합니다.

제사의 형식에 얽매이지 말고 내용을 중시하라고 가르치는 것은 비단 최시형이 처음은 아닙니다. 경세치용經世致用을 부르짖은 실학자 성호星湖 이익李瀷도 〈제사지리祭祀之理〉라는 글에서 "흠향은 귀신이 탐내는 것이 아니고 사람의 정성에 감동하는 것이다", "정성이란 제물을 푸짐하게 차리는 데 있지 않고 정결하게 마련하는 데 있는 것이다" 하고 말한 적이 있습니다.

그러나 최시형이 보통 때 식사를 하듯이 위를 베풀어야 한다고 말하는 것은 곧 평상적인 식사와 의례적인 제사를 굳이 구별할 필요가 없다는 뜻입니다. 〈내수도문內修道文〉이라는 글에서 그가 "살생하지 말고, 삼시三時를 부모님 제사와 같이 받드옵소서" 하고 말하는 것은 바로 그 때문입니다. 다시 말해서 제사를 어떻게 드리느냐 하는 형식이 중요한 것이 아니라, 얼마나 정성껏 제사를 드리느냐 하는 마음이 훨씬 더 중요하다는 말입니다. 또 제사를 지낼 때 선조에게 드리는 절이나 제사 기간만 해도 그렇습니다. 최시형은 방이나 땅바닥에 이마를 대고 절하는 것보다는 "마음으로써 절하는 것"이 옳다고 밝힙니다. 제사를 지내는 기간을 묻는 물음에 대해서도 "마음으로 백년상百年喪이 옳으니라" 하고 대답합니다. 유교 법도에 따라 삼년상이니 오년상이니 하는 시간적 제약에 굳이 얽매일 필요가 없다는 것입니다. 여기에서도 제사상을 차리는 것과 마찬가지로 정성이 중요할 뿐 형식 자체는 그렇게 중요하지가 않습니다.

더구나 제물을 차리면서 배고픈 나머지 음식을 먼저 집어 먹는 경우도 있습니다. "제사보다 젯밥에 관심이 있다"는 속담이 생긴 것도 바로 그런 이유 때문입니다. 그러나 최시형은 제사에 사용할 음식을 미리 먹었어도 제사상을 다시 차리지 말고 그대로 제사를 지내는 것이 옳다고 말합니다. 사람이 먹고 싶어 하는 생각이 곧 한울님이 감응하는 마음이요, 먹고 싶은 기운이 곧 한울님이 감응하는 기운이기 때문이라는 것입니다. 유교 관습에 따르면 제사 음식은 제사를 지내기 전에는 절대로 먼저 먹어서는 안 됩니다. 만약 모르고 먼저 먹었다면 처음부터 다시 제사 음식을 준비해야 합니다. 이 얼마나 형식을 위한 형식에 얽매여 있는 제사 방법입니까?

향아설위는 비단 공간적 이동에 그치지 않고 더 나아가 시간적 이동을 뜻하기도 합니다. 벽이니 '나'니 하는 공간 관념 때문에 자칫 시간의 의미를 놓치기가 쉽지만 향아설위는 공간 못지않게 시간에서도 아주 각별한 의미를 지닙니다. 향벽설위에서는 한밤중에 제사 지내던 것을 향아설위에서는 한낮에 지내도록 합니다. 한밤중이 죽은 귀신이 활동하는 시간이라면, 대낮은 살아 있는 인간이 활동하는 시간입니다. 서양에서나 동양에서나 귀신은 한밤중에만 활동하다가 새벽이 되면 다시 돌아가는 것으로 되어 있습니다. 윌리엄 셰익스피어의 《햄릿》에서도 선왕의 유령이 나타나 아들 햄릿과 이야기를 나누다가 새벽닭이 울자 곧바로 사라져버립니다.

환한 대낮이 공동체의 시간이라면 깜깜한 한밤중은 개인의 시간입니다. 그냥 한밤중이 아니라 밤 열두 시에 제사를 지내는 것이 유교 관습입니다. 한밤중이 아닌 한낮에 제사를 지내는 것도 따지고 보면 죽은 선조보다는 살아 있는 후손 위주로 생각하는 데서 비롯한 것이지요. 유교 절차에 따라 제사를 지내기 위해서는 후손들은 밤늦게까지 기다려야 하기 때문입니다. 이튿날 밭갈이를 하러 밭에 나가야 하는 농부도 있을 것이고, 물건을 팔러 시장에 나가는 상인도 있을 것입니다. 요즈음에는 직장에 일찍 출근해야 할 사람이 많을 것입니다. 이런 일상생활을 고려하여 최시형은 한밤중이 아닌 대낮에 제사를 지내도 좋다고 말하는 것입니다.

김지하는 〈개벽과 생명운동〉이라는 글에서 최시형이 말하는 향아설위와 향벽설위의 형이상학적 의미를 좀 더 구체적으로 설명한 적이 있습니다. 향벽설위에 대해 김지하는 지나치게 내세 쪽에 가치를 두려는 태도라고 말합니다. 기독교식으로 말하자면 요단 강 이쪽이 아니라 요단 강 저쪽에 모든 희망을 두는 태도라는 것입니다.

향벽설위는 저 벽 쪽에, 내 시선의 저쪽, 시간적으로는 미래에, 내일에 신이 있고, 천국이 있고, 약속의 땅이 있고, 행복된 낙원이 있다는 제사 구조입니다. 신이 내 눈의 저 앞 편에 계시다는 생각은 그 신이 내일 약속의 땅을 나에게 주리라는 생각과 깊은 관계가 있습니다.

김지하의 말대로 향벽설위가 내세와 피안에 희망을 두는 도피주의적 사상이라면, 향아설위는 모든 희망을 현세와 차안에 거는 현실주의적 사상입니다. 저쪽이 아니라 이쪽, 내일이 아니라 오늘, 천상의 낙원이 아니라 지상의 낙원을 꿈꾸는 것이 바로 향아설위의 제사 구도요 철학입니다. 그러므로 향아설위에서는 오직 "지금 그리고 여기"를 떠나서는 이렇다 할 의미가 없기 마련입니다.

지금까지 종교에서는 지나치게 지복천년의 미래 세계를 강조해왔습니다. 카를 마르크스가 종교를 아편이라고 몰아붙인 것도 따지고 보면 그 때문입니다. 사람들이 종교를 믿는 이유 가운데 하나는 현실이 힘들고 각박하기 때문입니다. 많은 사람들에게 종교는 잠깐 동안이나마 고통을 잊게 해주는 진통제 같은 역할을 했던 것이 사실입니다. 그런데 이 점에서는 정치권력을 손에 걸머쥔 정치 지도자들도 크게 다르지 않습니다. 정치가들은 고통받는 민중에게 밝은 미래를 생각하고 좀 더 참고 견디라고 말합니다. 최시형이나 김지하에게 향아설위는 민중에게 고통을 잠시 잊게 해주는 아편이 아니라 현세의 모순을 뿌리부터 뜯어고치는 구체적인 실천을 뜻합니다. 바로 여기에 향아설위가 주는 혁명적 메시지가 들어 있습니다.

자연 환경과 관련한 문제에서 가장 중요한 것은 '발상의 전환'입니다. 삼라만상을

소중하게 생각하다 보면 개미같이 하찮은 벌레부터 길가에 나뒹구는 돌멩이에 이

르기까지 지구상에 존재하는 모든 것을 전혀 다른 눈으로 바라보게 됩니다.

상제님께서 말씀하시기를 "천지간에 가득 찬 것이 신神이니 풀잎 하나라도 신이 떠나면 마르고, 흙 바른 벽이라도 신이 떠나면 무너지고, 손톱 밑에 가시 하나 드는 것도 신이 들어서 되느니라. 신이 없는 곳이 없고, 신이 하지 않는 일이 없느니라" 하시니라.

증산교의 경전 《증산교 도전道典》에 나오는 한 구절입니다. 동학이나 천도교 같은 토속 종교가 흔히 그러하듯 증산교 또한 인간이 아닌 피조물에 대한 배려나 생각이 무척 남다릅니다. 어쩌면 유교와 불교와 선교를 비롯하여 민간에서 전해 내려오는 토속 신앙에서 적잖이 영향을 받았기 때문일 것입니다. 적어도 인간 못지않게 자연에 깊은 관심을 기울인다는 점에서 증산교나 동학 같은 토착 종교는 인간중심주의적 특성을 지닌 서구의 종교와는 큰 차이가 납니다.

위 인용문에서 '상제님'은 증산교를 창시한 강일순姜一淳을 가리킵니다. 그의 호를 따라 증산교라 부르는 이 종교 계열 종단에서는 그를 '상제上帝'나 '천사天師' 등으로 부릅니다. 이 종교는 교주가 사망한 뒤에 여러 분파가 생겨났는데 일반적으로 이 분파 종단들을 두루 일컬어 '증산교'라고 부릅니다. 증산교는 대한제국 말엽 개항기에 나타난 동학이나 대종교와 함께 이 땅에 새로운 이상 세계를 건설한다는 후천개벽을 주장한 대표적인 자생 종교 가운데 하나입니다. 또 한국의 전통적인 종교와 문화, 특히 무속과 선도를 계승하고 발전시켜 한국 민중의 개인적인 신앙 의식을 민간 중심의 공동체 신앙으로 승화시키는 데 이바지했습니다.

창시자 강일순은 몰락한 양반 집안에서 태어나 갑오농민전쟁甲午農民戰爭 때는 동학군을 따라다녔지만 전쟁의 실패를 예언하고 전투에 직접 참가하지는 않았습니다. 전쟁이 끝난 뒤 3년 동안 전국을 돌아다니며 사회의 실상과 민중의 생활을 살핀 뒤 갑오농민전쟁 같은 인간의 인위적인 힘이나 지역을 기반으로 형성된 기성 종교로는 민심을 수습할 수 없음을 깨닫고, 1901년 전주 모악산에 들어가 도를 닦기 시작하여 그해 7월에 성도成道했다고 합니다. 강일순이 사망한 뒤에는 그의 아내 고부인高夫人이 그 맥을 이어나갔습니다.

증산교의 교리에 따르면 강일순은 천계의 대권을 주재하는 절대신으로 구천에 있다가 천계의 신성불보살神聖佛菩薩들이 모여 인류와 신명계의 큰 겁액劫厄을 하소연함으로써 이 세상에 내려와 둘러보다가 조선 땅에 이르렀습니다. 그 뒤 전라도 모악산 금산사 미륵금상彌勒金像에 임하여 30년을 보내면서 수운 최제우에게 천명과 신교神敎를 내려 대도를 세우게 했지만 수운이 인간 세계를 구원할 참빛을 얻지 못하므로 스스로 강림했다고 주장했습니다.

위 인용문에서 강일순이 "천지간에 가득 찬 것이 신"이라고 말하는 구절을 먼저 살펴보아야 합니다. 알게 모르게 서양 문화의 영향을 받은 사람들은 일반적으로 신이라고 하면 곧바로 기독교의 유일신을 떠올립니다. 우주 만물을 창조하고 이 세상에 하나밖에 없어 전지전능하다고 믿는 하느님 말입니다. 그러나 강일순은 천지 만물에는 신이 깃들어 있을 뿐만 아니라 인간 만사도 신의 조화로 이루어진다고 말합니다. "풀잎 하나라도 신이 떠나면 마르고, 흙 바른 벽이라도 신이 떠나면 무너지고, 손톱 밑에 가시 하나 드는 것도 신이 들어서 되느니라”라고 밝힙니다. 또한 그는 “신이 없는 곳이 없고, 신이 하지 않는 일이 없느니라”라고 말하기도 합니다. 한마디로 신을 떠나서는 아무것도 존재하지 않으며, 또 신을 떠나서는 아무런 일도 일어나지 않는다는 것이지요. 물론 신을 떠나서는 한순간도 세상 만물이 존재할 수 없다고 믿는다는 점에서 강일순의 신앙은 기독교의 교리와 크게 다르지 않습니다.

그러나 이렇게 삼라만상에 신이 깃들어 있고 도처에 신이 존재한다고 믿는 것은 유일신을 거부하는 태도입니다. 다시 말해서 여러 신의 존재를 믿는 다신론적 태도입니다. 그러나 다신론을 인정하되 신의 근본은 ‘상제님’ 하나뿐이라고 생각한다는 점에서는 일원적 다신론이라고 할 수 있습니다. 여러 신의 기원을 거슬러 올라가 보면 오직 하나의 신을 만날 뿐이라는 것입니다.

한편 우주의 삼라만상에 신이 깃들어 있다는 생각은 넓은 의미에서 범신론汎神論으로 볼 수도 있습니다. 우주와 세계와 자연의 모든 것이 곧 신이라고 생각하는 세계관이 곧 범신론입니다. 만유신론萬有神論이라고도 일컫는 범신론에서는 모든 것이 신의 발현이며 그 속에 신이 포함되어 있다고 간주합니다. 바뤼흐 스피노자처럼 세계를 신의 변형으로 보기도 하고, 유물론적 세계관처럼 형체가 있는 모든 것을 모아놓은 것을 곧 신으로 보기도 합니다. 증산교의 신관도 궁극적으로는 인도의 우파니샤드 사상이나 고대 그리스의 사상 또는 근대의 스피노자 사상과 비슷합니다.

예로부터 범신론을 믿는 문화치고 자연을 함부로 대해온 문화가 없었습니다. 생태주의 관점에서 보면 범신론은 인간으로 하여금 자연에 대해 신비감을 갖고 존중하도록 해줍니다. 또한 자연의 효용적 가치보다는 내재적 가치를 받아들이도록 가르칩니다. 그도 그럴 것이 거룩한 신이 깃들어 있는데 어떻게 자연을 함부로 대하겠습니까? 자연이 하느님이 만들어낸 걸작품이라면 어떻게 그 걸작품을 훼손하겠습니까? 화랑에서 구입한 그림 한 폭도 소중히 여기는데 가령 겸재謙齋 정선鄭敾의 그림이나 파블로 피카소 작품 같은 명화를 간직하고 있다면 더욱 조심할 것입니다. 하물며 하느님이 창작한 걸작품인 자연에 이르러서는 두말할 나위가 없을 것입니다.

여기에서 잠깐 불교 쪽으로 화제를 돌려보겠습니다. 범신론적 입장은 불교에서 말하는 불성佛性과 무관하지 않기 때문입니다. 불교에서는 유정무정有情無情이나 유형무형有形無形이 모든 존재에 불성이 깃들어 있나고 발하고 있습니다. 또한 옛 스님들은 "푸른 대나무 숲 모두가 진여眞如요, 피어 늘어진 노란 꽃은 반야般若 아님이 없다"고 했습니다. 그런가 하면 《보장론寶藏論》에서도 "불성은 모든 것에 가득하고 풀이나 나무에도 깃들어 있으며, 개미에게도 완전히 퍼져 있고, 가장 미세한 먼지나 털끝에도 있다. 그러므로 불성이 없이 존재하는 것은 하나도 없다"고 말하고 있습니다.

물론 오늘날 인류가 맞부딪쳐 있는 생태계 위기나 환경 위기를 극복하기 위해 신비주의적인 범신론에서 그 해답을 찾는다는 것은 그리 적절하지 않다고 지적하는 사람도 적지 않습니다. 고대 원시시대의 물활론物活論이나 애니미즘적 정령신앙과 마찬가지로 범신론은 마치 육중한 바윗덩어리에 달걀을 던지는 것처럼 환경 위기나 생태계 위기를 극복하는 데는 미약하고 실제로 이렇다 할 효과가 없다고 주장합니다. 소박하다 못해 순진하다고 비판합니다.

자연이나 환경과 관련한 문제에서 무엇보다도 중요한 것은 발상의 전환입니다. 생각을 바꾸는 것보다 더 좋은 지름길은 없습니다. 이 위기를 극복하는 데는 거창한 이론보다는 작은 실천이 중요합니다. 아무리 하늘을 찌를 듯한 이론이라도 구체적인 실천이 따르지 않으면 허공의 메아리처럼 공허할 뿐입니다. 물론 삼라만상에 신성함이 깃들어 있다고 생각한다고 하여 하루아침에 환경 위기나 생태계 위기가 극복되는 것은 아닙니다.

그러나 이렇게 삼라만상을 소중하게 생각하다 보면 개미같이 하찮은 벌레나 길가에 나뒹구는 돌멩이에 이르기까지 지구상에 존재하는 모든 것을 이제까지 본 것과는 전혀 다른 눈으로 바라보게 됩니다. 그런 과정에서 자연에 대한 우리의 의식이 조금씩 달라집니다. 그렇게 되면 지금은 무의식이나 잠재의식 상태로 잠들어 있는 생태 의식을 일깨울 수 있습니다. 마르크스주의에서 계급의식을 고취하는 것이 무엇보다도 중요하듯이 생태주의에서는 생태 의식을 불러일으키는 것이 자못 중요합니다. 그리고 생태 의식을 불러일으키는 데는 발꿈치의 군살처럼 굳어질 대로 굳어진 우리의 의식을 우뭇가사리처럼 유연하게 변화시켜야 합니다.

우리 생각이 유연하게 변화하면 정책 입안자들과 과학자들 그리고 문화 예술가들이 함께 지혜를 모아 좀 더 구체적인 방법으로 훼손된 자연을 살리고 망가진 환경을 되살릴 길을 찾을 수 있을 것입니다. 미국의 시인이자 수필가이며 환경론자인 웬델 베리는 언젠가 "모든 사람의 문제는 어느 누구의 문제도 아니다" 하고 말한 적이 있습니다. 다른 사람이 해결해줄 것으로 생각하고 아무도 선뜻 나서려고 하지 않는다는 것입니다. 남만 믿고 아무도 나서지 않기 때문에 사태는 점점 더 악화됩니다. 환경 위기나 생태계 위기를 둘러싼 문제가 바로 그렇습니다. 한국어 속담에 "백짓장도 맞들면 낫다"는 말이 있습니다. 하물며 인류는 말할 것도 없고 지구상의 모든 피조물의 생존이 걸려 있는 문제에서야 더 이상 말할 필요가 없을 것입니다.

지금 지구가 앓고 있는 질병은 편작扁鵲 같은 뛰어난 의사라 해도 어느 한 사람만 가지고서는 치료할 수 없습니다. 모든 사람이 함께 나서지 않으면 도저히 살릴 길이 없습니다. 환경공학을 전공하는 학자들한테만 맡긴다든지, 환경 정책을 입안하는 정부 당국자들한테만 맡긴다든지 해서 해결할 수 있는 단계를 지났습니다. 이제 지구촌 주민 모두가 일어나 함께 지혜를 모으고 힘을 합칠 때입니다. 서양의 어느 시인이 "문학은 아무것도 할 수 없다"고 절망감을 토로한 적이 있습니다. 오늘날 인류가 겪고 있는 환경 위기나 생태계 위기를 극복하는 데 문학도 얼마든지 이바지할 수 있습니다. 그 시인처럼 패배주의에 빠지거나 절망의 늪에서 허우적거릴 때가 아닙니다. 그러는 동안 지구 호는 지금 이 순간에도 바다 깊이 침몰하고 있습니다.

따지고 보면 환경 위기나 생태계 위기를 극복하는 데 문학만큼 효과적인 담론도 없는 것 같습니다. 짧은 서정시 한편이나 소설 한 편 또는 무대에서 공연하는 연극 한 편은 어떤 과학 논문보다, 또 어떤 정책 입안서보다 효과적일 수 있습니다. 생태학자들의 과학 논문이나 이론은 로고스logos, 즉 차가운 머리에 호소합니다. 정책 입안자들의 입안서나 보고서는 에토스ethos, 즉 집단적 정서나 정신에 호소합니다. 그러나 문학가의 작품은 파토스pathos, 즉 뜨거운 가슴에 호소합니다. 인간의 욕구는 본질적으로 감성적이라는 사실을 염두에 둘 때 오늘날 인류가 직면해 있는 환경 위기나 생태계 위기와 관련한 문제를 이성이나 정의情意에 호소하여 해결하는 것보다 감정에 호소하여 해결하는 쪽이 훨씬 더 효과적입니다. 이쯤 되면 서양 시인처럼 "문학은 아무것도 할 수 없다"고 말할 수 없습니다. 오히려 문학이야말로 과학도 정책도 하지 못하는 역할을 할 수 있음을 알게 될 것입니다. 문학 작품 중에서도 특히 고전이 맡아야 할 몫이 무척 큽니다. 고전이라고 하면 곰팡내 나는 케케묵은 작품이라고 생각하기 쉽지만 고전은 온갖 세월의 풍화작용을 꿋꿋이 견뎌낸 작품입니다. 그 고전 속에 깊이 잠들어 있는 생태주의적 의미를 깨우는 것, 그 의미를 통해 독자들의 생태 의식을 일깨우는 것이야말로 가장 뜻깊은 일이기도 합니다.

꽃을 비롯한 자연에는 인간의 질서와는 다른 그 나름대로의 질서가 있습니다. 인간

이 자신의 질서에 따라 자연의 질서를 깨트릴 때 자연은 무참히 파괴되고 맙니다.

그러므로 우리는 "자연이 가장 잘 알고 있다"는 생태주의 명제를 명심해야 합니다.

산에는 꽃 피네
꽃이 피네
갈 봄 여름 없이
꽃이 피네

산에
산에
피는 꽃은
저만치 혼자서 피어 있네

산에서 우는 작은 새여
꽃이 좋아
산에서
사노라네

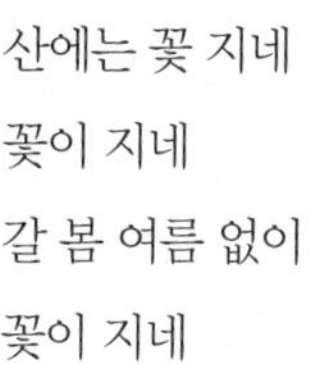

산에는 꽃 지네
꽃이 지네
갈 봄 여름 없이
꽃이 지네

김소월金素月이 지은 유명한 작품 〈산유화〉의 전문입니다. 평안북도 정주에서 태어나 오산학교에 입학한 그는 스승인 안서岸曙 김억金億의 영향을 받고 처음 시를 쓰기 시작했습니다. 소월의 타고난 시적 재능을 발견한 김억은 한국 최초의 문학 동인지라고 할 〈창조〉에 소월의 첫 작품을 싣도록 주선해주었습니다. 그 뒤 1922년 〈진달래꽃〉을 천도교에서 발행하던 잡지 〈개벽開闢〉에 발표함으로써 본격적으로 문단에 데뷔했습니다. 1934년 서른세 살의 젊은 나이로 스스로 목숨을 끊을 때까지 김소월은 150여 편에 이르는 민요풍의 낭만적인 서정시를 창작해 한국 시사詩史에 굵직한 획을 그었습니다. 1924년 〈영대靈臺〉 제3호에 처음 발표한 〈산유화〉는 그 이듬해 출간한 시집 《진달래꽃》에 수록되어 있습니다.

〈산유화〉는 김소월의 시 중에서도 그의 시적 기교를 잘 엿볼 수 있는 작품입니다. 형식에서 보면 대칭적 구조를 비롯하여 반복과 변조, 토착어, 절제된 시어, 토착적 정서와 민요적 율격 등을 구사합니다. 또한 주제에서는 그의 다른 시가 흔히 그러하듯이 삶의 근원적 고독을 담담하게 노래합니다. 김소월의 시는 마치 껍질이 겹겹으로 둘러싸여 있는 양파의 같습니다. 그의 시 가장 겉 표면에는 시인 자신이 느끼는 그리움·사랑·슬픔·비애·정한情恨·울분·절망 같은 개인적 정서가 자리 잡고 있습니다. 개인적 정서의 껍질을 한풀 벗겨놓고 보면 인간과 자연에 대한 철학적이고 형이상학적

관조와 성찰이 자리 잡고 있습니다. 이 철학적이고 형이상학적 껍질을 다시 한풀 벗겨놓으면 그 중핵 부분에는 한민족의 굴곡진 역사와 일본 식민지로 전락한 한반도의 거친 역사적 맥박이 고동치고 있습니다.

지금까지 비평가들은 이 〈산유화〉를 주로 두 번째 껍질에 주목해 해석해왔습니다. 즉 인간의 원초적 고독을 노래한 작품이라는 것입니다. 심지어 국어사전에조차 이 시에 대해 "산에 피고 지는 꽃을 소재로 하여 삶과 자연 모두에 스며 있는 근원적 고독을 노래한 작품"으로 풀이하고 있을 정도입니다. 물론 어떤 시인보다도 신산스러운 삶을 산 김소월은 개인적 정서를 바탕으로 근원적인 인간의 고독과 소외를 즐겨 노래한 것은 부정할 수 없는 사실입니다.

그러나 〈산유화〉는 생태주의의 관점에서 읽어도 전혀 무리가 없습니다. 무엇보다 작품 소재에서 자연을 노래하고 있습니다. 산·꽃·새 등은 하나같이 자연을 가리키는 환유입니다. 좀 더 자세히 말하면 부분으로써 전체를 가리키는 제유입니다. 강이나 호수가 빠져 있는 것이 이상하게 느껴질지 모르지만 김소월은 처음부터 산에 피어 있는 꽃을 노래하기로 마음먹었기 때문에 물이 들어설 자리란 아예 없습니다.

먼저 〈산유화〉의 제목부터 살펴보기로 하지요. 우리가 무심코 그냥 넘겨버려서 그렇지 '산유화'라는 제목이 여간 이색적이지 않습니다. '화' 자로 끝나기 때문에 자칫 꽃의 한 종류로 착각하기 십상입니다. 가령 '무궁화'를 비롯하여 '수선화', '금잔화', '봉선화'처럼 말입니다. 그러나 아무리 눈을 씻고 식물도감을 찾아보아도 '산유화'라는 꽃이나 식물은 나오지 않습니다. 그도 그럴 것이 '산유화'는 특정한 꽃의 이름이 아니라 산에서 피는 야생화를 두루 일컫는 말이기 때문이지요. 그래서 김동성金東成이 일찍이 이 작품을 영어로 번역하면서 'Sanyuhwa'로 옮기지 않고 'Flowers on the Mountain'으로 옮겼습니다. 만약 전자로 번역했더라면 모르긴 몰라도 외국 독자들은 아마 꽃 이름으로 생각했을지도 모릅니다. 전치사 'on' 대신에 'in'을 썼더라면 금상첨화였을 터지만 그래도 시인의 본뜻을 이해하고 옮긴 훌륭한 번역입니다.

〈산유화〉에서 산·꽃·새 같은 시적 소재가 공간에 바탕을 둔 것이라면 계절은 시간에 바탕을 둔 것입니다. 첫 연과 마지막 연에 걸쳐 반복하는 "갈 봄 여름 없이"라는 구절에서는 계절의 순환을 노래합니다. 다시 말해서 공간적 요소가 자연의 날줄인 반면, 시간은 자연의 씨줄이라고 할 수 있습니다. '우주'라는 한자어가 본디 공간적 개념과 시간적 개념이 한데 어우러진 밀이듯이 자연도 공간과 시간이 한데 어울릴 때 제대로 기능을 발휘할 수 있습니다. "산에는 꽃 피네 / 꽃이 피네 / 갈 봄 여름 없이 / 꽃이 피네." 이 얼마나 '자연스러운' 조화와 균형입니까? 네 계절을 노래하되 꽃이 피지 않

는 겨울을 살짝 건너뛰어 가는 솜씨며, “봄·여름·갈가을 없
이”라고 하지 않고 “갈 봄 여름 없이”라고 결실과 쇠락의 계
절인 가을부터 시작하는 재치가 여간 돋보이지 않습니다. 첫
연에서는 계절의 순환과 더불어 존재하는 자연의 모습을 읽
을 수 있습니다. 산이 삼라만상이 존재하는 우주적 공간이라
면, 꽃은 우주 속에서 계절의 순환에 따라 생성하고 소멸하
는 생명체입니다.

〈산유화〉의 생태주의적 주제는 둘째 연에서 좀 더 분명히
드러나 있습니다. 이 시를 해석할 때마다 늘 부딪치는 문제
가 “산에 / 산에 / 피는 꽃은 / 저만치 혼자서 피어 있네”에서
‘저만치 혼자서’라는 구절입니다. 이 구절에 대해 한 비평가
는 “자연 내지 존재의 조건으로서의 고독과 그것에 대한 우
주적 연민과 긍정”을 나타낸 것으로 읽습니다. 이와 비슷하
게 “고독한 자아의 운명적 모습”이라고 해석하는 사람도 있
습니다. 그러나 이런 해석은 그렇게 썩 잘 들어맞는 것 같지
않습니다. 이 두 비평가는 산속에 홀로 피어 있는 꽃을 보고
자신의 감정에 어울리게 해석하기 때문입니다. 다시 말해서
지나치게 감정을 이입하고 있습니다. 신비평가들은 이렇게
문학 작품을 읽거나 해석하면서 심리적으로 영향을 받는 것
을 ‘감정의 오류’라고 부릅니다. 한편 또 다른 비평가는 이
구절의 애매성을 지적하면서 공간적 거리뿐만 아니라 ‘저렇
게’라는 정황을 가리키는 표현이라고 지적하기도 합니다. 그

러나 이 해석도 그다지 설득력이 있어 보이지 않습니다.

비평가들이 그냥 있는 그대로 읽으면 될 것을 필요 이상으로 형이상학적 의미를 부여하려는 나머지 본뜻을 놓쳐버리고 마는 경우를 종종 봅니다. 이 구절에 대한 해석도 그렇습니다. 김소월은 철학적 문제를 말하는 것이 아니라 인간 세계의 질서와 자연의 질서 사이의 거리를 말하고 있을 뿐입니다. 집에서 정성 들여 재배하는 꽃이 아니라 산에서 저절로 자라는 꽃이므로 인간이 사는 세계와는 어쩔 수 없이 멀리 떨어져 "저만치 혼자서" 피어 있을 수밖에 없습니다. 마치 물고기가 인간 세계에서 멀리 떨어져 강이나 바다에서 사는 것과 똑같은 이치입니다. 인간과 자연 사이의 거리는 '생태학적 거리'라고 부를 수 있겠습니다. 모자이크 그림은 일정한 거리를 두고 봐야 제대로 맛이 나는 것처럼 인간과 자연의 거리도 일정하게 유지할 때 생태계는 건강을 유지할 수 있습니다.

이렇듯 꽃을 비롯한 자연에는 인간의 질서와는 다른 그 나름대로의 질서가 있습니다. 인간이 자신의 질서에 따라 이 자연의 질서를 깨뜨릴 때 자연은 파괴될 수밖에 없습니다. 만약 외계인이 지구에 도착하여 인간의 질서를 모두 무너뜨리고 저들의 질서를 따르게 한다면 어떻게 될까요? 인간의 삶은 송두리째 파괴되고 말 것입니다. 자연도 꼭 마찬가지입니다. 자연은 자연의 질서에 따라 유지되도록 그대로 내버려두어야 합니다. "자연이 가장 잘 알고 있다"는 생태주의의 명제는 바로 이 점을 지적한 것입니다.

둘째 연의 생태주의적 주제는 셋째 연으로 자연스럽게 이어집니다. "산에서 우는 작은 새여 / 꽃이 좋아 / 산에서 / 사노라네." 산에서 사는 것은 비단 꽃뿐 아니라 새들도 함께 삽니다. 동양화를 보아도 화조도花鳥圖라 하여 꽃이 있으면 반드시 새가 있고, 새가 있으면 반드시 꽃이 있습니다. 이 둘은 서로 떨어져 있을 수가 없고 마치 샴쌍둥이처럼 늘 붙어 다닙니다. 꽃이 산이라는 우주에 살고 있는 생명체라면 새도 그런 생명체입니다. 그런데 이 새는 인간이 집 안에서 키우는 잉꼬나 앵무새도 아니고, 그렇다고 집 근처 나무에서 사는 잘 알려진 새들도 아닙니다. 산속에서 피었다 지는 꽃처럼 이름도 없이 사는 '작은 새'입니다. 이렇게 산에서 살아가는 작은 새가 있기에 꽃은 외롭지 않고 자연은 더욱 풍성해집니다.

마지막 연에 이르러 김소월은 다시 한번 첫 연에서 노래한 것을 되풀이합니다. "산에는 꽃 지네 / 꽃이 지네 / 갈 봄 여름 없이 / 꽃이 지네." 수사학에서 흔히 '수미쌍관법首尾雙關法' 또는 '수미상응법首尾相應法'으로 일컫는 방식을 구사합니다. 그러나 첫 연을 그대로 반복하는 것이 아니라 '피네'라는 동사를 살짝 '지네'로 바꾸어 반복합니다. 반복하되 조금 변이를 주는 것이지요. 통사적으로 별로 큰 변화가 아니지만 의미에서는 엄청난 변화가 일어납니다. '피' 자 한 글자와 '지' 자 한 글자 사이에 삶과 죽음, 생성과 소멸의 갈림길이 놓여 있기 때문입니다. 점 하나 차이로 '님'이 되기도 하고 '남'이 되기도 한다는 유행가 가사도 있듯이 'ㅍ' 자음과 'ㅈ' 자음 하나 차이로 생사가 엇갈립니다. 첫 연의 생성이 자연의 순환 과정에 따라 자연스럽게 소멸로 이어집니다. 〈산유화〉는 작품의 구성 순서를 보면 '탄생 → 존재 → 사멸'로 이어집니다. 이렇게 태어났다 사멸하는 것이 자연의 질서요 순리입니다.

〈산유화〉는 소리의 아름다움을 한껏 살린 청각적인 작품이지만 회화적인 작품이기도 합니다. 눈을 감고 이 작품을 암송하고 있노라면 수채화나 수묵화 한 폭이 눈앞에 선히 떠오릅니다. 여백이 많은 화폭에는 꽃과 새가 그려져 있습니다. 그런데 동양화가 흔히 그러하듯이 이름 없는 꽃과 작은 새가 있을 뿐 인간의 모습은 그 어디에도 보이지 않습니다. 산나물을 캐는 아낙네도, 나무를 하는 나무꾼의 모습도 볼 수 없습니다. 그래서 자칫 인간이 없으면 자연은 조화롭고 평화롭다고 생각하기 쉽습니다.

유안진柳岸津은 〈천곡〉이라는 작품에서 이렇게 노래하고 있습니다. 서울 시 경계 안에 있다고 하기에는 너무 한적한 과천 현대미술관 앞산을 거닐면서 읊은 작품입니다.

　　과천 현대미술관 앞산 골짜기
　　먹이 찾는 토끼 다람쥐 이름 모를 묏새들……
　　바람 없어도 눈가루 터는 마른 갈대 마른 향기

　　나만 없어지면
　　여기가 천국이다

　　평화롭기 그지없는 자연 속에 시적 화자인 '나'는 자신만 없으면 천국이라고 노래합니다. 그러나 생태주의의 관점에서 보면 이렇게 생각하는 것은 옳지 않습니다. 물론 이런 생각에는 인간이 생태계 질서를 무너뜨리는 장본인이고 환경과 자연을 더럽히는 오염 물질이라는 전제가 깔려 있습니다. 그동안 인간이 문명이라는 이름으로 자행해온 여러 행동을 미루어볼 때 시인이 그렇게 생각하는 것도 어떤 의미에서는 그렇게 무리도 아닌 듯합니다.

　　그러나 다른 관점에서 보면 인간도 생태계라는 집에서 소중한 구성원 가운데 하나입니다. 그동안 문명이니 문화라는 그럴듯한 이름으로 다른 식구들에게 몹쓸 짓을 해왔다는 사실과는 또 다른 문제입니다. 과천 현대미술관 앞산에 뛰노는 토끼나 다람쥐 또는 이름 모를 묏새가 생태계의 소중한 구성원이라면 인간도 생태계를 구성하는 소중한 일원입니다. 이런 동물이 없는 생태계가 병든 생태계이듯이, 인간이 없는 생태계도 결코 건강하다고 할 수 없습니다. 그런 생태계는 자칫 '천국'이 아니라 '지옥'이 될 수도 있습니다.

한마디로 생태계에서 소중하지 않은 개체나 종은 하나도 없습니다. 유안진이 노래하는 토끼와 다람쥐와 멧새처럼 산에 사는 짐승에서 "바람 없어도 눈가루 터는 마른 갈대"에 이르기까지 하나같이 생태계의 소중한 식구들입니다. 앞에서 이미 언급했듯이 심지어 이와 벼룩과 진드기도 소중한 식구들이기는 마찬가지입니다. 19세기 중엽 미국에 생태주의 복음을 처음 전한 헨리 데이비드 소로는 곰팡이에 대해서도 깊은 관심을 기울입니다. 그는 한 저널을 통해 "이 거대한 대지와 비교해볼 때 비록 침묵하고 있지만 가장 단순하고 아둔해 보이는 곰팡이마저 우리 인간에게 특별한 관심거리가 된다"고 말했습니다. 그러면서 "균류菌類의 삶은 그대로가 성공적인 한 편의 시"라고 결론짓습니다.

인간이 생태계 위기나 환경 위기를 불러온 장본인이라고 하여 그를 지구 밖으로 몰아내는 것 역시 반反생태적인 태도입니다. 그러므로 우리 스스로 인간중심주의의 탈을 벗고 다른 생명체와 더불어 살아가는 방법을 배울 수 있도록 의식을 바꾸어 나가야 할 때입니다.

헤겔은 이 세계에 존재하는 것은 다 옳다고 말한 적이 있습니다. 생태주의의 관점

에서 보더라도 이 세계에 존재하는 것은 하나같이 옳고 소중합니다. 모든 존재는

생태계에 없어서는 안 될 소중한 자연의 일부이기 때문입니다.

나무는 덕을 지녔다. 나무는 주어진 분수에 만족할 줄을 안다. 나무로 태어난 것을 탓하지 아니하고, 왜 여기 놓이고 저기 놓이지 않았는가를 말하지 아니한다. 등성이에 서면 햇살이 따사로울까, 골짜기에 내려서면 물이 좋을까 하여, 새로운 자리를 엿보는 일도 없다. 물과 흙과 태양의 아들로, 물과 흙과 태양이 주는 대로 받고, 득박得薄과 불만족을 말하지 아니한다. 이웃 친구의 처지에 눈떠 보는 일도 없다. 소나무는 소나무대로 스스로 족하고, 진달래는 진달래대로 스스로 족하다.

나무는 고독하다. 나무는 모든 고독을 안다. 안개에 잠긴 아침의 고독을 알고, 구름에 덮인 저녁의 고독을 안다. 부슬비 내리는 가을 저녁의 고독도 알고, 함박눈 펄펄 날리는 겨울 아침의 고독도 안다. 나무는 파리 움쭉 않는 한여름 대낮의 고독도 알고, 별 얼고 돌 우는 동짓달 한밤의 고독도 안다. 그러면서도 나무는 어디까지든지 고독에 견디고, 고독을 이기

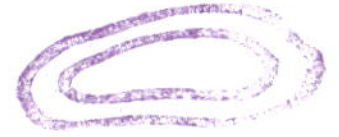

고, 고독을 즐긴다.

나무에 아주 친구가 없는 것은 아니다. 달이 있고, 바람이 있고, 새가 있다. 달은 때를 어기지 아니하고 찾고, 고독한 여름밤을 같이 지내고 가는, 의리 있고 다정한 친구다. 웃을 뿐 말이 없으나, 이심전심以心傳心 의사가 잘 소통되고 아주 비위에 맞는 친구다. (……)

그러나 나무는 친구끼리 서로 즐긴다느니보다는, 제각기 하늘이 준 힘을 다하여 널리 가지를 펴고, 아름다운 꽃을 피우고, 열매를 맺는 데 더 힘을 쓴다. 그리고 하늘을 우러러 항상 감사하고 찬송하고 묵도하는 것으로 일삼는다. 그러기에, 나무는 언제나 하늘을 향하며, 손을 쳐들고 있다. 온갖 나뭇잎이 우거진 숲을 찾는 사람이, 거룩한 전당에 들어선 것처럼, 엄숙하고 경건한 마음으로 절로 옷깃을 여미고, 우렁찬 찬가에 귀를 기울이게 되는 이유도 여기 있다.

나무에 하나 더 원하는 것이 있다면, 그것은 천명을 다한 뒤

에 하늘 뜻대로 다시 흙과 물로 돌아가는 것이다. 그러나 사람은 가다 장난삼아 칼로 제 이름을 새겨보고, 흔히 자기소용 닿는 대로 가지를 쳐 가고 송두리째 베어 가곤 한다. 나무는 그래도 원망하지 않는다.

새긴 이름은 도로 그들의 원대로 키워지고, 베어 간 재목이 혹 자기를 해칠 도끼 자루가 되고 톱 손잡이가 된다 하더라도, 이렇다 하는 법이 없다.

나무는 훌륭한 견인주의자堅忍主義者요, 고독의 철인이요, 안분지족安分知足의 현인이다.

불교의 소위 윤회설이 참말이라면, 나는 죽어서 나무가 되고 싶다. '무슨 나무가 될까?' 이미 나무를 뜻하였으니, 진달래가 될까, 소나무가 될까는 가리지 않으련다.

영문학자요 수필가인 이양하李敭河의 수필 〈나무〉의 일부입니다. 평안남도 강서에서 태어난 그는 일본 도쿄대 영문학과를 졸업하고 같은 대학원을 수료한 뒤 서울대 문리과대학에서 교수를 역임했습니다. 그는 자연이나 일상생활에서 즐겨 작품의 소재를 취해왔습니다. 특히 인간과 인간, 인간과 자연의 관계를 주제로 명상적이고 사색적인 수필을 써서 관심을 끌었습니다. 〈나무〉는 〈신록예찬〉과 함께 그의 대표적인 작품으로 꼽힙니다. 이 작품은 그의 수필집 《나무》1964에 수록되어 있습니다.

〈나무〉에서 무엇보다도 눈길을 끄는 것은 나무 같은 생물에 인간의 성격을 부여한다는 점입니다. 의인법이 아니고서는 어떻게 "나무는 덕을 지녔다", "나무는 주어진 분수에 만족할 줄을 안다" 또는 "나무는 고독하다" 하고 말할 수 있겠습니까? 이 수필을 읽다 보면 나무는 식물이 아니라 희로애락의 감정을 지닌 인간, 인간 중에서도 아주 감수성이 예민한 사람처럼 느껴집니다. 비단 그뿐만이 아닙니다. 누군가의 말에 귀를 기울이기도 하고, 무엇인가를 바라기도 하며, 종교를 믿는 신앙인처럼 찬송하기도 하고 기도하기도 합니다. 심지어 이양하는 "나무는 훌륭한 견인주의자요, 고독의 철인이요, 안분지족의 현인이다" 하고 말합니다. 한마디로 인격적 대상으로 나무에게 인간의 속성을 부여하되 오직 좋은 점만 골라서 부여합니다.

이양하가 나무를 "물과 흙과 태양의 아들"이라고 말하는 점을 좀 더 꼼꼼히 살펴보는 것이 좋을 듯합니다. 기독교에서는 우주 만물이 하나같이 하느님에 의해 창조되었다고 굳게 믿고 있습니다. 찰스 다윈이 진화설을 발표한 뒤로 창조설은 적잖이 도전을 받아왔지만 아직도 굳건한 성처럼 견고합니다. 미국에서는 이 문제를 둘러싸고 창조론자와 진화론자 학자들 사이에서 팽팽하게 의견이 맞서고 있습니다. 어찌되었든 이양하가 나무를 "물과 흙과 태양의 아들"이라고 말하는 것은 아무래도 창조론 쪽보다는 진화론 쪽에 손을 들어주는 것이라 해야 할 것 같습니다. 물론 물과 흙과 태양이 나무를 창조해냈다는 뜻이 아니라 수분과 토양과 태양에서 에너지를 공급받으며 자란다는 뜻이 더 강합니다. 그것이 아니라면 물과 이산화탄소 그리고 빛에너지를 이용해 탄수화물을 만들어내는 광합성을 두고 말하는 것일 수도 있습니다.

나무는 "이웃 친구의 처지에 눈떠 보는 일도 없다"는 구절도 예사롭지 않습니다. 우람하게 큰 나무가 옆에 서 있건, 보잘 것 없이 작은 나무가 서 있건 조금도 부러워하거나 깔보지 않는다는 것입니다. 자신의 분수를 알고 그 분수를 지킬 줄 알기 때문이지요. 그러면서 이양하는 "소나무는 소나무대로 스스로 족하고, 진달래는 진달래대로 스스로 족하다"고 말합니다. 사상적으로 척박한 미국 땅에 처음으로 초월주의 철학을 심은 랠프 월도 에머슨은 한 수필에서 "내 창문 아래 피어 있는 장미는 예전에 피었던 장미나 자기보다 더 아름다운 장미를 마음에 두지 않는다. 장미는 있는 그대로 그저 피어 있을 뿐이며, 신과 함께 오늘을 살고 있다. 장미에게는 시간이 없다. 단지 장미로 존재할 뿐이다" 하고 말한 적이 있습니다. 이양하도 에머슨처럼 나무는 다른 식물의 "처지에 눈떠 보는 일" 없이 자족하며 살아간다고 말합니다. 이웃과 서로 비교하고 조금이라도 부족하면 안달하거나 불평을 늘어놓는 인간과는 사뭇 다릅니다.

이양하가 나무를 경건한 신앙인으로 간주하는 것도 무척 흥미롭습니다. 나무가 "하늘을 우러러 항상 감사하고 찬송하고 묵도하는 것으로 일삼는다"고 말합니다. 또 "나무는 언제나 하늘을 향하며, 손을 쳐들고 있다"고 말하기도 합니다. 이 문장을 읽다 보면 20세기 초엽 조이스 킬머라는 미국 시인이 쓴 〈나무〉1913라는 작품이 생각납니다. 킬머는 "이 세상에 나무처럼 / 아름다운 시가 어디 있을까" 하고 노래하면서 이 작품을 시작합니다. 그런 뒤 "온종일 하느님을 우러러보며 / 잎이 무성한 팔을 들어 기도하는 나무" 하고 노래합니다. 두 사람의 생각이 서로 비슷하지 않습니까? 나무가 하늘을 향해 줄기를 뻗고 가지를 수평으로 뻗는 모습을 마치 사람이 팔을 들어 올리고 기도하는 모습에 견주는 것입니다.

한편 이양하의 〈나무〉는 미국의 생태주의자 헨리 데이비드 소로의 글과 비슷하기도 합니다. 이양하는 "온갖 나뭇잎이 우거진 숲을 찾는 사람이, 거룩한 전당에 들어선 것처럼, 엄숙하고 경건한 마음으로 절로 옷깃을 여미고, 우렁찬 찬가에 귀를 기울이게 되는 이유도 여기 있다”고 말합니다. 나무들이 서 있는 숲을 거룩한 교회당이나 신전으로 보고 있는 것입니다. 소로도 한 저널에서 나무들이 우거진 숲을 ‘초록색 신전’으로 묘사한 적이 있습니다. 여름날 한낮에 숲에 들어가 자연과 벗 삼으면서 시간을 보낸 일을 적으며 “초록색 신전에서 울려 퍼지는 모기떼의 저녁 노래를 듣는다”고 말합니다. 기독교처럼 제도화된 종교의 교회당이건 범신론자들이나 물활론자들이 말하는 이교도적인 신전이건 숲을 신성하게 생각한다는 점에서는 큰 차이가 없습니다. 숲이 하느님을 찬양하는 전당이라면 나무들은 곧 하느님을 섬기는 신도들이라고 할 수 있습니다.

이양하는 “천명을 다한 뒤에 하늘 뜻대로 다시 흙과 물로 돌아가는 것”이 마지막 소원이라고 말합니다. 흙에서 왔으니 흙으로 다시 돌아간다는 기독교적 의미보다는 나무가 썩어 흙이 된다는 생물학적 의미가 더 큽니다. 방금 앞에서 언급한 헨리 데이비드 소로는 가을이 되어 나무에서 낙엽이 땅에 떨어지는 모습을 보고 “낙엽이 무덤으로 가는 길은 얼마나 아름다운가!” 하고 말합니다. 인간처럼 수의도 입지 않고 대지를 여기저기 즐겁게 뛰어다니다가 적당한 장소를 골라 몸을 누이고 썩어 흙으로 돌아간다고 말입니다.

그러나 이양하가 나무한테서 발견하는 가장 큰 미덕이라
면 역시 용서와 관용을 빼놓을 수 없습니다. 사람들은 장난
삼아 나무에 칼로 제 이름을 새겨놓습니다. 공원의 나무나
도시 근처 산에 올라가 보면 나무에 글씨를 새겨놓아 생긴
흉측한 상처를 가끔 보게 됩니다. 공원 입구나 서울 근교 산
입구에는 "자연을 보호합시다" 혹은 "나무를 사랑합시다"라
는 팻말을 달아놓은 것을 심심치 않게 보게 됩니다. 그런데
바로 그 팻말은 다름 아닌 나무를 베어 만든 나무판자입니
다. 나무를 깎아 나무를 보호하자고 팻말을 써 붙인다는 것
은 아이러니가 아닐 수 없습니다.

나무에 칼집을 내거나 나무를 잘라 팻말을 만드는 것보다
훨씬 더 심각한 것이 나무의 수액을 빼앗는 것입니다. 새봄
이 되면 사람들은 고로쇠나무에 칼집을 내고 흡혈귀처럼 나
무의 수액을 빼앗아 가기도 합니다. 고로쇠나무에서 고로쇠
물을 채취하는 것은 어쩌면 닭한테서 달걀을 빼앗고 젖소한
테서 우유를 빼앗는 것보다 더 잔인한 일일 수도 있습니다.
나무에게 수액은 곧 생명수와 다름없기 때문입니다.

또 사람들은 필요한 대로 나뭇가지를 쳐 가기도 하고 심지
어는 아예 송두리째 베어 가기도 합니다. 그래도 나무는 사
람을 탓하거나 원망하지 않는다고 말합니다. "베어 간 재목
이 혹 자기를 해칠 도끼 자루가 되고 톱 손잡이가 된다 하더
라도, 이렇다 하는 법이 없다"는 구절을 마음에 새기기를 바

랍니다. 이와 비슷한 이야기가 유태교의 경전인 《탈무드》에도 전해옵니다. 이 경전에 기록된 한 이야기에 따르면, 이 세상에 쇠가 처음 발견되었을 때 온 세상의 나무들은 깊은 절망에 빠졌습니다. 쇠붙이가 도끼가 되어 나무를 자르기 시작하면 꼼짝없이 숲의 나무가 모두 베어지고 말 것이기 때문이었지요. 나무들이 절망에 빠져 공포에 떨고 있을 때 하느님이 나무들에게 이렇게 말했습니다. "걱정하지 마라. 너희들이 도끼자루를 내주지 않는 한, 쇠는 너희들에게 상처를 입히지 못할 것이다."

물론 논리적으로는 맞는 말입니다만 문제는 나무가 사람들에게 도끼자루를 내주지 않을 수 없다는 데 있습니다. 나무들은 인간의 처분을 바랄 뿐이지만 사리사욕에 눈이 먼 인간은 나무를 그냥 가만히 놔둘 리가 만무합니다. 곧고 잘생긴 나무들은 베어져 집을 짓고 궁궐을 짓는 데 쓰입니다. 불행하게도 몇 해 전 숭례문이 불에 타 소실되면서 한동안 재건에 열을 올렸습니다. 그런데 숭례문을 새로 짓기 위해서는 훌륭한 목재가 필요하고, 이런 목재를 얻기 위해서는 아주 크고 좋은 나무들이 필요합니다.

숭례문이 소실된 후 강원도 삼척시의 준경묘역 산속에서 "어명이요!" 하는 소리가 세 번 크게 메아리쳐 울렸습니다. 저 옛날 왕조시대도 아니고, 정보를 돈을 주고 사고판다는 21세기 정보화 시대에 깊은 산속에서 울리는 이 소리는 마치 도시 한복판에서 도포를 입고 갓을 쓴 노인을 만나는 것처럼 자못 시대착오적이라고 할 수 있습니다. 그런데 이 소리는 다름 아닌 한 목수가 도끼로 큰 나무 밑둥을 찍으면서 외쳐대는 소리였습니다. 남대문을 재건하려고 100년 이상 자란 금강소나무를 벌채하기 위한 의식을 치르고 있었던 것입니다. 이렇게 인간은 아무리 의식을 치르고 한다고는 하지만 이런 구실 저런 구실로 나무를 베어냅니다. 특히 금강소나무처럼 잘생기고 귀한 재목은 더더욱 살아남기 힘든 세상입니다.

일찍이 장주는 《장자》의 〈소요유逍遙遊〉 편에서 '무용지용無用之用'이라는 말을 사용했습니다. 쓸모가 없는 것이 도리어 크게 쓰인다는 아이러니 말입니다. 장자는 초楚나라의 은자隱者 광접여狂接輿가 공자에 대해 평하면서 "산속의 나무는 쓸모가 있기에 벌채되어 자신의 원수가 되고, 기름은 밝은 빛을 내기에 스스로를 태우며, 육계肉桂는 사료가 되고 옻은 도료가 되기에 베어진다"고 한 말에 주목합니다. 물론 이 말은 공자가 인의仁義로 난세를 다스리려는 것을 꼬집은 것으로 조그만 유용有用은 오히려 자신을 망친다는 교훈을 일깨워줍니다. 그러나 이 무용지용이라는 말은 글자 그대로 읽어도 크게 무리가 없습니다. 쓸모없는 나무가 인간의 도끼날을 피해 천수를 누릴 수 있을 뿐만 아니라 숲을 지킬 수도 있습니다. 대자연에서는 쓸모없는 것이라고는 하나도 없고 그 나름대로 하나같이 쓸모가 있습니다. 이와는 조금 다른 맥락입니다만 서구 관념론을 대변하는 게오르크 빌헬름 프리드리히 헤겔은 이 세계에 존재하는 것은 다 옳다고 말한 적이 있습니다. 생태주의의 관점에서 보더라도 이 세계에 존재하는 것은 하나같이 옳고 소중합니다. 생태계의 집에서 없어서는 안 될 소중한 식구들이기 때문입니다.

작은 것을 보자

우리는 지금까지 지나치게 눈을 넓혀 악어처럼 큰 것만 보려고 하였을 뿐 몸집이

악어의 백 분의 일도 되지 않는 악어새에는 이렇다 할 관심을 기울이지 않았습니

다. 생태계에서는 몸집이 크다고 존중받고 작다고 무시당하지 않는 법입니다.

자연은 공생의 원칙으로 세계와 모든 물질계를 조절하는 법
그래서 악어새가 있다
악어새는 물량의 크기로 보아
악어의 백 분의 일도 안 된다
그러나
악어새가 악어 이빨에 낀 육식의 찌꺼기를 빼내 먹어주지 않
는다면
악어 이빨은 썩을 것이고
썩기 시작하면서 악어의 육식은 끝날 것이고
악어의 육식이 끝나면 악어는 죽을 것이다
보기만 하라
악어는 위대하다
위대한 것만이 다냐
악어를 악어이게 하는
악어새는 보이지 않는가

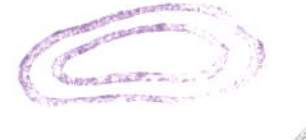

우린 이제 눈을 좁혀
악어보다도
악어새를 볼 일이다
악어새
그 아름다운 자연의 조화

김지하의 〈작은 것을 보자〉라는 작품의 전문입니다. 1969년 시 〈황톳길〉을 발표하여 문단에 정식으로 데뷔한 그는 본명이 김영일金英一이지만 상징적으로 '지하地下'라는 필명을 사용했습니다. 뒷날 그는 필명의 한자를 살짝 바꿔 '지하芝河'로 사용하게 되면서 지금의 이름으로 굳어졌습니다. 절대 권력에 맞서다 여러 번 옥고를 치른 김지하는 1980년대 이후부터는 점차 정치 문제보다는 생명 사상에 관심을 기울이기 시작했으며, 동서양의 여러 종교에서 생명존중 사상을 수용하고 생명운동을 벌이는 데 온힘을 쏟고 있습니다.

김지하가 영향을 받지 않은 종교는 거의 없다시피 합니다. 그리스도교 사상을 비롯하여 불교의 미륵 사상, 화엄 사상, 유교, 선불교 그리고 기氣 철학 등에서 직간접적으로 영향을 받았습니다. 그러나 김지하가 가장 많은 영향을 받은 것은 역시 동학 사상과 무위당 장일순의 한살림운동이었습니다. 그의 작품 곳곳에는 동학 사상과 장일순의 한살림 사상이 자리 잡고 있습니다.

앞에 인용한 작품 〈작은 것을 보자〉에서 김지하는 악어와 악어새의 공생관계를 들어 생태계의 소중한 원리를 일깨워줍니다. 생물학에 대해 웬만큼 지식이 있는 사람이라면 공생에 대해 알고 있을 것입니다. 생물학에서 공생이란 각기 다른 두 종 또는 그 이상의 종이 서로 영향을 주고받는 관계를 일컫는 용어입니다. 공생의 종류로는 크게 개미와 진드기의 관계 같은 상리공생相利共生, 숨이고기와 해삼 같은 편리공생片利共生의 두 가지로 나눕니다. 이밖에도 한쪽만이 피해를 입고 다른 한쪽은 아무런 영향을 받지 않는 편해공생片害共生이 있고, 한쪽에는 이익이 되지만 상대방은 피해를 입는 기생寄生이 있기도 합니다. 파리에 붙어 이동하는 진드기는 편해공생으로 볼 수 있는 반면, 벼룩이나 촌충 등은 동물에 붙어살며 피해를 주면서 자신의 이익만 챙기는 기생에 지나지 않습니다. 이런 벌레들을 아예 '기생충'이라고 부르지 않습니까?

그러나 이런 상호 관계 사이는 칼로 두부를 자르듯이 그렇게 명확하게 구분 지을 수 있는 것이 아닙니다. 같은 생물의 조합에 따라서나 시간적으로 이해관계가 달라지기도 하고, 또 환경 요인에 따라 그런 영향 관계가 달라지기도 하기 때문입니다. 또한 동일한 현상이지만 시간과 공간에 따라 피해처럼 보일 때도 있고 이익처럼 보일 때도 있습니다. 어떤 의미에서는 공생과 관련한 이런 분류 방식도 어디까지나 인간중심주의에 따른 것으로 볼 수도 있습니다.

김지하가 〈작은 것을 보자〉에서 노래하는 악어새와 악어 사이의 관계는 대표적인 상리공생으로 알려져 있습니다. 악어새는 악어 입에 들어가 이빨 사이에 낀 음식 찌꺼기를 제거해주고 그 찌꺼기를 먹을거리로 삼습니다. 달리 말하면 악어새는 악어의 이빨을 닦아주는 청소부인 셈이죠. 그냥 칫솔

질도 아니고 치간 칫솔질로 이빨과 이빨 사이를 제대로 닦아 줍니다. 이렇게 악어는 악어새 덕분에 자신의 입안을 깨끗이 유지할 수 있고, 악어새는 악어새대로 크게 힘들이지 않고 먹이를 얻을 수 있으니 그야말로 "누이 좋고 매부 좋은" 격입니다. 악어새는 어쩌다 악어의 입에 들어온 파리들까지 잡아먹어 줍니다. 더구나 서비스로 악어의 등에 붙은 기생충이나 해충 따위를 잡아주기도 합니다.

상리공생은 흔히 종간경쟁種間競爭과 비교되기도 합니다. 종간경쟁은 어떤 다른 종을 희생시켜 자신의 이익을 충족시키는 현상을 말합니다. 그러나 각각의 종이 적응하는 능력이나 종이 획득할 수 있는 이익으로 말하자면 종간경쟁은 상리공생과 비교해볼 때 크게 떨어집니다. 상리공생은 생태학적으로 아주 중요한 관계입니다. 예를 들어 70퍼센트가 넘는 육상 식물의 뿌리에 균근균이 공생하고 있으며, 식물은 무기 화합물과 미량 원소를 이 균근균에서 공급받는 한편, 균근균은 식물에서 광합성 산물을 공급받고 있습니다. 이처럼 상리공생은 지구 생태계 기능에서 필수적이라고 할 수 있습니다.

또한 상리공생은 생물의 진화를 촉진하기도 합니다. 예를 들어 꽃 모양은 꽃가루 매개자 모양과 행동에 따라 수분율이 올라갈 수 있도록 모양이 발전합니다. 꽃가루를 옮기는 동물도 벌꿀 등을 얻기 쉬운 형태로 진화하여 공진화가 일어납니다. 물론 상리공생에 따른 진화의 촉진 효과는 다른 종 사이의 관계, 가령 포식과 피식 관계나 기생에 따른 개발 촉진 효과보다는 작습니다.

만약 악어새가 악어 이빨에 낀 음식의 찌꺼기를 빼내주지 않는다면 어떻게 될까요? 김지하의 말대로 "악어 이빨은 썩을 것이고 / 썩기 시작하면서 악어의 육식은 끝날 것이고 / 악어의 육식이 끝나면 악어는 죽을 것"입니다. 악어가 이 지구상에서 사라지면 곧바로 영향을 받는 것은 먹을거리를 찾을 수 없는 악어새이겠지요. 생태계에서 상리공생의 관계는 이렇게 아주 절대적이어서 한 종이 모두 없어지면 다른 종도 없어지기 마련입니다.

그런데 여기에서 한 가지 흥미로운 것은 어떻게 악어새가 그 무서운 악어의 입속에 몸을 집어넣는가 하는 점입니다. '악어의 눈물'이라는 서양 관용어도 있듯이 악어는 거짓 눈물을 줄줄 흘리면서까지 먹이를 잡아먹는 포악하고 잔인하기 이를 데 없는 동물입니다. 또 생김새는 얼마나 흉측하게 생겼습니까? 주둥이가 길면 크로커다일이라고 부르고, 주둥이가 짧고 뭉툭하면 앨리게이터라고 부릅니다. 그 어느 쪽이건 그 생김새가 흉측하여 소름 끼칠 정도입니다. 악어새가 이렇게 험악한 악어의 입에 들어간다는 것은 여간 위험천만한 모험이 아닐 수 없습니다. 그런데 어째서 악어새는 악어를 조금도 무서워하지 않는 것일까요? 단지 먹이를 얻기 위해 물불을 가리지 않는 것일까요?

이 물음에 답을 찾기 위해서는 〈작은 것을 보자〉의 맨 마지막 구절을 찬찬히 살펴보아야 합니다. "우린 이제 눈을 좁혀 / 악어보다도 / 악어새를 볼 일이다 / 악어새 / 그 아름다운 자연의 조화." 악어새가 그 험악한 악어의 아가리 속에 몸을 집어넣는 것은 이 두 동물 사이에서 볼 수 있는 바로 '그 아름다운 자연의 조화' 때문입니다. 자연에는 악어처럼 몸집이 큰 짐승과 악어새처럼 작은 새의 관계와 같이 언뜻 적대적으로 보이는 동물 사이에서도 이렇게 '아름다운' 균형이나 조화를 찾아볼 수 있습니다. 이것이 바로 자연의 질서요 섭리입니다. 김지하가 "위대한 것만이 다냐"고 항변하는 이유이지요. 여기에서 위대하다는 것은 도량이나 능력, 업적 따위가 뛰어나고 훌륭하다는 일반적인 의미가 아니라 그저 몸집이 크다는 뜻입니다.

"우린 이제 눈을 좁혀"라는 구절도 다시 한번 주목해 보면 그 뜻이 새롭게 되살아납니다. 한국어 관습에 '눈을 넓혀'라는 표현은 자주 사용해도 '눈을 좁혀'라는 표현은 좀처럼 사용하지 않습니다. '눈을 크게 뜨자'는 구호도 있어도 '눈을 작게 뜨자'는 구호는 찾아보기 어렵습니다. 흔히 '섬진강 시인'으로 잘 알려진 김용택金龍澤은 언젠가 "눈을 크게 뜨고 삶을 쓰자"라는 제목으로 강연을 한 적이 있습니다. 자연친화적인 작품을 많이 써온 김용택마저 '눈을 크게 뜨자'고 말합니다. 물론 그는 이 강연에서 이 말을 각성하자는 뜻으로 사용하고 있습니다.

이렇듯 인간은 지금까지 늘 눈을 크게 뜨고 큰 것이나 높은 것에만 주목해왔습니다. 작은 것, 낮은 것에 대해서는 거의 거들떠보지도 않았습니다. 어떤 의미에서는 그동안 너무 큰 것에만 집착했기 때문에 오늘날의 생태계 위기나 환경 위기가 야기되었다 해도 크게 틀리지 않습니다. 생태계 위기나 환경 위기를 불러온 것은 작은 것을 무시한 채 지나치게 거창한 것에만 무게를 둔 것도 한몫을 했습니다. 좀 더 학술적인 용어로 표현하자면 지금까지 사람들은 '그랜드 내러티브', 즉 거대 담론이나 대서사大敍事에 지나치게 관심을 기울여왔던 것입니다. 이 과정에서 작은 것, 국부적인 것, 지방적인 것 따위는 모두 도외시되어 온 것이 사실입니다. 그래서 최근 포스트모더니즘에서는 그랜드 못지않게 '스몰 내러티브', 즉 축소 담론이나 소서사小敍事에 무게를 싣습니다.

경제학에서도 "작은 것이 아름답다"는 축소 경제학이 주목을 받고 있지 않습니까? 독일에서 태어나 주로 영국과 미국에서 활약한 실천적 경제학자요 환경운동가인 에른스트 슈마허는 《작은 것이 아름답다》1973, 1987라는 책에서 혁명적인 방법으로 서구 세계의 경제 구조를 새롭게 재편할 것을 주장하여 관심을 모았습니다. 성장지상주의의 경제 구조가 물질적인 풍요를 약속한다 해도 그 과정에서 환경을 오염시키고 인간성을 파괴한다면, 성장지상주의는 맹목적인 수용의 대상이 아니라 성찰과 반성의 대상이라고 지적합니다. 슈마허는 거대 조직화와 전문화에 기반을 둔 자본주의의 경제 개발 논리가 경제적 비능률과 환경오염 그리고 비인간적인 작업 조건을 낳았다고 지적합니다. 그러므로 그는 '인간의 모습을 한' 경제 구조로 '작은 것'을 제시합니다. 지역 노동과 자원을 이용한 소규모 작업장을 만들고, 더 작은 소유와 더 작은 노동 단위에 기초를 둔 중간기술 구조만이 세계 경제의 진정한 발전을 가져올 수 있다고 말합니다. 인간이 자신의 행복을 위해 스스로 조절하고 통제할 수 있을 정도의 경제 규모를 유지할 때 비로소 쾌적한 자연 환경과 인간의 행복이 공존할 수 있다는 것입니다.

오늘날 자본주의 경제학은 자원과 상품이 최우선이며 그 상품을 만들거나 얻기 위해서는 무엇보다도 자본이 필요합니다. 그래서 인간은 자원과 상품에 눈이 멀어 탐욕과 이기심이 발동하게 되었고, 이로써 자본주의 사회에서 경쟁은 필수불가결한 요소가 되어버린 것입니다. 경쟁의 승자는 부富를 획득하는 동시에 권력을 손에 넣고 세계를 지배합니다. 그러나 경쟁이 끝난 뒤에 오는 것은 자원 고갈과 환경오염 문제뿐입니다. 결국 인간은 자본주의라는 좁은 울타리에 갇혀 말하자면 '피로스의 승리'에 도취되어 있을 뿐입니다.

슈마허는 이를 극복하기 위해서 '불교 경제학'이라는 새로운 경제적 대안을 제시합니다. '불교'라는 수식어에서도 엿볼 수 있듯이 슈마허의 경제학에는 불교 사상이 녹아 있습니다. 자본주의에서는 자원과 상품의 소비가 미덕인 반면, 불교 경제학에서는 인간의 삶과 능력을 강조합니다. 그리고 노동은 인간의 능력을 발휘하고 향상시킬 수 있는 기회를 부여해야 한다고 주장합니다. 불교 경제학의 소비 형태는 다름 아닌 '최소 소비, 최대 이익'입니다. 소박하고 합리적으로 소비하게 되면 상품에 대한 욕구를 해소할 수 있다고 보는 것이지요. 비록 그의 대안은 공룡처럼 거대해진 오늘날의 자본주의 세계에 적용하기에는 무리가 없지 않지만 자본주의의 한계를 조금이나마 극복할 수 있는 길을 열어줍니다.

이제는 큰 것이 아니라 작은 것에 관심을 둘 때입니다. 김지하가 이 작품의 제목을 하필이면 왜 '작은 것을 보자'라고 정했는지 이제 알 만합니다. 우리는 지금까지 지나치게 눈을 넓혀 악어처럼 큰 것만 보려고 하였을 뿐 몸집이 악어의 백분의 일도 되지 않는 악어새에는 이렇다 할 관심을 기울이지 않았습니다. 생태계에서는 몸집이 크다고 존중받고 작다고 무시당하지 않습니다. 공룡의 멸종을 보십시오. 물론 여러 이유 때문에 멸종했지만 몸집이 너무 비대하여 환경에 제대로 적응할 수 없었기 때문에 이 지구상에서 영원히 사라지지 않았습니까?

김지하는 〈작은 것을 보자〉에서 악어와 악어새의 공생관계를 들어 생태계의 원리를 새삼 일깨웁니다. 그가 맨 마지

막 행에서 말하는 "그 아름다운 자연의 조화"는 비단 공생관
계에서만 볼 수 있는 현상은 아닙니다. 생태계라는 집안에
살고 있는 모든 구성원이 서로 조화와 균형을 꾀할 때 생태
계는 그만큼 건강하고 풍요롭습니다. 김지하에게 생명이란
궁극적으로 서로 도와가면서 살아가는 상생의 관계에 지나
지 않습니다. 이런 상생 관계에서는 종이나 개체의 크기는
전혀 문제가 되지 않습니다. 그 어느 때보다도 지금이야말로
큰 것에서 작은 것으로 눈을 돌릴 때입니다.

물을 만드는 여자

그동안 자연이 인간의 타자였듯이 여성은 남성의 타자였습니다. 자연이 인간을 만

물의 영장으로 삼는 인간중심주의 때문에 무참히 파괴되었듯, 여성은 남성중심주

의의 덫에 걸려 온갖 차별과 억압을 받으며 기를 펴지 못한 채 살아왔습니다.

딸아, 아무데나 서서 오줌을 누지 말아라
푸른 나무 아래 앉아서 가만가만 누어라
아름다운 네 몸속의 강물이 따스한 리듬을 타고
흙 속에 스미는 소리에 귀 기울여 보아라
그 소리에 세상의 풀들이 무성히 자라고
네가 대지의 어머니가 되어가는 소리를
때때로 편견처럼 완강한 바위에다
오줌을 갈겨 주고 싶을 때도 있겠지만
그럴 때일수록
제의祭儀를 치르듯 조용히 치마를 걷어 올리고
보름달 탐스러운 네 하초를 대지에다 살짝 대어라

그리고는 쉬이 쉬이 네 몸속의 강물이
따스한 리듬을 타고 흙 속에 스밀 때
비로소 너와 대지가 한 몸이 되는 소리를 들어보아라
푸른 생명들이 환호하는 소리를 들어보아라
내 귀한 여자야

문정희文貞姬의 〈물을 만드는 여자〉라는 작품의 전문입니다. 1947년 전라남도 보성에서 출생한 그녀는 1969년 〈월간문학〉 신인상에 〈불면〉과 〈하늘〉이 당선되면서 시인으로 데뷔했습니다. 일찍부터 문정희는 여성 시인 중에서 어느 누구보다도 가부장 제도에서 억압받는 여성 문제에 깊은 관심을 기울여왔습니다. 그녀의 작품 중에《당당한 여자》라는 제목의 산문집이 있습니다만, 그녀는 남성중심 사회에서 기 죽지 않고 당당하게 살아가는 당찬 여성을 즐겨 노래합니다. 〈물을 만드는 여자〉는 시집《양귀비꽃 머리에 꽂고》 2004에 수록되어 있습니다.

이 작품에서 문정희가 무엇보다도 무게를 싣는 시어라면 두말할 나위 없이 '물'과 '흙'과 '딸'입니다. 이 세 어휘는 이 작품이라는 집을 떠받들고 있는 주춧돌과 같습니다. 만약 세 어휘가 없으면 이 작품의 집은 곧바로 와르르 무너져 내려앉을 만큼 이 작품에서 핵심적인 위치를 차지하고 있습니다. 그런데 이 세 가지는 서로 깊이 연관되어 있어 따로 떼어서 생각하기 어렵습니다.

지구상의 생명체가 처음 태어난 곳이 물이 있는 바다였다는 사실에 과학자들의 의견이 대체로 일치합니다. 인간이 어머니 배 속에 있을 때도 양수羊水라는 물속에 들어가 있습니다. 어머니 배 속에서 나와서도 물은 인간의 몸 대부분을 구성하는 필수 요소입니다. 흙도 물과 함께 생명체에 아주 소중한 물질입니다. 흙이 없으면 어떤 생명체도 존재할 수 없습니다. 기독교 경전인 구약성서 〈창세기〉에서는 야훼^{하느님}가 아담을 진흙으로 빚어 창조했다고 기록되어 있습니다. 〈창세기〉가 아니라고 해도 현대 과학자들은 인간을 비롯한 생물이 흙으로 되어 있다는 사실을 과학적으로 입증하고 있습니다. 실제로 생물의 구성 원소를 분석해 보면 흙의 성분과 거의 일치한다는 것입니다. 좀 더 구체적으로 말하자면 생물체와 흙에 공통으로 들어 있는 성분은 산소와 수소를 비롯해 칼슘, 칼륨, 인, 나트륨, 마그네슘, 철, 구리, 망간, 크롬 등입니다. 이렇게 생물체의 모든 성분은 흙 속에도 빠짐없이 들어 있는 성분입니다. 또한 여성은 남성보다 물이나 흙과 깊이 연관되어 있습니다. 어떤 의미에서 여성은 물과 흙이 빚어낸 산물이라고 해도 크게 틀리지 않습니다.

문정희가 〈물을 만드는 여자〉의 첫 구절에서 "딸아, 아무 데나 서서 오줌을 누지 말아라" 하고 말한다는 점에 먼저 주목해볼 필요가 있습니다. 남성도 아닌 여성에게 '서서' 오줌 누지 말라고 말하는 것부터가 논리적으로 잘 들어맞지 않습니다. 그렇게 말하는 것은 남성에게 '앉아서' 오줌 누지 말라고 하는 것과 크게 다르지 않습니다. 그렇다면 도대체 왜 문정희는 이렇게 논리적으로 어긋나는 말을 할까요? 모르긴 몰라도 아마 여성을 남성과 뚜렷하게 대비시키기 위한 장치라고 할 수 있습니다. 위 구절의 바로 다음 행인 "푸른 나무 아래 앉아서 가만가만 누어라"라는 구절은 이 점을 뒷받침합니다. 남성들과 달리 '앉아서 가만가만' 누라고 하려고 일부러 짐짓 그렇게 말하는 것입니다. 이 첫 두 행에서 문정희는 여성성과 남성성을 뚜렷하게 구분 짓습니다.

이런 여성성은 그다음 행에 이르러 훨씬 더 뚜렷하게 드러납니다. "아름다운 네 몸속의 강물이 따스한 리듬을 타고 / 흙 속에 스미는 소리에 귀 기울여 보아라"라는 구절이 바로 그러합니다. 이 구절에서는 앞서 말한 물과 흙과 여성이 서로 구분 지을 수 없을 만큼 완전한 하나로 합쳐집니다. 시인은 딸여성에게 몸속에서 소변물이 빠져나와 흙대지 속으로 스며드는 소리에 귀를 기울여 보라고 말합니다. 그것도 한 번이 아니라 작품 후반부에 이르러 다시 한번 "따스한 리듬을 타고 흙 속에 스밀 때" 하고 노래합니다.

한낱 생리 현상에 지나지 않는 배설 행위를 이렇게 "강물이 따스한 리듬을 타고" 흐르는 것으로 표현하는 것이 놀랍습니다. "아름다운 네 몸속의 강물"에서 '아름다운'이라는 형용사는 딸아이의 몸을 수식해줄 수도 있고, 강물을 수식해줄 수도 있습니다. 어쩌면 이 두 가지를 한꺼번에 수식해주는 형용사로 보아도 크게 틀리지 않을 것 같습니다. 시인은 소설가 같은 산문 작가와는 또 달라서 이렇게 한 어휘로써 두 가지 효과를 노리는 양수겸장兩手兼將의 언어를 즐겨 사용합니다. 산문과 달리 운문에서는 모호성이나 애매성이 미덕이 되기도 합니다.

　문정희가 몸속에서 강물이 빠져나와 흙 속으로 스며든다고 말하는 것은 여성을 지모신地母神, 즉 대지의 어머니로 보기 위해서입니다. 예로부터 남성이 천신이나 태양신으로 대접받았다면 여성은 지모신으로 대접받아 왔습니다. 딸아이가 따스한 오줌으로 적시는 그 대지에는 온갖 풀이 무성히 자라납니다. 시인이 "그 소리에 세상의 풀들이 무성히 자라고 / 네가 대지의 어머니가 되어가는 소리를" 하고 노래하는 까닭이 바로 여기에 있습니다. 또 후반부에 가서도 "비로소 너와 대지가 한 몸이 되는 소리를 들어보아라" 하고 노래하기도 합니다. 시인이 두 번씩이나 되풀이하는 '대지'라는 시어에서는 자식을 낳고 넉넉한 가슴으로 품어주는 '어머니'라는 말이 자연스럽게 떠오릅니다. 이렇듯 '대지'와 '어머니'는 서로 떼려야 뗄 수 없이 서로 깊이 연관되어 있습니다. 영어로도 'Earth Mother'나 'Mother Earth'라고 하지 않습니까?

　이 두 구절에서 '되어가는'이니 '되는'이라는 말에도 주목해 보아야 합니다. 존재나 상태를 뜻하는 말이 아니라 생성과 변화를 뜻하는 말이기 때문입니다. "네가 대지의 어머니가 되어가는 소리"에서 딸아이는 아직 대지의 어머니가 아니라 지금 그런 위치로 '되어가고' 있는 과정에 있습니다. "너와 대지가 한 몸이 되는 소리"에서도 딸아이는 이미 대지와 한 몸이 된 상태에 있지 않고 지금 그렇게 '되는' 과정에 있습니다.

신체의 노폐물에 지나지 않는 오줌은 이 작품에서 아주 중요한 역할을 합니다. 오줌은 딸아이가 대지의 어머니가 되는 데 촉매 역할을 하기 때문입니다. 그러나 세상의 풀들이 자라는 것은 비단 오줌 소리 때문만은 아닙니다. 오줌에는 칼슘을 비롯해 요소와 암모니아 등을 함유되어 있어 토양을 비옥하게 하는 효과가 있습니다. 그래서 옛날 농사짓는 사람들은 아무리 급해도 다른 집 밭에서 오줌을 누는 것을 아까워할 정도였습니다. 오늘날처럼 화학비료가 없던 그 옛날에는 오줌만큼 좋은 거름도 없었습니다. 그런가 하면 오줌은 흔히 생명력과 풍요와 다산을 상징하기도 합니다.

신라시대 김유신金庾信의 누이 문희文姬가 언니인 보희寶姬한테서 꿈을 사서 김춘추金春秋, 즉 태종무열왕의 비妃가 된 설화를 아마 알고 계실 것입니다. 《삼국유사》에 전하는 이 설화에 따르면, 보희가 어느 날 밤 꿈에 서악西岳에 올라가 오줌을 누니 장안에 가득 찼습니다. 이튿날 아침 동생 문희에게 꿈 이야기를 하니 문희는 비단 치마 한 벌을 주고 그 꿈을 샀습니다. 그 뒤 문희는 신라 제29대 태종무열왕의 비인 문명왕후文明王后가 되었습니다. 또 고려 건국 설화 가운데도 보육寶育이 곡령鵠嶺에 올라가 오줌을 누니 삼한의 산천이 온통 은해銀海로 변하는 꿈을 꾸었다는 설화도 전해 내려옵니다. 이 두 설화에서도 볼 수 있듯이 오줌은 이렇게 생명력과 함께 풍요와 다산을 상징합니다.

여기에서 잠깐 "때때로 편견처럼 완강한 바위에다 / 오줌을 갈겨 주고 싶을 때도 있겠지만"이라는 구절을 살펴봅시다. 다 같이 소변을 배설하는 행위이지만 '오줌을 누다'라는 말과 '오줌을 갈기다'라는 말 사이에는 하늘과 땅만큼 엄청난 차이가 있습니다. 전자는 배설 행위를 가리키는 일반적 의미이지만 후자에서는 의지를 수반하여 힘차게 때리거나 친다는 의미가 강합니다. 더구나 '갈기다'로 부족하여 '갈겨 주다'라고 하면 그 뜻은 훨씬 더 강해집니다. 마치 찰싹 하고 따귀를 때리는 듯한 느낌마저 듭니다.

그런데 문정희는 오줌을 갈겨주되 왜 "편견처럼 완강한 바위에다" 갈겨 주고 싶을 때가 있다고 말할까요? 여기에서 '완강한 바위'란 다름 아닌 가부장 질서를 말합니다. 오랫동안 유교 문화의 영향을 받아온 한국에서 가부장 질서는 그야말로 반석처럼 굳어질 대로 굳어졌습니다. "편견처럼 완강한 바위"라는 표현도 좀 더 주목해 보아야 합니다. "완강한 바위 같은 편견"이라거나 "바위처럼 완강한 편견"이라는 말은 써도 "편견처럼 완강한 바위"라는 표현은 그다지 사용하지 않습니다. 이 또한 유교 사회의 남성중심주의를 강조하기 위한 수사적 장치입니다. 모든 것이 남성중심으로 짜인 가부장 질서 속에 살면서 그동안 여성이 얼마나 홀대를 받아왔는지 새삼 깨달을 수 있는 대목입니다. 문정희는 〈작은 부엌 노래〉라는 작품에서도 여성이 느끼는 비애를 이렇게 노래합니다.

세상이 열린 이래
똑같은 하늘 아래 선 두 사람 중에
한 사람은 큰방에서 큰소리치고
한 사람은 종신 동침 계약자,
외눈박이 하녀로
부엌에 서서
뜨거운 촛농을 제 발등에 붓는 소리
부엌에서는 한 여자의 피가 삭은
빙초산 냄새가 나요

시인이 이 작품에서 노래하듯이 남성중심의 유교 문화에 젖은 한국에서 여성이 받아온 설움은 한두 가지가 아닙니다. 남편은 안방에 앉아 큰소리로 명령만 내리고, 여성은 부엌에서 가사노동에 시달려왔습니다. 또한 "종신 동침 계약자"나 "외눈박이 하녀"로 살아오기도 했습니다. 남성의 성적 욕구를 충족시켜주는 대상이요, 집 안의 온갖 궂은일을 도맡아 하는 노예 같은 노동자라는 뜻입니다. 오죽하면 여성한테서는 피가 삭아 빙초산 냄새까지 날까요?
　　이렇게 바위처럼 굳을 대로 굳어진 남성중심주의의 편견

에 시인은 오줌을 갈겨 주고 싶은 충동을 느낄 만큼 강한 반감을 느낄 때가 있습니다. 그러나 이런 충동도 그저 잠깐 뇌리를 스쳐갈 뿐입니다. 문정희는 딸아이에게 "그럴 때일수록 / 제의를 치르듯 조용히 치마를 걷어 올리고 / 보름달 탐스러운 네 하초를 대지에다 살짝 대어라" 하고 말합니다. 남성에게 다른 방법으로 복수를 하는 것은 남성이 지금까지 여성에게 저지른 과오를 반복하는 것에 지나지 않기 때문일 것입니다. 조각배가 한쪽으로 기운다고 해서 한쪽 편에 실은 짐을 다른 쪽으로 옮겨놓는 것으로는 문제를 해결하지 못합니다. 문정희는 힘으로써 힘에 맞서는 것은 좋은 방법이 아니라는 사실을 잘 알고 있습니다. '부드러움의 힘'을 누구보다도 잘 알고 있는 듯합니다.

"보름달 탐스러운 네 하초"에서 '하초'가 과연 무엇을 뜻하는지 애매하고 모호합니다. 숲의 아랫부분에 자라는 풀을 뜻하는 하초下草일 수도 있고, 한의학에서 흔히 말하는 삼초三焦의 하나를 가리키는 하초下焦일 수도 있습니다. 그러나 '보름달 탐스러운'이라는 구절이나 딸을 가리키는 '네'라는 소유격 대명사를 봐도 그렇고, 작품 전체 맥락에서 보더라도 전자보다는 후자로 봐야 할 것 같습니다. 한의학에서는 배꼽 아래 콩팥·방광·대장·소장 따위의 장기를 포함하는 부위를 하초라고 합니다. 그러므로 하초를 대지에 '살짝' 대라는 것은 하복부 장기를 잠깐 동안이나마 땅에 대고 배설하라는 뜻입니다. 그런데 신체 하복부를 이렇게 대지에 '살짝' 대기만 해도 전기 스파이크처럼 기적이 일어납니다. 여성이 흙과 접촉하는 상징적 제스처이기 때문이지요.

이 작품에서 문정희는 유난히 다양한 이미지를 구사합니다. 시각 이미지에서 청각 이미지 그리고 촉각 이미지에 이르기까지 시인이 구사하지 않는 이미지가 없다시피 합니다. "그리고는 쉬이 쉬이 네 몸속의 강물이"라는 구절에서는 딸아이가 쭈그리고 앉아 땅에 소변을 보는 소리가 귓가에 쟁쟁하게 들리는 듯합니다. '쉬이 쉬이'라는 말은 소변을 볼 때 사용하는 의성어로 그냥 '쉬'라는 말만 가지고서도 배설 행위를 가리킬 정도입니다. 특히 어린아이들은 오줌이나 오줌을 누는 일을 이를 때 '쉬'라고 합니다. 그런가 하면 '쉬'는 어린아이에게 오줌을 누라는 뜻으로 내는 감탄사로도 쓰입니다.

문정희는 이런 청각 이미지 못지않게 시각 이미지도 효과적으로 구사합니다. 이 작품을 한 가지 색깔로 표현한다면 아마 푸른색에 가장 가까울 것입니다. "푸른 나무 아래 앉아서 가만가만 누어라"라는 구절에서도, "푸른 생명들이 화흐하는 소리를 들어보아라"라는 구절에서도 '푸른'이라는 형용사를 사용합니다. 앞에서 언급했듯이 한국어에서는 청색과 녹색을 굳이 구분하지 않고 그냥 푸른색으로 부르기 일쑤입니다. "푸른 하늘 은하수 하얀 쪽배에……"라는 동요 가

사처럼 하늘도 푸르다고 하고, "저 푸른 초원 위에 그림 같은 집을 짓고……"라는 유행가 가사처럼 풀밭도 푸르다고 합니다. 물론 "푸른 나무 아래"나 "푸른 생명들이"라는 구절은 녹색을 뜻합니다. 녹색은 생명의 색이요 풍요의 색일 뿐만 아니라 자연 보호나 환경운동의 색으로도 자리 잡았습니다. 정치적 이데올로기의 시대에서 환경의 시대로 접어든 현상을 지적하는 "적색에서 녹색으로"라는 구호만 봐도 잘 알 수 있습니다.

요즈음 들어 생태주의에서는 페미니즘을 받아들여 독특한 형태의 이론으로 발전시켰습니다. 흔히 '에코페미니즘eco-feminism'이라고 일컫는 이론이 바로 그것입니다. '생태여성주의'로 옮길 수 있는 이 말은 생태주의와 여성주의를 같은 차원에서 보려고 합니다. 그런 맥락에서 문정희의 〈물을 만드는 여자〉는 에코페미니즘의 시각으로 읽어도 좋습니다. 에코페미니스트처럼 그녀도 인간이 자연을 파괴하는 것이나 남성이 여성을 억압하는 것이나 따지고 보면 서로 동일하다고 생각하는 것 같습니다. 이 이론에서는 자연도 여성도 하나같이 타자입니다.

그동안 자연이 인간의 타자였듯이 여성은 남성의 타자였습니다. 자연이 인간을 만물의 영장으로 삼는 인간중심주의 때문에 무참히 파괴되었듯이 여성은 남성중심주의의 덫에 걸려 온갖 차별과 억압을 받으며 기를 펴지 못한 채 살아왔습니다. 이렇듯 자연과 여성은 마치 자전거 바퀴처럼 서로 밀접하게 연관되어 있습니다. 어느 한쪽이 제대로 움직이지 않으면 다른 쪽도 움직이지 못합니다. 그러므로 생태여성주의자들에 따르면 여성에 대한 차별을 없애지 않는 한, 자연을 보호하고 지키는 일은 한낱 부질없는 일에 지나지 않습니다. 앞에서 머리 북친의 사회생태학을 언급했습니다만, 생태여성주의도 좀 더 넓은 의미에서 보면 사회생태학이나 인간생태학의 범주에 들어갑니다.

최근 들어 생태여성주의에서는 여성과 자연에 대한 차별과 억압뿐만 아니라 모든 형태의 차별에 대해서도 문제 삼습니다. 이를테면 피부색에 따른 인종차별을 비롯하여, 사회적 계급에 따른 계급차별, 나이에 따른 나이차별, 신체와 정신에 따른 장애인차별 등 온갖 차별의 벽을 허물고 억압의 간격을 메우는 데 온힘을 쏟습니다. 적어도 이 점에서 생태여성주의는 지금까지 나온 모든 '주의'나 '이즘' 중에서 가장 혁명적이요 실천적인 이론이라고 할 수 있습니다.

새들이 떠나간 숲은 적막하다

새들이 숲에 찾아오지 않는 것은 자연이 그만큼 병들어 있다는 징조입니다. 법정은

모든 가치를 오직 경제라는 잣대로만 재려는 현대인들의 태도를 꾸짖으면서 인간

의 참다운 가치가 어디에 있는지를 곰곰이 되돌아보게 합니다.

법정, 〈새들이 떠나간 숲은 적막하다〉

우리 곁에서 새소리가 사라져버린다면 우리들의 삶은 얼마나 팍팍하고 메마를 것인가. 새소리는 단순한 자연의 소리가 아니라 생명이 살아서 약동하는 소리를 자연이 들려주는 아름다운 음악이다. 그런데 이 새소리가 점점 우리 곁에서 사라져가고 있다. 안타까운 일이다.

어린 참새며 까치며 희귀 조류까지 사람의 손에 잡혀 먹히고, 독한 농약으로 인해 논밭이나 숲에서 새들이 무참히 죽어가고 있다. 그리고 극심한 대기 오염 때문에 텃새와 철새들도 이 땅을 꺼리고 있다.

새가 깃들지 않는 숲을 생각해보라. 그건 이미 살아 있는 숲일 수 없다. 마찬가지로 자연의 생기와 그 화음을 대할 수 없을 때, 인간의 삶 또한 크게 병든 거나 다름이 없다.

법정 스님이 쓴 수필 〈새들이 떠나간 숲은 적막하다〉에서 뽑은 한 대목입니다. 속명이 재철在喆인 법정은 전라남도 해남 출신으로 한국전쟁이 막바지에 접어들 무렵 인간의 존재에 대해 의문을 품게 되어 대학교 3학년에 재학 중이던 1954년에 출가를 결심하게 됩니다. 오대산으로 떠나기로 마음먹은 그는 눈이 많이 내리는 바람에 강원도 가는 길이 막히자 이 무렵 서울 안국동에 있던 효봉曉峰 스님을 만나게 됩니다. 효봉 스님과 대화를 나눈 그가 그 자리에서 머리를 깎고 행자 생활을 시작했다는 일화는 유명합니다.

이렇게 효봉 스님의 제자로 출가한 법정은 바로 이듬해 사미계沙彌戒를 받은 뒤 지리산 쌍계사에서 불도에 정진했습니다. 1959년에는 양산 통도사에서 자운 율사를 계사로 비구계比丘戒를 받았으며, 같은 해 해인사 전문 강원에서 명봉明峰 스님을 강주로 대교과를 졸업했습니다. 1970년대 후반에는 송광사 뒷산에 손수 불일암을 짓고 수행하기도 했습니다. 서울시 성북동에 위치한 길상사에서 폐암으로 일흔여덟의 나이로 입적할 때까지 주옥같은 수필을 많이 썼습니다. 그의 수필은 《무소유》, 《영혼의 모음》, 《산방한담》, 《텅 빈 충만》, 《새들이 떠나간 숲은 적막하다》, 《살아 있는 것은 다 행복하라》 등의 수필집으로 출간되어 독자들로부터 많은 사랑을 받았습니다. 여러 수필에서 그는 무소유無所有의 철학을 널리 알리는 데 힘썼습니다. 위에 인용한 작품은 《새들이 떠나간 숲은 적막하다》2002에 수록되어 있습니다.

법정에게 새소리는 아주 각별한 의미가 있습니다. '새 울음소리'라고 하지 않고 굳이 '새소리'라고 말하는 것부터가 예사롭지 않습니다. 슬픔과 비애의 감정에 익숙해서 그런지는 몰라도 예로부터 한국인들은 새가 지저귀는 소리를 운다고 표현했습니다. 고려가요 〈청산별곡〉에서도 시인은 "우러라 우러라 새여 / 자고 니러 우러라 새여 / 널라와 시름 한 나도 자고 니러 우니노라" 하고 노래하지 않았습니까? 몇 백 년 시간을 훌쩍 뛰어넘어 20세기에 이르러 김소월도 〈산유화〉에서 "산에서 우는 작은 새여 / 꽃이 좋아 산에서 사노라네" 하고 노래합니다. 아무래도 한국인의 기본 정서는 음악에 빗대어 말하자면 장조보다는 단조에 더 가까운 듯합니다. 물론 이렇게 새를 우는 것으로 간주하는 것은 비단 한국인만의 정서는 아닙니다. 중국에서도 새를 우는 것으로 표현하곤 합니다. 한자 울 '鳴' 자를 찬찬히 뜯어보십시오. 새가 입을 딱 벌리고 있는 모습을 흉내낸 글자가 아닙니까? 울 '啼' 자도 마찬가지입니다. 새 '鳥'가 아니고 이번에는 까마귀 '烏'와 입 '口' 자를 결합해놓은 '嗚' 자는 흐느껴 울거나 탄식한다는 뜻입니다. 한편 서양인들은 "Birds sing"이라고 하지 좀처럼 "Birds cry"라고는 하지 않습니다. 지나친 일반화일지는 몰라도 이를 서양인들의 낙천적 성격의 일면으로 해석할 수도 있겠습니다.

법정은 이 작품에서 새가 운다고 하지 않고 노래한다고 표현합니다. 새소리를 "자연이 들려주는 아름다운 음악"이라고 말할 뿐만 아니라 이보다 한발 더 나아가 "생명이 살아서 약동하는 소리"라고 말합니다. 새들이 노래를 부르되 생명이 살아 숨 쉬고 약동하여 부르는 노래라는 뜻입니다. 그런데 만약 우리 주위에서 이런 새들이 더 이상 노래를 부르지 않는다면 어떻게 될까요? 법정이 바로 "우리 곁에서 새소리가 사라져버린다면 우리들의 삶은 얼마나 팍팍하고 메마를 것인가" 하고 걱정합니다. 새소리가 없는 삶이 '팍팍하고 메마르다'고 표현하는 것을 보면 그동안 새들은 우리의 거친 삶을 윤기 나게 해주고 보슬비처럼 우리의 메마른 마음을 촉촉이 적셔주었다고 할 수 있습니다.

법정은 새들이 우리 주위에서 점차 사라지는 이유도 갖가지라고 말합니다. 첫째, 사람들은 어린 참새와 까치에서 희귀 조류까지 잡아먹습니다. 지금은 좀처럼 볼 수 없는 풍경입니다만 1960년대와 1970년대만 해도 한겨울 서울 길거리에서는 포장마차에서 참새를 구이로 만들어 소주나 정종과 함께 팔았습니다. 참새구이가 인기가 있어 수량이 부족하자 양계장에서 죽은 병아리를 구워 판다는 소문까지 나돌 정도였습니다. 또 옛 문헌에는 '까치구이'나 '까치볶음'이라는 말이 나오는 것을 보아 우리 선조들은 까치를 먹을거리로 삼아 구워 먹거나 볶아서 먹었던 것 같습니다. 오늘날에는 까마귀 고기가 정력에 좋다고 잡아먹어 거의 씨를 말리다시피 했습니다. 이렇게 사람들이 잡아먹는 야생조류는 참새와 까치만이 아닙니다. 고니나 뜸부기 또는 청둥오리 같은 천연기념물로 지정된 조류를 몰래 잡아먹기까지 합니다.

둘째, 농부들이 맹독성 농약을 사용한 탓에 논밭이나 숲에서 새들이 무참히 죽어가고 있습니다. 지구촌 곳곳에서 새를 비롯해 물고기와 거북이 등이 떼죽음을 당하면서 지구 종말론이 점차 고개를 들고 있습니다. 얼마 전 미국 루이지애나 주의 한 도시 주변에 하늘을 날던 붉은어깨검정새와 찌르레기 500여 마리가 갑자기 땅에 떨어졌습니다. 또 아칸소 주의 한 도시 근처에서도 5,000여 마리의 새가 집단 폐사하여 큰 소동이 벌어졌습니다. 이런 재앙은 호수나 강에서도 일어나 물고기 수만 마리가 허연 배를 드러낸 채 물 위에 둥둥 떠 있기도 했습니다. 영국에서 발행하는 일간지 〈가디언〉은 "하늘에서 죽은 새가 뚝뚝 떨어지고, 강에서는 수천 마리의 물고기가 폐사하는 광경은 〈요한계시록〉의 지구 종말을 그린 싸구려 할리우드 영화의 단골 소재였지만 지금 미국의 일부 주에서는 현실이 되었다"고 보도했습니다.

전문가들은 이런 일련의 사태를 다각적으로 연구하고 있지만 명확한 해답을 내놓지 못하고 있습니다. 물고기 폐사의 경우에는 전염병이나 최근 미국 동북부를 휩쓴 이상 한파에 따른 급격한 수온변화 탓일 것으로 추정합니다. 그러나 새의 집단 폐사는 물고기의 죽음보다 더더욱 풀기 어려운 수수께끼입니다. 전문가들은 이 사건의 원인을 밝히기 위해 아칸소 주와 루이지애나 주에서 폐사한 새들을 면밀히 비교했습니다.

그런 가운데 로므니아 콘스탄차의 한 공원에서 발생한 새 떼의 죽음은 그 원인이 규명되면서 눈길을 모았습니다. 외상이나 독극물을 먹은 흔적이 없는 것으로 미루어보아 전문가들은 처음에는 조류인플루엔자 감염의 가능성을 의심했습니다. 그러나 새의 사체를 분석한 결과 새들이 떼죽음을 당한 원인은 어처구니없게도 알코올 중독으로 밝혀졌습니다. 새들이 공원에 버려진 포도주 병에서 남은 술을 마셔 목숨을 잃었다는 것입니다.

미국의 해양생물학자이자 생태론자인 레이철 카슨의 책 《침묵의 봄》에서 디디티를 비롯한 맹독성 농약과 살충제를 너무 무분별하게 사용한 나머지 토양이 심하게 오염되었고, 이렇게 오염된 토양에서 자란 곡식이나 벌레를 잡아먹은 새들이 멸종 위기를 맞고 있다고 지적한 적이 있습니다. 그래서 새봄이 와도 산과 들에는 새들이 지저귀지 않아 적막하게 고요한 정적이 감돌고 있다고 말합니다. 이 책의 제목을 '침묵의 봄'이라고 붙인 것은 바로 그 때문입니다. 새봄이 왔는데도 드넓은 대지에는 죽음처럼 무거운 침묵만이 흐르고 있을 뿐이라는 것입니다. 새뿐만 아니라 비가 내린 뒤에는 육지의 농약이 강에 흘러들어 물고기가 죽은 채 물 위에 둥둥 떠 있기도 합니다. 카슨은 그 피해는 동물들뿐만 아니라 인간에게까지 미쳐 심지어 산모의 모유에서도 맹독성 농약이 검출된다고 보고했습니다.

셋째, 법정은 극심한 대기 오염 때문에 텃새와 철새들도 이 땅을 꺼리고 있다고 말하고 있습니다. 인간은 맹독성 농약과 살충제 같은 화약약품을 많이 사용한 나머지 땅은 말할 것도 없고 공기마저도 크게 오염시켰습니다. 더구나 텃새의 서식처나 철새 도래지에 대단위 공장을 건설하고 여수, 광양, 하동 같은 공단 지역에 밀집되어 있는 사업장에서는 날마다 쉴 새 없이 대기에 오염 물질을 뿜어내고 있습니다. 오랫동안 한국에서 살아온 텃새도 텃새지만 겨울을 나기 위해 한반도를 찾아오는 철새들은 극심한 대기 오염으로 점점 살 땅을 잃어가고 있습니다.

대기 오염 못지않게 수질 오염 상태도 새들이 살기에는 적합하지 않습니다. 예를 들어 세계적인 철새 도래지로 알려진 충청남도 서산군 천수만 갈월호間月湖가 수질이 심각하게 오염되어 이곳을 찾아오는 철새들이 위험에 처해 있습니다. 천수만 산월호가 이처럼 오염된 것은 서산시의 쓰레기 매립장 침출수가 그대로 흘러들었기 때문입니다.

아동문학가인 박방희朴邦熙는 〈왜가리〉라는 작품에서 수질이 오염되어 새들이 삶의 터전을 잃고 있는 현실을 그 특유의 말장난으로 이렇게 노래합니다.

물을 두고
왜 가?
어디로 가?
왜가리

썩고 냄새나는 물에
등 굽은 붕어며
눈 없는 피리
차마 못 먹어

가리가리
왜가리
산 넘고 들 건너
맑은 물 찾아가리
왜가리

이 작품의 시적 화자는 물을 마시러 호수나 연못에 찾아
왔다가 그냥 도로 날아가는 왜가리에게 왜 그냥 가느냐고 묻
습니다. 넷째 행 '왜가리'는 음성에서 둘째 행 "왜 가?"라는
구절과 서로 맞닿아 있습니다. "왜 가?"라는 물음에 '리'라

는 한 글자만 덧붙이면 '왜가리'라는 새가 됩니다. 왜가리를 둘러싼 이런 말장난은 마지막 연에서 좀 더 뚜렷하게 엿볼 수 있습니다. 첫 연에서 '왜'라는 의문사에 초점을 맞춘다면, 마지막 연에서는 동사 '간다'의 의지형 종결어미 '가리'에 초점을 맞춥니다. 왜가리가 다른 곳으로 갈 수밖에 없는 사정을 강조하기 위해서입니다.

미국의 조류 보호단체 중에서도 '오듀본 소사이어티'는 가장 잘 알려진 단체입니다. 미국의 조류학자요 화가인 존 제임스 오듀본의 이름을 따서 만든 이 협회의 조류보호국장 그레그 버처는 최근 지구촌 곳곳에서 잇따라 일어난 새의 집단 폐사와 관련하여 "새의 집단 죽음은 굶주림, 폭풍우, 병, 살충제, 인공 구조물, 또는 인간에 의한 급격한 변화 등에 따라 언제든지 발생할 수 있는 일"이라고 밝힙니다. 그러면서 그는 "그러나 장기적으로 볼 때 이보다 더 근심스러운 것은 새들이 살 수 있는 서식지의 파괴와 전 세계적인 환경 변화"라고 우려하고 있습니다.

법정은 〈새들이 떠나간 숲은 적막하다〉라는 글에서 새들이 없는 세상을 걱정하고 있습니다. 최근에 일어난 새들이 집단 폐사 사태에 비춰보면 참으로 예언적인 데가 있습니다. 그런데 그가 새들이 숲에 찾아오지 않는 것을 안타까워하는 까닭은 그것은 곧 자연이 병들어 있다는 징조이기 때문입니다. 법정은 "새가 깃들지 않는 숲을 생각해보라. 그건 이미 살아 있는 숲일 수 없다”고 잘라 말합니다. “마찬가지로 자연의 생기와 그 화음을 대할 수 없을 때, 인간의 삶 또한 크게 병든 거나 다름이 없다”고 말합니다. 새는 인간에게 자연의 ‘생기와 그 화음’을 전해주는 매개자입니다.

법정의 글이 흔히 그러하듯이 이 글에서도 모든 가치를 오직 경제라는 잣대로만 재려는 현대인들의 태도를 꾸짖으면서 인간의 참다운 가치가 어디에 있는지 곰곰이 생각하게 해줍니다. 그런데 법정 스님이 평생 글로 남기고 몸소 실천에 옮긴 생태주의의 소중한 교훈을 가끔 잊어버리는 경우가 있어 안타깝습니다. 그가 입적한 후 그의 장례식을 준비하는 것만 보아도 그렇습니다. 법정 스님은 죽음을 미리 알아차린 듯 사망하기 전 제자들에게 무소유의 철학에 따라 유언을 남겼습니다. 예를 들어 장례식을 하지 마라, 수의도 입히지 말고 평소 입던 무명옷을 그대로 입혀라, 관도 짜지 마라, 다비식에서 사리를 찾지 마라, 남은 재는 오두막 뜰의 꽃밭에 뿌리라는 유언 말입니다.

법정의 제자들은 비교적 스승의 유언에 따라서 장례식을 치르려고 노력했습니다. 장례위원회를 구성하지 않고 다비식에서 잠깐 염불하는 정도로 조촐하게 치렀습니다. 다비식은 법정이 한때 머문 송광사에서 치르기로 되어 있었습니다. 그런데 이것이 어찌된 일입니까? 법구를 전라남도 순천 송광사로 운반하기 위해 길상사에 도착한 것은 최고급 캐딜락 자동차였습니다. 텔레비전 화면을 통해 이 광경을 지켜본 이라면 누구나 스님의 유언과는 어딘가 맞지 않다고 느꼈을 것입니다. 아니나 다를까 윤범모 尹凡牟 는 '무소유의 유언'이라는 부제를 붙인 〈두려운 봄날〉이라는 작품을 썼습니다.

금지사항이 왜 그렇게 많을까요?

참으로 자상한 유언입니다

칠성판은커녕 대나무 평상 위에 눕힌 법구

가사 한 장 덮어쓰고 다비식장으로 떠나더군요

그런데 웬 캐딜락 고급차입니까

유언에서 빼놓은 운구차의 종류

왜 제자들은 최고급 차를 불렀을까요

유언이 그렇게 자세할 수밖에 없는 이유

캐딜락을 보고서야 알았습니다

스님이 입적하여 장례를 준비하던 봄날을 왜 '두려운'이라는 말로 표현했는지 조금은 이해가 갑니다. 살아 있을 적에 법정 스님이 몸소 보여준 삶의 방식과 가르침을 잘 알고 있는 사람들로서는 이 고급 운구차가 무척 불편했을 겁니다. 이렇게 법정 스님은 유명을 달리해서도 생태주의를 입으로 외치기는 쉬워도 그것을 몸소 행동으로 옮기기란 여간 어려운 일이 아니라는 소중한 교훈을 일깨워주었습니다.

지리산이
신음하고 있다

지리산이 신음하고 있습니다. 신음하고 있는 지리산을 지금 살리지 않으면 머지않아 민족의 영산인 지리산이 돌이킬 수 없을 정도로 훼손될지 모릅니다. 한번 훼손되고 나면 다시 되살리기란 무척 어렵다는 것을 기억해야 합니다.

우리 모두는 지리산智異山에서 만났다. 지리산은 그 누구도 외면하지 않는 큰 가슴이다. 그 무엇도 배척하지 않는 넉넉한 품이다. 너와 나, 지역과 지역, 세대와 세대, 계층과 계층, 좌익과 우익, 종교와 종교, 인간과 자연이 하나의 그물로 이루어왔다. 한결같이 한 몸, 한 생명으로 함께 어울려 희망을 가꾸며 살아왔다. 특히 생명이 최고의 화두話頭가 되고 있는 지금 대표적인 생명의 산으로 남아 있는 산이 지리산이다. 생명의 문제를 해결할 깨달음의 장場도 바로 지리산이다. 지리산의 정신은 민족 화해의 길이요 생명 살림의 길이다. 민족 통합의 길이요 민족 희망의 길이다.

지리산 자락에 자리 잡고 있는 실상사實相寺의 전 주지스님 도법道法의 〈지리산이 신음하고 있다〉라는 글에서 뽑은 대목입니다. 제주도의 가난한 집안에서 태어나 1965년 전라북도 김제의 금산사에서 출가했으며, 1987년 금산사 부주지가 되고 1995년에 실상사 주지가 되었습니다. 송월주宋月珠 스님의 제자로 1990년 젊은 스님들의 수행 단체인 ‘선우도량’을 만들면서 개혁 불교의 선두에 섰습니다. 도법 스님은 1998년 말 조계종 내분 때 총무원장 권한 대행으로 분규를 마무리 짓고 실상사로 내려와 생태공동체를 꾸려가고 있습니다.

도법 스님은 불교계 여론 조사에서 성철性徹 스님, 서옹西翁 스님, 통일신라의 원효대사元曉大師에 이어 가장 존경받는 스님 4위에 꼽혔던 인물입니다. 또한 〈경향신문〉이 선정한 ‘21세기를 움직일 55인’에 종교계 대표로 선정되기도 했습니다. 현재 귀농학교장, 전국귀농운동본부 지도위원, 지리산살리기국민행동 공동대표로 있으면서 지금도 환경운동에 앞장서고 있습니다.

최근에는 현대 사회의 위기를 벗어나기 위해서는 사람들이 공존 공생하는 길로 가야 한다고 호소하며 다섯 해 동안 방방곡곡 3만 리 길 전국 순례에 나서 세간의 관심을 모으기도 했습니다. 이렇듯 법정 스님이 선승이요 학승이라면 도법 스님은 행동하고 실천하는 스님입니다. 행동하지 않는 양심은 악의 편이라는 말도 있지만, 도법은 불교의 경전과 이론을 몸소 실천에 옮기는 '행동하는 양심' 중에서도 가장 대표적인 스님일 것입니다.

얼마 전 도법은 "지리산을 떠난 나의 삶은 없었다"고 잘라 말한 적이 있습니다. 그만큼 지리산은 그에게 아주 소중한 공간입니다. 단순히 지리적 공간을 뛰어넘어 정신적 공간이라고 해야 할 것 같습니다. 소백산의 한 줄기인 지리산에서 도법은 우리 민족의 역사를 읽어낼 뿐만 아니라, 더 나아가 온갖 생명이 함께 공존하는 생명 공동체의 의미를 읽어냅니다. 그의 말대로 지리산은 가히 한반도 역사의 축소판이요 생태계의 축소판이라고 할 만합니다.

〈지리산이 신음하고 있다〉라는 글에서 도법은 "우리 모두는 지리산에서 만났다"고 먼저 말문을 엽니다. 물론 여기에서 그는 '만났다'는 동사를 비유적으로 사용하고 있습니다. 누구를 두고 '우리 모두'라고 말하는지는 잘 알 수 없지만 실제로 '우리 모두'가 지리산에서 만날 수는 없는 노릇입니다. 다만 지리산이 그동안 한민족에게 '만남의 장소'와 같은 구실을 했다는 뜻이지요. 이 산에서는 오랜 세월 한민족을 눌러싼 크고 작은 사건들이 끊이지 않았습니다. 파란만장한 한반도의 역사가 파노라마처럼 펼쳐진 곳이 바로 이 지리산입니다.

위치로 보더라도 지리산은 전라북도, 전라남도, 경상남도 등 무려 세 도에 걸쳐 자리 잡고 있습니다. 행정 구역으로 보면 전북 남원시, 경남 함양군과 산청군과 하동군, 전남 구례군 등 3도, 1시 4군, 15면에 걸쳐 있습니다. 남한에서 한라산 다음으로 가장 높은 산으로 그 둘레가 무려 320킬로미터나 됩니다. 한반도에는 이렇게 여러 도에 걸쳐 폭넓게 위치해 있는 산이 별로 없습니다. 백두대간 끝자락에 자리 잡고 있고 또 그 맥에서 흘려왔다고 하여 두류산頭流山이라고도 부릅니다. 한편 지리산이란 이름은 어리석은 사람이 머물면 지혜로운 사람이 된다고 해서 붙여진 이름이라고도 합니다.

이런 지리산에 대해 도법은 "그 누구도 외면하지 않는 큰 가슴"이요 "그 무엇도 배척하지 않는 넉넉한 품"이라고 말합니다. 여기에서 '그 누구'란 인간을 두고 일컫는 말이고, '그 무엇'이란 인간을 제외한 동식물과 무생물을 염두에 두고 하는 말입니다. 그러면서 도법은 "너와 나, 지역과 지역, 세대와 세대, 계층과 계층, 좌익과 우익, 종교와 종교, 인간과 자연이 하나의 그물로 이루어왔다"고 밝힙니다. 그러고 보니 이 산을 흔히 '민족의 영산靈山'이라고 부르는 것도 그렇게 무리는 아닙니다.

먼저 인간 쪽을 살펴보더라도 예로부터 온갖 사람이 지리산을 도피처나 피난처로 삼아왔습니다. 그 역사는 까마득히 멀리 기원으로 거슬러 올라갑니다. 서산대사西山大師가 쓴 《황령암기黃嶺岩記》에 따르면 기원전 84년, 즉 한漢나라 소제

昭帝 3년에 마한의 왕이 진한과 변한의 침략을 막기 위해 정 장군鄭將軍을 이곳에 파견하여 지키게 했다는 기록이 나옵니 다. 반야봉 좌우의 두 봉우리인 황령과 정령은 바로 그 두 장 군이 도성을 쌓은 데서 유래한 이름이라는 설도 있습니다. 역사학계에서는 이를 정설로 인정하지 않지만 달궁 계곡 근 처에 이 기록을 뒷받침할 만한 지명들이 구전되어 내려오고 있습니다.

한나라 때 이야기는 접어두고라도 그 뒤에도 지리산은 온 갖 쫓기는 자들의 땅이었습니다. 항일 의병과 동학 혁명군을 비롯하여 항일 빨치산과 한국전쟁의 빨치산, 심지어 반정부 운동에 참여했다가 정보부원과 경찰에 쫓기는 학생들도 하 나같이 이곳에 몸을 숨겼습니다. 지리산은 자애로운 어머니 처럼 그 "넉넉한 품으로" 쫓기는 사람들을 모두 품어주고 안 아주었습니다. 특히 지리산 하면 빨치산이, 빨치산 하면 지 리산이 떠오를 만큼 지리산은 빨치산이 활약한 근거지로도 유명합니다. 일제 식민주의 시대 징용이나 징병을 피해 지리 산에 들어간 청년들이 빨치산의 원조라고 할 수 있지요. 조 국이 해방된 뒤 어수선한 정국을 틈타 하급 장교들과 사병들 이 반란을 일으켜서 지리산에 들어가 맞선 여순사건이 일어 나기도 했습니다. 또한 한국전쟁 중에는 인천상륙 작전 이 후 퇴로가 막혀 미처 북으로 피하지 못한 인민군들이 지리산 에 숨어 조선인민유격대로 일컫는 빨치산 부대를 만들어 국군에 완강히 저항하기도 했습니다. 한마디로 지리산은 이런 저런 이유로 쫓긴 자들을 품어주는 과정에서 피로 붉게 물든 역사의 현장이기도 했습니다.

그러나 지리산은 인간만의 도피처나 피난처가 아닙니다. 이 산에는 온갖 식물과 동물이 서식하는 생물의 보물창고요 한국의 열대우림과 같은 곳입니다. 지금까지 알려진 것만도 무려 1,500여 종의 식물이 자라고 있습니다. 남한에서는 한라산을 제외하고 가장 많은 종류의 식물이 자라는 곳입니다. 또한 지리산에는 세계적으로 한국에서만 자라는 특산 식물도 있습니다. 환경부가 멸종 위기 야생식물로 지정해 보호되고 있는 가시오갈피나무, 깽깽이풀, 기생꽃, 세뿔투구꽃, 자주솜대, 천마, 히어리 같은 희귀식물도 자라고 있습니다. 이처럼 풍부한 지리산 식물 가운데는 북방계 식물이나 고산식물로 분류할 수 있는 구름병아리난초, 금강애기나리, 기생꽃, 너도바람꽃, 땃두릅나무, 만병초, 산오이풀, 자주솜대, 참바위취, 회목나무 등도 포함되어 있습니다. 이렇게 북방계 식물들이 지리산에 자라고 있는 것은 빙하기 때 남쪽으로 내려온 북쪽 식물들이 날씨가 따뜻해지면서 고산 지역에만 살아남게 되었기 때문이지요. 또 해발 1,000미터 지역인 왕등재 부근 습지에는 감자개발나물, 닭의난초, 동의나물, 방울새난, 세모부추, 숫잔대, 애기부들 같은 습지 식물들이 군락을 이루고 있습니다. 그런가 하면 지리산에서 처음 발견되 있기 때문에 '지리' 또는 '지리산'이라는 꼬리표가 붙어 있는 식물들도 있습니다.

지리산에는 식물 못지않게 동물도 많이 서식하고 있습니다. 수림이 울창해 야생동물이 서식하기에 알맞고 먹이가 충분하기 때문에 지리산은 온갖 동물들에게 낙원과도 같습니다. 지금까지 학계의 연구 결과에 따르면, 보고된 지리산 서식 동물은 포유류가 15과 41종, 조류가 39과 165종, 곤충류가 215종 등 총 421종입니다. 포유류 중에는 멧돼지나 고라니, 너구리, 청설모 같은 동물이 많이 서식합니다. 더구나 지리산은 하늘다람쥐, 삵, 담비, 수달, 반달가슴곰, 아무르표범 같은 여러 멸종 위기 동물이 서식하는 장소이기도 합니다. 이 가운데에서도 하늘다람쥐는 지리산에서 처음으로 서식이 확인되었습니다.

법정 스님이 〈새들이 떠나간 숲은 적막하다〉 같은 글에서 안타깝게 생각한 조류로 좁혀 보더라도 지리산에는 텃새가 37종, 여름새가 33종, 겨울새가 12종, 통과새가 7종이 서식합니다. 이 중 가장 많이 서식하는 우점종優占種은 어치이지만 붉은머리오목눈이, 박새, 노랑턱멧새, 동고비, 쇠박새, 직박구리 순으로 우점도가 높습니다. 천연기념물로는 큰소쩍새, 소쩍새, 붉은배새매, 올빼미, 새매, 재두루미 등 7종이 관찰된 바 있습니다. 희귀조류 중에서 나무발발이는 관찰된 기록만 있고, 바위종다리는 지리산 저지대에서 관찰된 적이 있다고 합니다. 주로 평지에서 번식하는 종으로 알려져 있는 검은딱새와 붉은뺨멧새는 노고단 1,500미터 고지에서 번식하고 있습니다.

도법이 이런 지리산을 두고 '생명의 산'이라고 부르는 것은 어찌 보면 당연합니다. 그런데 이 '생명의 산'이라는 말에는 예로부터 지리산을 두고 일컬어온 '민족의 영산'과는 또 다른 의미가 있습니다. 추상적이고 신비스러운 종교적 냄새가 풍기는 후자와는 달리, 전자에서는 좀 더 구체적으로 생태주의와 맞닿아 있습니다. "너와 나, 지역과 지역, 세대와 세대, 계층과 계층, 좌익과 우익, 종교와 종교, 인간과 자연이 하나의 그물로 이루어왔다"고 말하는 대목을 다시 한번 눈여겨볼 필요가 있습니다. 이 중에서도 '하나의 그물'이라는 구절이 가장 핵심적입니다.

생태계는 흔히 그물에 빗대어 말합니다. 생태계에서 먹고 먹히는 관계는 마치 그물이나 거미줄처럼 매우 복잡하게 얽혀 있는데 이것을 먹이 그물이라고 부릅니다. 생물은 먹이 그물에서 어떤 위치에 있는가에 따라 그 생물의 먹이 지위가 결정됩니다. 먹이 지위에는 크게 생산자와 소비자와 분해자가 있습니다. 생물들 사이에 먹고 먹히는 관계가 사슬의 고리처럼 연결되어 있다고 하여 이를 '먹이 쇠사슬'이나 '먹이 연쇄'라고 부릅니다. 이때는 다른 생물을 잡아먹는 포식자와 다른 생물한테 잡아먹히는 피포식자로 크게 나뉘고, 이런 먹이 관계에서 포식자를 피식자의 ‘천적’이라고 부릅니다. 한편 ‘먹이 피라미드’란 먹이 연쇄의 단계에 따라 생산자로부터 최종 소비자까지 생물의 양과 개체 수를 쌓아가면서 피라미드 모양을 이루는 현상을 일컫습니다.

‘먹이 쇠사슬’이나 ‘먹이 피라미드’와 비교해 ‘먹이 그물’이라는 용어가 생태계를 설명하는 데 더 적절한 듯합니다. 동물 중에서는 오직 먹이 한 종류만 먹고사는 것도 있지만 대부분의 생물은 한 가지 이상의 먹이를 먹고 살아가기 때문입니다. 그래서 어떤 먹이가 부족해지면 다른 먹이를 먹고 살아갈 수 있기 때문에 어떤 먹이가 부족하더라도 쉽게 생물종이 멸종하지 않습니다. 먹이 그물이 복잡하면 할수록 그만큼 생태계 평형을 유지하는 데 유리합니다.

생태계를 그물에 빗대는 또 다른 이유는 생태계의 구성원이 마치 그물이나 거미줄처럼 얽혀 있으면서 서로 유기적 관계를 맺고 있기 때문입니다. 가령 거미줄 한쪽 끝을 잡아당겨 보십시오. 거미줄의 다른 부분도 흔들거릴 것입니다. 이처럼 생태계의 구성원 중 어느 하나가 영향을 받으면 반드시 다른 구성원도 영향을 받을 수밖에 없습니다. 도법이 “한결같이 한 몸, 한 생명으로 함께 어울려 희망을 가꾸며 살아왔다”고 말하는 까닭이 바로 여기에 있습니다.

지금 지구상에서 생물종이 하나둘 자취를 감추면서 그 어느 때보다 심각한 생태계 위기를 맞고 있습니다. 물론 전 세계적으로 생물종은 일 년에 한 종 가량이 자연적으로 멸종된다고 합니다. 그러나 산업혁명을 분수령으로 그 이전에는 일 년에 20여 종이 사라졌던 것이 그 이후에는 그 수가 급격히 늘어났습니다. 21세기에 들어와서는 해마다 수만에 이르는 종이 지구상에서 사라지고 있습니다. 이런 속도로 멸종이 진행된다면 몇 십 년 안에 지구 생명체의 30퍼센트 정도가 멸종될 것이라고 합니다. 지리산으로만 범위를 좁혀보아도 가시오갈피나무나 기생꽃 같은 식물이, 하늘다람쥐나 반달가슴곰 같은 동물이 지금 멸종될 위기에 놓여 있습니다.

도법은 지리산이야말로 "생명이 최고의 화두가 되고 있는 지금 대표적인 생명의 산으로 남아 있는 산"이라고 말합니다. 그러면서 "생명의 문제를 해결할 깨달음의 장"도 다름 아닌 이 지리산이라고 지적합니다. 또 지리산의 정신은 곧 "민족 화해의 길이요 생명 살림의 길"일뿐더러 "민족 통합의 길이요 민족 희망의 길"이라고도 못 박아 말합니다. 지리산의 문제를 해결하는 것이 생태계 위기와 환경 위기를 극복하는 길일 뿐만 아니라 더 나아가 분단 시대 한민족이 화해하고 통일로 나아가는 길이라고 밝힙니다. 적어도 이 점에서 지리산은 자못 상징적인 의미가 있다고 할 수 있습니다.

도법은 한 인터뷰에서 "인간과 자연에서는 인간중심으로, 너와 나의 관계에서는 자기중심으로 삶을 다루어왔기 때문에 결국은 인간과 자연에서는 자연 생태 문제를 야기시켰고,

또한 너와 나의 관계에서는 사회 양극화 문제를 야기시키고 있는 거죠” 하고 말합니다. 그러면서 먼저 한 개인이 자신의 의식을 개혁하고 난 뒤에 사회 구조의 개혁에 나서야 한다고 강조합니다. 사회 구조를 개혁하면 인간과 자연의 문제는 저절로 해결될 수 있다고 생각합니다. 적어도 오늘날 인류가 부딪친 생태계 위기를 극복하려면 무엇보다도 먼저 인간과 인간 사이의 벽을 허물어야 한다고 주장한다는 점에서 도법은 머리 북친 같은 사회생태주의자나 인간생태주의자로 볼 수 있습니다.

최근 몇몇 지방자치 단체에서 지리산에 케이블을 설치하려고 하면서 큰 사회 문제가 되고 있습니다. 구례군이 노고단 케이블카를 계획하고 있고, 남원시가 반야봉 케이블카를 계획하고 있는 가운데 산청군도 이에 질세라 천왕봉 바로 아래 제석봉에 케이블카를 추진하고 있습니다. 일부 지방의회에서는 결의안까지 채택해 케이블카 설치를 뒷받침해주고 있는 모습입니다. 이에 맞서 환경 단체에서는 여러 방법으로 시위를 벌이고 있습니다.

그중에서도 화엄사, 쌍계사, 벽송사, 실상사, 대원사 등 지리산권 다섯 개 사찰이 중심이 된 ‘민족성지 지리산을 지키는 불교연대’의 시위는 눈길을 끕니다. 이 사찰에 속한 스님과 불자들이 돌아가면서 지리산 반야봉에서 시위를 펼치고 있습니다. 실상사에는 도법 스님만 있는 것이 아니라 연관_{然觀} 스님과 수경_{收耕} 스님이 있습니다. 이 세 스님을 두고 흔히 '실상사의 삼두마차'라고 일컫습니다. 학승으로 선방에 갇힌 채 좀처럼 세상에 모습을 드러내지 않기로 유명한 연관 스님이 노고단에서 주능선을 타고 반야봉에 올라 일인 시위를 벌여 매스컴에서 화제가 되기도 했습니다. 그는 지리산을 보호한다고 샛길까지 막아놓고 다니지 못하게 하면서 케이블카를 설치하겠다는 정부 입장이 도저히 납득이 가지 않는다고 불만을 털어놓습니다.

이렇게 학승까지 나서 케이블카 설치를 반대하는 것을 보면 지리산이 위기에 놓여 있는 것만은 틀림없습니다. 도법 스님의 말대로 지리산은 지금 '신음하고' 있다는 증거입니다. 신음하고 있는 지리산을 지금 살리지 않으면 머지않아 민족의 영산이요 생명의 산이 돌이킬 수 없을 정도로 훼손될지 모릅니다. 한 번 훼손되고 나면 다시 되살리기는 무척 힘이 듭니다. 한국 속담에 "호미로 막을 데 가래로 막는다"는 속담이 있고, 서양 속담에도 "바늘 한 땀으로 꿰맬 곳을 아홉 땀으로 꿰맨다"는 말이 있습니다. 환경 위기나 생태계 위기를 둘러싼 문제만큼 이 속담이 그렇게 잘 맞아떨어지는 곳도 아마 없을 것입니다.

〈지리산이 신음하고 있다〉에서 도법 스님은 지리산에 대해 언급하고 있지만 지리산은 넓게는 한반도의 모든 산, 그리고 더 넓게는 이 지구상에 있는 모든 산을 가리키는 일종의 제유적 표현입니다. 실제로 지금 끙끙거리며 신음 소리를 내고 있는 것은 비단 지리산만이 아닙니다. 설악산이나 내장산도, 서울 근교의 관악산이나 북한산도 온갖 쓰레기로 신음하고 있습니다. 이런 사정은 세계의 지붕이라는 에베레스트 산도 마찬가지입니다. 외신에 따르면 남극과 북극과 함께 세계 3대 청정 지역으로 꼽히던 에베레스트 산악 지역이 사람들의 손길에 적잖이 오염되고 있다고 합니다. 장사꾼들은 산봉우리 밑에 자리 잡고 있는 사찰에서 몇 킬로미터 떨어진 곳과 에베레스트 광장으로 통하는 도로가에 텐트를 쳐 놓고 음식을 팔거나 식료품을 팔고 있습니다. 상점 주위에는 쓰레기가 수북이 쌓여 있고, 음식점에서 버린 온갖 오수가 빙하 계곡으로 흘러들어 하천을 오염시키고 있습니다.

풀이
아파해요

"손가락이 아파요. 풀들은…… 얼마나 아프겠어요?" 낫에 허리가 잘려나간 풀이

무척 아플 것이라고 생각하는 동자승의 천진난만한 생각은 오월 훈풍에 나부끼는

보리이삭처럼 푸르고 싱그럽습니다.

"목어木魚도 십 년을 때려야 제 소리가 나는 법, 일호차착一毫差錯이 천지현격天地懸隔이라 일렀거늘…… 하찮은 낫질에도 도道가 있다 안 하던고."

"그게 아니어요."

"아니면."

아이는 아랫입술을 깨물었다.

"이제 풀베기 안 하겠어요."

노승이 깊은 눈길로 아이를 바라보았다.

"일일부작一日不作이면 일일불식一日不食이어늘, 일하지 않고 먹겠다 하느뇨?"

아이는 세차게 고개를 흔들었다.

"손가락이 아피요. 풀늘은…… 얼마나 아프겠어요?"

노승의 흰 눈썹이 꿈틀하더니 눈이 크게 벌어졌다.

"호오, 선근善根이로다."

김성동金聖東의 단편소설 〈산란山蘭〉에 나오는 한 장면입니다. 충청남도 보령에서 태어난 그는 고등학교 3학년에 재학 중이던 1966년 출가하여 지효선사智曉禪師의 문하가 되었습니다. 1975년 〈주간종교〉의 종교소설 현상 모집에 〈목탁조木鐸鳥〉라는 작품이 당선되었지만, 불교계를 악의적으로 비방하고 승려를 모욕했다는 이유로 승적이 박탈되었습니다. 1976년 하산한 뒤 출판사와 잡지사를 전전하다가 1978년 〈한국문학〉 신인상에 중편소설 〈만다라曼陀羅〉가 당선되면서 본격적으로 창작 활동을 시작했습니다. 이후 활발한 창작 활동으로 김성동은 소설집《죽고 싶지 않았던 빼빼》,《피안의 새》,《오막살이 집 한 채》,《하산》 등을 잇달아 출간했습니다. 입산에서 10여 년의 승려 생활을 거쳐 환속에 이르기까지 불교 체험을 바탕으로 그는 많은 작품을 발표하여 관심을 받았습니다.

김성동의 소설이 흔히 그러하듯이 〈산란〉도 불교를 소재로 한 작품입니다. 절에서 동자승으로 자란 능선能善이라는 어린 주인공은 절에서 허드렛일을 하면서 불도를 배웁니다. 그런데 어느 날 풀을 베다가 그만 손을 다쳤습니다. 그래서 동자승은 염화실에서 결가부좌를 튼 채 벽을 향하여 좌선을 하고 있는 노승에게 다가가 다시는 낫으로 풀지 베지 않겠다고 말합니다. 노승이 "목어도 십 년을 때려야 제 소리가 나는 법, 일호차착이 천지현격이라 일렀거늘…… 하찮은 낫질에도 도가 있다 안 하던고” 하고 꾸짖습니다.

여기에서 ‘일호차착이 천지현격’이라 함은 한 터럭만큼의 차이도 없이 틀림없다는 뜻입니다. 불교에서는 특히 ‘호리유차毫釐有差 천지현격天地懸隔’이라고 합니다. 불교의 한 게송 중에도 이 구절이 나옵니다.

지극한 도는 어려움이 없으나 오직 가려내고 선택함을 싫어할 뿐이니

다만 미워하고 사랑하지 아니하면 환하게 명백하리라

호리라도 차이가 있으면 하늘과 땅처럼 벌어지나니

앞에 나타남을 얻고자 할진대 순하고 거슬림을 두지 말라

어기고 순하는 것이 서로 다투는 것 이것이 마음의 병이 되나니

깊은 뜻을 알지 못하면 한갓 수고로이 생각만 고요하게 하고자 할 뿐이로다

至道無難 維嫌揀擇

但莫憎愛 洞然明白

毫釐有差 天地懸隔

欲得現前 莫存順逆

違順相爭 是爲心病

不識玄旨 徒勞念靜

다시 말해서 분간하여 택하는 마음이나 미워하고 좋아하는 마음에서 털끝만큼이라도 차별심이 남아 있으면 이 차별이 하늘과 땅의 간격으로 크게 벌어진다는 뜻입니다. 이 하늘과 땅의 간격으로 벌어져 있는 상태가 바로 속세 인간의 현실이라는 것입니다. 그런데 노승이 동자승에게 "일호차착이 천지현격이라 일렀거늘……" 하고 말하는 것을 보면 평소 그 아이에게 그렇게 가르쳐왔음에 틀림없습니다.

노승이 이렇게 동자승을 꾸짖자 동자승은 잿빛 헝겊으로 동여맨 왼손 검지를 내밀며 낫 때문에 손을 다쳤다고 말합니다. 그러면서 앞으로는 낫으로 풀이 베지 않겠다고 말하는 것입니다. 그러자 노승은 이번에는 "일일부작이면 일일불식이어늘, 일하지 않고 먹겠다 하느뇨?" 하고 다시 나무랍니다. "하루 일하지 않으면 하루 먹지 말라"는 이 말은 8세기에서 9세기에 걸쳐 중국에서 활약한 백장白丈 스님이 처음 한 말로 알려져 있습니다. 그는 수행자들에게 반드시 노동할 것을 권장하면서 그 자신도 날마다 몸소 일을 했습니다. 제자들이 보기에 하도 딱해서 하루는 일하는 연장을 감추었더니 그날은 밥을 먹지 않고 굶었다고 합니다.

불교에서는 그동안 이 백장 스님의 가르침을 이어받아 노동을 신성하게 생각하고 스스로 자급자족하려고 노력해왔습니다. 탁발도 넓게 보면 이런 전통을 이어받은 것으로 볼 수도 있습니다. 얼마 전에는 공주 마곡사에서 자연과 하나되는 생태 도량으로 거듭나기 위한 첫 불교 행사로 '일일부작 일일불식'이라는 이름의 생태 농장을 개설하여 화제가 된 적이 있습니다. 주지스님을 비롯한 마곡사 신도들과 보원불교산악회, 공주운전기사불자회 등 공주 지역 단체 회원과 마곡사 공주 포교당 어린이집 원생 등이 2,000여 평의 생태 농장에 가을배추를 심었습니다. 마곡사는 겨울에 수확할 배추로 김장을 담가 공주 지역의 다문화 가정이나 무의탁 노인, 소년소녀 가장 등 어려운 이웃들에게 선물한다고 합니다. 이렇게 마곡사에서 농장을 개원한 것은 첫째, 마음을 밝히는 수행 도량, 둘째, 자연과 하나가 되는 생태 도량, 셋째, 이웃에게 희망을 보시하는 나눔 도량 등 불교의 3대 지표를 몸소 실천하기 위한 시도였습니다.

불교에서 흔히 '백장청규百丈淸規'로 일컫는 이 규칙은 흥미롭게도 기독교에서도 엿볼 수 있습니다. 신약성서 〈데살로니가 후서〉에서 사도 바울은 일찍이 "일하기를 싫어하는 사람은 먹지도 말라"3장 10절고 했습니다. 종교 개혁가 장 칼뱅은 사도 바울의 말에서 한발 더 나아가 직업이란 곧 하느님의 소명을 받은 것이라고 말하기도 했습니다. 그래서 청교도를 비롯한 초기 개신교도들은 절대로 가난한 사람들에게 적선하지 말라고 가르쳤습니다. 부자는 하느님의 축복을 받아서 부자가 된 반면, 가난한 사람은 하느님의 저주를 받아서 가난하게 되었다는 것입니다. 이런 상황에서 사람들은 하느님한테 축복받았다는 것을 보여주기 위해서라도 열심히 부를 축적하려고 노력했고, 그 결과 사회와 나라 전체가 부자가 되었다고 합니다.

독일 경제학자이자 사회학자인 막스 베버는 개신교 윤리가 자본주의의 발달을 이끈 동력이었다고 주장합니다.《개신교 윤리와 자본주의 정신》1920이라는 책에서 그는 서구의 근대 자본주의의 발생과 그 근본 정신은 개신교에 뿌리를 두고 있다고 지적했습니다. 개신교 윤리는 이른바 '세속적 인간'에게 영향을 미쳤는데 특히 노동과 관련된 분야에서 그 영향이 두드러졌다는 것입니다. 이를 두고 흔히 '베버 명제'라고 부릅니다. 신생국가 미국이 100년이 채 되기도 전에 자본주의 국가로 눈부시게 발전한 것을 보면 베버 명제는 설득력이 있습니다.

이렇게 노승이 백장청규를 언급하며 설득하자 이번에는 동자승이 세차게 고개를 흔들면서 노승에게 일을 하지 않겠다는 것이 아니라고 말합니다. 그러면서 동자승은 노승에게 "손가락이 아파요. 풀들은…… 얼마나 아프겠어요?" 하고 대꾸합니다. 낫에 벤 자기 손가락이 이렇게 아픈데 하물며 허리가 잘린 풀들은 얼마나 아프겠냐고 말입니다. 낫에 허리가 잘려나간 풀이 무척 아플 것이라고 생각하는 동자승의 생각은 오월 훈풍에 나부끼는 보리이삭처럼 여간 싱그럽지 않습니다. 합리와 논리로 세뇌되고 세속의 때에 찌든 어른들의 세계에서는 풀이 낫에 베어져 아프다고 생각할 사람은 별로 없을 것입니다. 아니 어쩌면 한 사람도 없을지도 모릅니다. 그러나 동자승은 자연스럽게 그렇게 생각하고 또 그렇게 말합니다.

앞에서 밝혔듯이 불교에서는 삼계三界에 존재하는 개체를 유정과 무정의 두 가지로 크게 나눕니다. 유정이란 마음이 있는 중생을 말하고, 무정은 무생물이나 산천초목처럼 그 이외의 모든 것을 말합니다. 무정에는 불성이 없다고 생각했습니다. 그러나 이런 생각은 어디까지나 소승불교에 국한될 뿐 대승불교에는 잘 들어맞지 않습니다. 잘 알려진 것처럼 대승불교에서는 불성의 보편성을 주장하면서 유정과 무정 사이에 놓여 있던 벽을 허물려고 합니다. 한마디로 유정이 곧 무정이요, 무정이 바로 유정이라는 것입니다. 실제로 대승불교에서는 풀과 나무는 말할 것도 없고 심지어 길가에 나뒹구는 지푸라기며 깨진 기왓장에도 불성이 깃들어 있다고 믿습니다. 어린 나이에도 동자승이 벌써 이런 진리를 깨닫고 있다는 것이 그저 놀라울 뿐입니다. 생태 의식으로 말하자면 동자승은 염화실에서 결가부좌를 튼 채 벽을 향하여 좌선하고 있는 노승보다 한 수 위라고 할 수 있습니다.

위 인용문의 마지막 장면에서 김성동, 좀 더 정확히 말해서 〈산란〉의 화자는 "노승의 흰 눈썹이 꿈틀하더니 눈이 크게 벌어졌다"고 말합니다. 이렇게 말하는 것으로 보아 노승은 동자승이 한 말에 대해 크게 놀라며 뭔가 깨달은 바가 있는 듯합니다. "호오, 선근이로다" 하고 말하는 것을 보면 더더욱 그런 생각이 듭니다. 여기에서 '선근'이란 불교 용어로 좋은 과보를 낳게 하는 착한 일을 가리킬 수도 있고, 온갖 선을 낳는 근본을 가리킬 수도 있습니다. 어느 쪽으로 받아들이든 노승은 동자승이 앞으로 커서 불교계의 큰 인물이 될 것임을 알아차리고 속으로 은근히 기뻐합니다.

이렇게 풀 같은 식물에도 영혼이 깃들어 있고 생명이 있다고 생각한 것은 비단 불교만이 아닙니다. 오랫동안 북아메리카 대륙에 살아온 인디언 원주민들도 〈산란〉의 동자승처럼 식물을 소중하게 생각했습니다. 예를 들어 캐나다 밴쿠버 섬 서해안 원주민은 생활에 필요한 모든 것을 숲에서 얻었습니다. 먹을거리로 사용하는 과일이나 열매는 말할 것도 없고 질병을 치료할 때 쓰는 약도 숲속 식물에서 추출한 물질을 이용했습니다. 집을 지을 때도, 여행하거나 물건을 나르기 위해 사용하는 카누를 만들 때도 숲속의 나무를 이용했습니다. 그들에게 숲과 나무는 곧 삶의 터전과 다름없었습니다. 또 그들은 유럽인들과 본격적인 교역을 시작하기 오래전부터 한국의 측백나무 비슷한 시다나무에서 껍질을 벗겨 모자와 의복과 바구니 등을 만들었습니다.

그런데 원주민 여성은 시다나무에서 나무껍질을 벗기기에 앞서 간단한 의식을 치렀습니다. 나무 앞에 서서 나무의 정령에게 "나무님! 당신이 입고 있는 옷이 필요합니다. 그 옷의 일부를 저희한테도 나누어주십시오" 하고 기도를 올렸습니다. 기도를 마친 여성은 가슴 높이에 한 뼘 정도 칼자국을 낸 뒤 위로 잡아당기면서 껍질을 벗겼습니다. 껍질을 벗길 때는 나무줄기의 3분의 1 정도만 벗길 뿐 그 이상은 절대로 벗기지 않았습니다. 그 이상 벗기면 나무가 죽는다는 사실을 잘 알고 있었기 때문이지요. 나이가 든 원주민 여성들은 나무껍질의 3분의 1 이상을 벗기면 주위에 서 있는 다른 나무들이 증인이 되어 나중에 저주를 받게 된다고 굳게 믿고 있었습니다.

이양하의 수필 〈나무〉와 관련하여 불에 탄 숭례문을 다시 짓기 위해 금강소나무를 벌목하면서 벌목꾼들이 "어명이오!" 하고 세 번 외치고 나무를 잘랐다고 언급한 적이 있습니다. 그러나 나무를 자르는 의식을 거행하면까지 임금님을 들먹이는 것보다는 나무에게 기도를 드리는 쪽이 훨씬 더 소박하고 인간적이어서 마음에 와 닿습니다. 어린이들의 생태 의식이 어른들보다 높듯이 인디언 원주민의 생태 의식도 문명인들보다 앞섭니다. 원주민들을 야만인이라고 생각하는 것은 어디까지나 문명인의 오만에서 비롯한 것일 뿐입니다.

만물이
경전이다

'세상 만물이 하나같이 경전'이라는 명제는 한바탕 소나기가 지나고 난 숲처럼 참

으로 신선합니다. 잠들어 있는 영혼을 깨어나게 하고 감긴 눈을 뜨게 하는 것이 경

전이라면 삼라만상이 곧 경전이 아닐 수 없습니다.

이제라도 우리는 경건한 자세로 더불어 사는 모든 존재들을 향해 가슴을 열어야 한다. 무슨 특별한 교감 능력을 지니고 있지 않더라도 우리가 가슴을 열고 사랑하면 꽃의 언어, 까치의 언어를 이해할 수 있을 것이다. 집 안에서 마주치는 귀뚜라미, 작은 애벌레들, 장독대 위로 소복소복 내리는 눈송이의 속삭임도 들을 수 있을 것이다…… 그렇다면 인간의 영혼을 성숙에로 이끄는 가르침이 멀리 있는 게 아니다. 아침에 일어나면 버릇처럼 먼저 경전을 펼쳐들지만, 무슨 경전이 따로 있는 게 아니다. 만물이 경전이다. 문제는 '들을 귀'다. 머리에 달린 귀 말고 마음귀 말이다.

개신교 목회자요 시인인 고진하高鎭河의 〈까치의 건축법〉이라는 수필에서 뽑은 한 대목입니다. 1953년 강원도 영월에서 출생한 그는 감리교신학대학 및 동대학원을 졸업한 뒤 목회자 생활을 시작했습니다. 그러던 중 1987년에 문학 계간지 〈세계의 문학〉 가을 호에 〈빈 들〉을 비롯한 시를 발표함으로써 작품 활동을 시작했습니다. 그가 출간한 시집으로 《지금 남은 자들의 골짜기엔》, 《프란체스코의 새들》, 《얼음수도원》, 《우주배꼽》, 《수탉》, 《거룩한 낭비》 등이 있으며, 산문집으로는 《나무신부님과 누에 성자》, 《목사 고진하의 몸 이야기》, 《아주 특별한 1분》, 《신들의 나라 인간의 땅》 등이 있습니다. 지금은 강원도 원주에 살면서 한 살림교회 목사로 있습니다. 교회라지만 십자가가 하늘을 찌를 듯 높이 솟아 있는 도회지의 그런 교회가 아니라 자신의 집 사랑방을 예배당으로 삼아 마을 사람 몇 명 모여 예배 드리는 아주 소박한 시골 교회입니다. 앞서 인용한 〈까치 건축법〉은 《나무신부님과 누에 성자》2001에 수록되어 있습니다.

시에서나 산문에서나 고진하는 그동안 그가 말하는 '일상의 성화聖化'에 깊은 관심을 기울여왔습니다. 일상적인 삶 속에서 아름답고 고귀한 것을 찾아내 그것을 한 편의 시로, 한 편의 산문으로 창작합니다. 자신을 '나무신부'라고 부를 만큼 그는 나무와 꽃과 벌레를 소재 삼아 간결하고 소박한 언어로 표현합니다. 특히 생태주의적인 주제를 즐겨 다루는 고진하는 가히 그가 '누에 성자'라고 부르는 성聖 프란체스코와 비슷한 인물이라고 할 만합니다. 뽕잎을 먹고 비단을 토해내는 누에처럼 고진하도 프란체스코처럼 지극히 범상한 일상적 삶에서 놀라운 신비와 진리를 찾아냅니다.

이 작품의 첫머리에서 고진하는 "더불어 사는 모든 존재들을 향해 가슴을 열어야 한다"고 말합니다. "이제라도"라고 말하는 것을 보면 우리 인간은 이미 그렇게 했어야 했는데 아쉽게도 그렇지 못했다는 뜻이 함축되어 있습니다. 모든 존재를 향해 가슴을 열되 그것도 마지못해 그러는 것이 아니라 "경건한 자세로" 그렇게 해야 한다고 단서를 붙여 말합니다. 그런데 '가슴을 연다'는 말보다 더 가슴 벅찬 말이 또 있을까요? 조금만 힘을 줘도 쉽게 여닫을 수 있는 창문도 아니고 살과 뼈로 뒤덮인 인간의 가슴을 여는 일입니다. 두말할 나위 없이 '가슴을 연다'는 말은 곧 마음의 문을 연다는 뜻입니다. 마음의 문을 연다는 것은 바로 타자를 배려하고 생각하고 사랑한다는 뜻입니다. 가슴을 활짝 열어젖힐 때 이 세상에서 이루지 못할 일은 아마 없을 것입니다. 예로부터 서양에서는 사랑이 모든 것을 정복한다고 했습니다.

물론 비유적으로 한 말이지만 인간이 창문을 열어젖히듯 가슴을 활짝 열기란 무척 어려운 일입니다. 이태수李太洙 시인도 〈다시 사랑을 위하여〉라는 작품에서 가슴을 연다는 것이 얼마나 어려운지 이렇게 노래한 적이 있습니다. "모두들 남을 위하여 / 가슴을 연다고 한다 / 목숨을 바쳐서 이웃을 구하고 / 이 뒤틀린 사회를, / 어둠의 나라를 일으켜 / 새롭게 세운다고 한다."

다른 인간을 위해 가슴을 열기도 이렇게 어려운데 하물며 "더불어 사는 모든 존재들"을 위해 가슴을 연다는 것은 참으로 어려운 일일 것입니다. 여기에서 "더불어 사는 모든 존재들"이란 좁게는 인간 가족의 구성원을 가리키지만 좀 더 넓게는 생태계의 구성원까지 함께 아우르는 말입니다. 지구상에 살고 있는 모든 존재로서 이 범위 속에 들어가지 않는 종이나 개체는 하나도 없습니다. 어쩌면 고진하는 무생물이나 은하계의 존재까지도 염두에 두었는지도 모르겠습니다.

이 첫 구절을 뒤집어 보면 인간은 그동안 인간이 아닌 다른 피조물에 가슴을 굳게 닫고 살아왔다는 뜻이 됩니다. 인간은 그동안 모든 피조물 가운데에서 오직 자신만이 하느님의 형상대로 빚어진 존재라고 자못 우쭐하게 생각해온 것이 사실입니다. 인간은 〈창세기〉에 기록된 말을 너무 고지식하게 받아들였습니다. 아담과 하와를 창조하기 전 하느님은 "우리가 우리의 형상을 따라서, 우리의 모양대로 사람을 만들자. 그리고 그가 바다의 고기와 공중의 새와 땅 위에 사는 온갖 들짐승과 땅 위를 기어 다니는 모든 길짐승을 다스리게 하자" 하시고, 하느님이 당신의 형상대로 사람을 창조하셨으니, 곧 하느님의 형상대로 사람을 창조하셨다"_{1장 26~27절}고 기록되어 있습니다. 또한 인간을 창조한 하느님은 그들에게 복을 베푸시고 말씀하기를 "생육하고 번성하여 땅에 충만하여라. 땅을 정복하여라. 바다의 고기와 공중의 새와 땅 위에서 살아 움직이는 모든 생물을 다스려라"_{1장 28절} 했다고 되어 있습니다. 어떤 학자들은 인간이 "땅을 정복하여라", "모든 생물을 다스려라"와 같은 명령을 지나치게 축어적逐語的으로 받아들인다고 지적합니다. 이때 '정복하다'나 '다스리다'라는 말을 지배나 종속보다는 관리의 뜻으로 받아들여야 한다는 것입니다. 최후 심판의 날 하느님은 인간에게 이 지구를 잘 보호하고 지켰는지 그 책임을 반드시 물을 것이라고 말입니다.

고진하는 만약 우리 인간이 "가슴을 열고 사랑하면 꽃의 언어, 까치의 언어를 이해할 수 있을 것"이라고 말합니다. 또 "집 안에서 마주치는 귀뚜라미, 작은 애벌레들, 장독대 위로 소복소복 내리는 눈송이의 속삭임"도 들을 수 있을 것이라고 말합니다. 굳이 '언어'라고 부를 수 있을지는 몰라도 우리는 봄이 되면 까치 소리를 듣고 가을이 되면 귀뚜라미나 작은 애벌레가 우는 소리를 들을 수 있습니다. 동물들도 나름대로 저마다 언어를 지니고 있을 테니 고진하가 언어라는 말을 사용하는 것도 크게 무리는 아닙니다. 앞에서 여러 번 언급했듯이 인간만이 언어를 구사할 수 있는 능력이 있다고 생각하는 것은 오만한 인간중심주의적인 사고이기 때문이지요. 그러고 보니 고진하가 쓴 작품 중에서 〈새한테 욕먹다〉라는 시가 떠오릅니다.

> 들을 귀 나름이겠지만
> 산호수나무 꼭대기에서 우짖는 저 쬐그만 새
> 시발시발시발……
> 누굴 욕하는 것 같다
> 짝짓기 철이라 저리 운다는데
> 짝 찾는 소리치곤 참 고약타

새가 지저귀는 소리를 욕하는 소리로 듣는 시인의 상상력이 무척 신선합니다. 단순히 기본적인 감정을 표현하는 말도 아니고 새가 욕설을 한다는 것은 언어 구사력 중에서도 비교적 높은 차원에 속합니다. 시적 화자가 이렇게 새의 언어를 이해할 수 있는 것은 가슴을 활짝 열고 사랑하기 때문입니다. 만약 사랑하지 않는다면 아마 연인의 달콤한 밀어도 시끄러운 소음처럼 들릴 것입니다.

고진하는 이보다 한발 더 나아가 우리가 가슴을 열면 "꽃의 언어"며 "장독대 위로 소복소복 내리는 눈송이의 속삭임"까지 들을 수 있다고 말합니다. 랠프 왈도 에머슨은 언젠가 "대지는 꽃을 통하여 웃는다"고 말한 적이 있습니다. 대지에 피어 있는 꽃들은 그 아름다운 자태로 우리 인간에게 온갖 언어로 말을 겁니다. 그렇다면 한겨울에 하늘에서 부드럽게 내려와 장독대에 소복이 쌓이는 눈송이도 그들만의 언어로 우리에게 뭔가 속삭인다고 생각할 수도 있습니다.

그러나 그런 소리는 청각이 예민하다고 누구나 다 들을 수 있는 것은 아닙니다. 이 점과 관련해 고진하는 "문제는 '들을 귀'다. 머리에 달린 귀 말고 마음귀 말이다" 하고 말합니다. 인간의 마음속에 들어 있는 귀를 '마음귀'라고 부르는 것이 무척 흥미롭습니다. 얼굴에 붙어 있는 눈이 아니라 마음속에 들어 있는 눈을 심안心眼이라고 합니다. 사물을 살펴 분별하는 능력 말이지요. 마음속에 눈이 있다면 귀가 없을 리 없습니다. 그렇다면 고진하가 말하는 '마음귀'는 심이心耳라고 불러야 하겠습니다. 물론 사전에는 그런 말이 없습니다. 심방귀라고 하여 심장에서 좌우 심방의 일부를 이루는 귓바퀴 모양의 돌출부를 의학에서는 '심이'라고 합니다만 지금 말하고 있는 '심이'와는 전혀 다릅니다. 사물을 분별해 이해할 수 있다는 넓은 뜻에서 심안이나 심이는 같은 뜻입니다. 앙트완 드 생텍쥐페리도 일찍이 《어린 왕자》1943에서 "사람은 오직 마음으로만 올바로 볼 수 있어. 본질은 눈에 보이지 않아" 하고 말하지 않았습니까?

고진하는 이렇게 가슴을 활짝 열고 인간이건 비인간이건 모든 피조물을 사랑할 때 비로소 인간의 영혼이 성숙한다고 말합니다. 우리는 육체의 성숙에 대해서는 자주 말해도 영혼의 성숙에 대해서는 좀처럼 말하지 않습니다. 영혼도 육체처럼 성숙하고 감긴 눈을 뜨기도 합니다. '영혼의 개안開眼'은 바로 이를 두고 하는 말입니다. 그런데 고진하는 영혼의 개안이 거창하고 신비스러운 종교적 체험에서만 얻어지는 것이 아니라고 말합니다. "인간의 영혼을 성숙에로 이끄는 가르침이 멀리 있는 게 아니다. 아침에 일어나면 버릇처럼 먼저 경전을 펼쳐들지만, 무슨 경전이 따로 있는 게 아니다" 하고 말합니다. 목회자로서 그는 아침에 눈을 뜨자마자 성경을 펼쳐드는 것으로 하루 일과를 시작할 것입니다. 그러면서 그는 아침마다 펼쳐드는 성경만이 경전이 아니라 "만물이 경전이다" 하고 못 박아 말합니다.

기독교의 목회자가 "만물이 경전이다" 하고 말하기란 쉬운 일이 아닐지도 모릅니다. 유일신을 믿는 기독교 목회자로서 '책 중의 책'으로 흔히 일컫는 성경 말고도 삼라만상이 경전이라고 말한다는 것은 자칫 신성모독이요 불경스럽게 들릴지도 모르기 때문입니다. 기독교에서는 오직 구약성서와 신약성서만을 경전으로 간주합니다. 개신교에서는 가톨릭 교회에서 사용하는 〈마카베오기〉를 비롯하여 〈집회서〉며 〈유딧기〉 등 일곱 편을 외경外經으로 간주하여 정경正經 속에 포함시키지 않는다는 점을 염두에 두면 더더욱 그렇습니다. 물론 이 구절에서 고진하가 말하는 경전이란 자연과 그 자연

속에서 살고 있는 모든 피조물을 두고 하는 말입니다. 즉 위 인용문의 첫 구절에서 언급하는 "더불어 사는 모든 존재들"을 가리킵니다.

여기서 잠깐 고진하의 삶으로 다시 돌아가 보기로 하겠습니다. 그가 원주 집 사랑방을 교회로 삼고 붙인 '한살림'은 두말할 나위 없이 생명운동가이자 농민운동가인 무위당 장일순이 펼쳤던 한살림운동에서 따온 이름입니다. 잘 알려진 것처럼 장일순은 가톨릭신도입니다. 원주 교구 책임을 맡고 있던 지학순 주교와 함께 그는 민주화운동에 앞장섰던 인물입니다. 개신교 목회자이면서도 고진하는 종파를 초월하여 장일순을 정신적 스승으로 존경합니다. 고진하는 평소 "장일순 선생은 '보듬어 안는 게 영성이고 혁명'이라고 가르쳤던, 원주의 작은 예수"라고 말하곤 합니다. 이렇듯 그는 장일순의 삶을 지표로 삼아 종교든 사회든 갈등과 분열의 벽을 허무는 데 힘을 보태려고 합니다.

더구나 고진하는 아침저녁으로 요가를 하면서 인도 철학에 관심을 기울이고 인도와 네팔 등을 자주 여행합니다. 그는 "인도 고대 철학서《우파니샤드》가 가르치는 영적 지혜의 핵심은 내가 지금까지 알아온 예수의 가르침과 크게 다르지 않다"고 말합니다. "인도 여행에서 내 영혼의 스승 예수를 더욱 사랑하게 됐고 기독교 영성에 대한 이해도 더 풍성해졌다"고 밝히곤 합니다. 얼핏 보면 개신교 목회자에게는 그렇게 썩 어울리지 않는 행보입니다. 영혼의 유연함이나 정신적 자유로움이 그 생명이라고 할 시인으로서의 삶도 개신교 목사로서의 삶과는 언뜻 어긋나 보입니다. 그러나 그는 종교와 문학이 상호배타적이 아닌 상호보완적 관계를 맺고 있다고 말합니다. "종교는 근원적 깊이를 추구하느라 다소 거칠지만, 문학은 종교가 제대로 표현 못 하는 절대 진리를 섬세하게 전한다"는 것입니다.

그러므로 고진하가 "만물이 경전이다" 하고 부르짖는 것도 따지고 보면 그다지 무리가 아닙니다. 넉넉한 마음으로 모든 종교를 함께 아우르려는 그에게 다른 종교의 경전은 말할 것도 없고 세상 만물이 하나같이 경전이라는 명제는 한바탕 소나기가 지나고 난 숲처럼 참으로 신선합니다. 잠들어 있는 영혼을 깨어나게 하고 감긴 눈을 뜨게 하는 것이 경전이라면 삼라만상이 곧 경전이 아닐 수 없습니다. 그러고 보니 그동안 자연을 즐겨 노래해온 정현종鄭玄宗도 〈올해도 꾀꼬리는 날아왔다〉라는 작품에서 이렇게 노래한 적이 있습니다.

올해도 꾀꼬리는 날아왔다

마음 놓인다, 꾀꼬리야

(걱정 많은 생명계의 균형의

숨은 움직임을 번개처럼 알리니)

네 소리의 품속에 안기고 또 안긴다

네 소리의 경전에 비하면

다른 경전들은 많이 불순하다

정현종은 새봄이 되어 숲에 찾아와 지저귀고 있는 꾀꼬리 소리를 경전에 빗댑니다. 자연의 진리를 말해주는 살아 있는 책이기 때문입니다. 그러나 정현종은 고진하보다 한발 더 나아갑니다. 고진하는 "만물이 경전이다" 하고 말하고 있지만 정현종은 아예 "다른 경전들은 많이 불순하다"고 노래합니다. 다시 말해서 꾀꼬리를 경전으로 부르는 것으로도 모자라 우리가 흔히 알고 있는 종교의 경전을 문제 삼고 있습니다. '다른 경전' 속에는 기독교 경전도 들어가 있음은 두말할 나위가 없습니다. 자칫 신성모독으로 오해받을 만한 발언입니다. 21세기에 이 작품을 썼기 망정이지 만약 중세기에 태어나 이 작품을 썼더라면 틀림없이 장작더미 위에서 화형을 당했을지도 모릅니다. 물론 정현종은 오늘날 인류가 겪고 있는 생태계 위기나 환경 위기가 돌이킬 수 없을 만큼 아주 심각한 지경에 이르렀다는 것을 말하고 있을 뿐입니다.

체로키 족 인디언 추장인 '구르는 천둥'은 이렇게 말했습니다. "문명인들이 자신

들의 마음에 들지 않는 식물을 잡초라고 부르는데 이 세상에 잡초라는 것은 없다.

모든 풀은 존중받아 마땅하고, 쓸모없는 풀이란 하나도 존재하지 않는다."

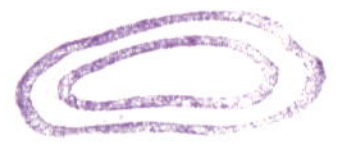

40여 년 만에 농사일다운 농사일을 처음 해본 작년까지도 나에게 우리가 심지 않은 풀은 '잡초'에 지나지 않았고, 이 '잡초'는 원수의 사촌쯤으로 여겼습니다. 올해 들어 처음으로 '잡초'를 알고 무자비하게 뽑아 내던져버렸던 풀들이 약초와 나물이었음을 뒤늦게 깨닫고 나서부터는 "이 세상에 잡초는 없다" 생각하고 저절로 밭에서 자라는 여러 가지 풀들을 거두어 마흔 가지 가까운 효소를 담으면서 '풀들과 사이좋게 지내는 길'을 찾기 시작했습니다. 쑥, 억새, 칡순, 조뱅이, 소루쟁이, 명아주, 엉겅퀴, 살갈퀴, 한삼 덩굴, 개모시풀, 달개비……, 하다못해 지난해 너무 지긋지긋해서 체머리가 흔들리던 바랭이까지 단지와 항아리 속에서 지금 효소로, 술로 익어가고 있습니다.

흔히 '농부 철학자'라고 불리는 윤구병尹九炳의 수필 〈피사리〉에서 뽑은 한 대목입니다. 그는 전라남도 함평에서 구 형제의 아홉 번째 막내아들로 태어났습니다. 그래서 아홉 '九'자를 쓴 '구병'이라는 이름을 받았습니다. '넝마주의 공동체'로 유명한 윤팔병尹八炳은 그 이름에서도 짐작할 수 있듯이 그의 바로 손위 형입니다. 한국전쟁 중에 위로 일곱 형이 사망하거나 월북하고 '대치동 다리 밑 넝마대장'으로 일컫는 형과 달랑 둘만 살아남은 셈입니다. 아들을 모두 잃다시피 한 그의 아버지는 남은 아들 둘을 농사꾼으로 만들어야 전란이나 전쟁에서 지킬 수 있겠다고 생각했습니다. 그래서 부모는 시골로 내려와 농사를 지었습니다. 이런 과정에서 윤구병은 열두 살이 되어서야 늦깎이로 초등학교에 들어갔습니다.

그러나 공부를 위해 다시 서울로 올라간 윤구병은 대학에서 철학을 전공한 뒤 1981년에 충북대학교 철학 교수가 되었지만, 그에게 교수직은 마치 남한테서 빌려 입은 옷처럼 왠지 맞지 않았습니다. 그래서 1995년 정년이 보장되는 교수 자리와 공무원 연금을 헌신짝처럼 던져버리고 전라북도 부안군 변산반도에 내려가 농사를 짓기 시작했습니다. 남이 가지 않는 길을 선뜻 갔다는 점에서 윤구병은 괴짜라면 괴짜라고 할 수 있습니다. 한때 그는 한국브리태니커에서 근무하면서 월간지 〈뿌리 깊은 나무〉의 초대 편집장을 지내기도 했으며, ‘보리’라는 출판사를 설립해 제도권 출판사에서는 좀처럼 내지 않는 책들을 출간했습니다.

위 인용문을 좀 더 쉽게 이해하려면 윤구병이 제목으로 삼고 있는 ‘피사리’라는 말을 먼저 살펴보아야 합니다. 쌀이 어떻게 생산되는지 잘 모르는 도시 어린이들은 말할 것도 없고 도시 어른들 중에서도 이 말을 모르는 사람도 있을 것입니다. 농부들은 벼에 섞여 자라는 피를 뽑아내는 일을 피사리라고 합니다. 농사일을 오랫동안 해보지 않은 농사꾼 초년생이 벼와 피를 제대로 구별하기란 여간 어려운 일이 아닙니다. 그래서 피를 뽑는다고 엉뚱하게 벼를 뽑는 경우도 많습니다.

아시아가 원산지로 고조선 시대부터 한반도에서 재배해온 피는 볏과의 한해살이풀로 벼와 아주 비슷하게 생겼습니다. 피를 뜻하는 한자 제패稊稗로 보면 무척 흥미롭습니다. 한 글자는 벼 ‘禾’ 변에 아우 ‘弟’ 자를 쓰고, 다른 글자는 역시 벼 ‘禾’ 변에 낮을 ‘卑’ 자를 씁니다. 하나같이 벼보다는 못하다는 뜻이 함축되어 있지요. 피는 환경에 적응하는 힘이 커 산지나 척박한 땅에서도 잘 견디며 냉수답冷水畓이나 습한 밭에서도 잘 자리는 구황작물救荒作物이었습니다. 그러나 맛이 없고 소화가 잘 되지 않을뿐더러 벼의 생장을 방해한다고 하여 그동안 피는 벼에 밀린 채 홀대받아 왔습니다. 최근에는 섬유소가 풍부하여 당뇨와 동맥경화, 고혈압을 비롯한 대사증

후 질환에 효험이 있고 항암 기능이 있는 건강식품으로 밝혀지면서 특수 작물로 재배하기도 합니다. 윤구병이 말하는 피사리란 식용으로 재배하는 피가 아니라 잡초처럼 벼와 함께 자라는 야생종을 뽑아내는 것을 말합니다.

위 인용문의 첫머리에서 윤구병은 “나에게 우리가 심지 않은 풀은 ‘잡초’에 지나지 않았고, 이 ‘잡초’는 원수의 사촌쯤으로 여겼습니다” 하고 말합니다. 그가 40여 년 만에 농사일다운 농사일을 처음 해보았다고 말하는 것은 대학 교수를 그만두고 변산반도에 내려가 농사일을 다시 시작했기 때문입니다. 앞에서 이미 밝혔듯이 그는 함평에서 태어나 시골에서 주로 자라면서 대학에 다닐 때까지 부모가 농사짓는 일을 도우면서 농사를 배웠습니다. 그가 변산에 내려간 것이 1995년의 일이니 40년 전이라면 대략 1955년경이 될 것입니다. 이렇게 오랫동안 흙에서 떠나 있었기 때문에 그가 사람이 애써 심지 않는 식물을 잡초로 여기는 것은 어찌 보면 당연한 노릇이지요. 또 잡초를 ‘원수의 사촌쯤’으로 여기는 것은 우리가 재배하는 농작물과는 달리 잡초는 유난히 생명력이 강하기 때문입니다. 이처럼 생명력이 왕성한 잡초에 대해 한정숙韓貞淑은 이렇게 노래한 적이 있습니다.

　살고 싶은
　끈질긴 의지를

한줌 흙에 묻고
뿌리를 내린다
줄기를 세운다

　그러나 아무리 식물도감을 샅샅이 훑어보아도 잡초라는 식물은 그 어디에서도 찾아볼 수가 없습니다. 그도 그럴 것이 잡초는 식물의 이름이 아니기 때문입니다. 국어사전에도 "가꾸지 않아도 저절로 나서 자라는 여러 가지 풀"이라고 풀이해놓고 있습니다. 또 백과사전에도 잡초는 "농업에서는 경작지에서 재배하는 식물 이외의 것"이라고 정의한 뒤 "작물이 차지할 땅과 공간을 점령하고 양분과 수분을 빼앗는다"는 설명을 덧붙여놓고 있습니다. 그런가 하면 "작물보다 큰 것은 일광을 차단하여 작물의 광합성작용을 방해함으로써 작물의 생장을 방해한다"고 적혀 있기도 합니다.

　순수한 토박이말로는 '김'이라고 부르는 잡초는 한마디로 인간에게 필요하지 않은 식물을 두루 일컫는 말입니다. 인간에게 조금이라도 쓸모가 없으면 일단 잡초로 분류됩니다. 농부들이 애써 심고 가꾸지도 않는데 저절로 자라는 식물이 잡초입니다. 방금 앞에서 피를 언급했습니다만 농부가 논에 심지도 재배하지도 않기 때문에 피는 잡초입니다. 더구나 피는 벼의 생장을 저해하는 탓으로 더더욱 농부들한테 홀대를 받고 있습니다. 이렇게 어떤 식물도 인간에게 필요 없을 때는 잡초의 신분으로 뚝 떨어집니다. 그러나 최근 웰빙 붐을 타고 몇몇 지방자치 단체를 중심으로 피를 재배하면서부터 이 식물은 특수 농작물로 융숭한 대접을 받고 있습니다. 한 식물이 벼나 보리처럼 인간에게 유용하다고 생각되면 농작물로 대접받습니다. 심지어 약초로 분류되어 소중하게 다루어질 때도 있습니다. 그래서 땀을 흘려가며 열심히 심고 가꾸어 한 톨이라도 더 수확하려고 애를 씁니다. 이렇듯 유용성의 잣대에 따라 식물은 잡초가 되기도 하고 약초가 되기도 합니다.

윤구병이 변산반도에서 농사를 지으면서 배운 것이 한두 가지가 아니지만 그 가운데에서도 잡초에 대한 깨달음은 아마 첫 손가락에 꼽힐 것입니다. 오랫동안 잡초로 알고 "무자비하게 뽑아 내던져버렸던 풀들"이 실제로는 잡초가 아니라 약초나 나물이었음을 뒤늦게 깨닫게 되었다고 고백합니다. 그러면서 윤구병은 "이 세상에 잡초는 없다"고 결론짓습니다. 그가 약초나 나물로 생각하는 '잡초'도 쑥, 억새, 칡순, 조뱅이, 소루쟁이, 명아주, 엉겅퀴, 살갈퀴, 한삼 덩굴, 개모시풀, 달개비, 바랭이 등 무려 마흔 가지 가까운 효소를 담으면서 '풀들과 사이좋게 지내는 길'을 찾기 시작했다고 이야기합니다. 그러니까 지난 40년 동안 원수의 사촌쯤으로 알고 있던 잡초가 이렇게 하룻밤 사이에 좋은 친구가 된 셈이지요.

앞에서 언급한 고진하도 이와 비슷한 경험을 〈달개비가 향기롭다〉라는 작품에서 표현한 적이 있습니다.

독한 제초제를 안 뿌리고
농사지으려니
풀과의 싸움이다
(……)
옳다, 애시당초 풀과의 싸움이란
말을 쓴 것이 잘못이다
그렇다면!
풀과 함께 살기로 마음먹으며
풀, 이란 말에 먼저 뺨을 비벼본다

윤구병이 "풀들과 사이좋게 지내는 길"을 찾은 것처럼 고진하도 마침내 "풀과의 싸움"을 포기하고 마침내 "풀과 함께 살기로" 마음먹습니다. 오죽하면 고진하가 밭에서 김을 매다 말고 풀과 뺨을 비벼보겠습니까? 실제로 '원수'니 '싸움'이니 하고 호전적인 용어를 사용하는 것부터가 잘못입니다. 생태계에서는 생존경쟁보다는 어디까지나 조화와 균형에 기반을 둔 상생을 훨씬 더 자주 찾아볼 수 있기 때문입니다. 모든 것을 인간의 입장에서 보려고 하니 어쩔 수 없이 '원수'가 되고 '싸움'이 될 수밖에 없는 것이지요. 그러나 윤구병이나 고진하나 직접 흙과 더불어 농사를 지으면서 비로소 이 소중한 교훈을 깨닫습니다. 이런 교훈은 그저 편안히 책상에 앉아 컴퓨터 앞에서는 깨달을 수 없는 진리입니다.

19세기 미국 소설가 허먼 멜빌은 젊은 시절 포경선을 타고 고래잡이를 하던 드넓은 바다를 두고 "나의 하버드요 나의 예일 대학"이라고 부른 적이 있습니다. 고래를 좇아 항해하던 대서양이나 태평양은 제도 교육을 별로 받지 못한 그에게는 삶의 교훈을 가르쳐주는 소중한 교육장이었습니다. 윤구병에게는 변산 공동체가 그런 교육장 구실을 했습니다. 농부 철학자로서 그는 공동체를 만들고 직접 흙과 더불어 살면서 자연과 생태계의 소중한 진리를 깨달아갑니다. 윤구병은 변산반도에서 농사를 짓기 이전의 자신의 모습을 '까막눈이'라고 부릅니다. 사물을 볼 수 없는 장님처럼 생태계의 문법이나 질서를 전혀 이해하지 못했다는 뜻이지요. 〈까막눈의 넋두리〉라는 수필에서 그는 "논과 밭에서 저절로 자라는 풀들이 모두 잡초는 아니라는 것도 여기 와서 깨우쳤다"고 고백합니다.

변산 공동체에 대해 윤구병은 한 인터뷰에서 사람들만 사는 세상이 아니라고 못 박아 말합니다. 다시 말해서 통념적인 공동체의 개념을 넓혀 인간은 말할 것도 없고 생태계의 집안 식구들을 모두 함께 아우릅니다. 실제로 이 변산 공동체의 개념은 너무 커서 그 안에 들어가지 않는 것이란 하나도 없다시피 합니다.

"지금은 사람 중심의 세계라서, 공동체라고 하면 사람들이 한데 어우러져 사는 곳이라 생각을 많이 해요. 우리가 말하는 공동체는 늘 다른 생명체들과 더불어 사는 것을 전제로, 밑바탕으로 깝니다. 아침·점심·저녁 생명을 유지시켜주는 음식은 자연에서 온 선물이라고 볼 수 있고, 땅속에 사는 지렁이부터 땅 위의 나무, 풀 모두를 공동체 일원이라 생각하죠. 그뿐 아니라 물, 바람, 불해, 흙 모두 우리보다 훨씬 더 큰 존재이고 우리 삶을 지탱해주는 큰 공동체 일원이라 생각합니다. 요즘 물질과학을 하는 분들에겐, 정령 숭배 같은 느낌이 들지 몰라도, 저는 해, 달, 불, 물, 바람, 흙 모두 생명 공동체 일원이라고 봅니다."

이 세상에 잡초는 없을뿐더러 천덕꾸러기가 아니라고 말해온 것은 일찍이 북아메리카 대륙에서 살아온 원주민 인디언들도 마찬가지였습니다. 어떤 부분에서는 윤구병도 원주민에게서 영향을 받았을 것입니다. 체로키 족 인디언 추장 '구르는 천둥'은 "문명인들이 자신들의 마음에 들지 않는 식물을 잡초라고 부르는데 이 세상에 잡초라는 것은 없다. 모든 풀은 존중되어야 할 이유를 지니고 있고, 쓸모없는 풀이란 하나도 존재하지 않는다"고 말한 적이 있습니다.

미국의 생물학자 조셉 코케이너는 《잡초: 대지의 수호

자》1950라는 책을 써서 전 세계에 걸쳐 큰 관심을 받은 적이 있고, 이 책은 몇 해 전 한국에서도 뒤늦게 번역 출간되었습니다. 이 책에서 저자는 우리의 상식을 뒤집고 잡초야말로 토양의 상태를 알려주는 훌륭한 지표이며, 인간과 가축을 위한 좋은 먹을거리가 되는 등 대지를 지키는 수호자라고 말합니다. 그런데 저자는 이 소중한 진리를 인디언 원주민들과 무식한 시골농부들에게서 전해 들었다고 고백하고 있습니다.

인디언 원주민의 생활방식과 철학에서 꽤 영향을 받은 미국의 생태론자 헨리 데이비드 소로도 마찬가지입니다. 《월든》1954에서 그는 밀의 '이삭'과 '낟알'의 말 뿌리를 언급하면서 잡초의 의미를 다시 한번 되새깁니다. 즉 이삭이라는 말은 소망을 뜻하는 라틴어 '스피카'에서 유래했고, 낟알이라는 말은 '낳는다'는 뜻의 라틴어 '그라눔'에서 파생되어 나왔다고 밝힙니다. 그러면서 소로는 이런 어원에서도 엿볼 수 있듯이 농부들의 유일한 희망이 곡식을 거둬들이는 것이 되어서는 안 된다고 말합니다. 그 낟알만이 밀이 생산하는 모든 것이 아니라는 것입니다. "그렇다면 우리 농사가 실패하는 일이 있을까? 잡초의 씨앗이 새들의 주식主食이라면 잡초가 무성히 자라는 것도 내가 기뻐해야 할 일이 아닌가?" 하고 스스로 묻습니다. 소로에게 밭농사가 잘되어 농부의 창고를 가득 채우느냐 하는 것은 그렇게 중요한 일이 아닙니다.

농부의 창고가 비어 있는 만큼 새들이 배불리 한겨울을 날 수 있기 때문입니다.

농부의 창고가 비어 있는 만큼 새들이 배불리 한겨울을 날 수 있기 때문입니다.

나는 어찌하여 이렇게 되었는가

강물을 막아 댐을 쌓고, 언덕과 산을 파헤쳐 고속도로를 닦는 세태……. 환경 재앙

은 '만물의 영장'으로 자부해온 인류가 자처한 것이 아닐까요? 지금 이 순간에도

환경 재앙이라는 시한폭탄의 초침은 째깍째깍 빠르게 돌아가고 있습니다.

나는 어찌하여, 햇볕만 먹고도 토실거리는 과육이 못 되고, 이슬만 먹고도 노래만 잘 하는 귀뚜라미는 못 되고, 풀잎만 먹고도 근력만 좋은 당나귀는 못 되고, 바람만 쐬이고도 혈색이 좋은 꽃송이는 못 되고, 거품만 먹고도 굳어만지는 진주는 못 되고, 조락凋落만 먹고도 생성의 젖이 되는 겨울은 못 되고, 눈물만 먹고도 살이 찌는 눈 밑 사마귀는 못 되고, 수풀 그늘만 먹고도 밝기만 밝은 달은 못 되고, 비계 없는 신앙만 먹고도 만년 비대해져 가는 신神은 못 되고, 똥만 먹고도 피둥대는 구더기는 못 되고, 각혈만 받아서도 곱기만 한 진달래는 못 되고, 쇠를 먹고도 이만 성한 녹은 못 되고, 가시만 덮고도 후끈해하는 장미꽃은 못 되고, 때에 덮여서야 맑아지는 골동품骨董品은 못 되고, 나는 어찌 이렇게 되었는가? 유정有情 중에서 영장靈長이라고 내 자부했던 사람, 허나 어찌하여 나는 흙 속의 습기 속으로만 파고드는 지렁이도 흘리지 않는 눈물을 흘려야 하는가?

　박상륭朴常隆의 소설 《죽음의 한 연구》1975, 1997에서 뽑은 한 대목입니다. 1940년 전라북도 장수에서 태어난 그는 대학에서 문예창작을 전공했습니다. 그는 1963년 〈사상계〉에 작품을 발표하면서 소설가로 데뷔했습니다. 《죽음의 한 연구》와 이 작품의 속편이라고 할 《칠조어론七祖語論》1994은 그의 가장 대표적인 작품으로 꼽힙니다. 이제 칠순을 넘긴 박상륭은 스스로 자신의 소설이 이미 완결되었으며 몇 해 전부터 써온 소설은 하나같이 이 두 소설에 대한 주석에 지나지 않을 뿐이라고 밝힌 적이 있습니다. 이처럼 그는 이 두 소설에 작가로서의 명예를 걸고 있습니다. 동서고금의 종교·신화·철학·사상 등을 두루 아우르면서 깊고도 넓은 우주적 상상력으로 전개하는 작품의 스케일이며, 구수한 남도 사투리를 뒤섞어 구사하는 길고 긴 문장이며, 때로는 뛰어난 산문시와도 같은 시적이고 서정적인 문체 등으로 박상륭은 현대 문학사에서 특별한 위치를 점하고 있습니다.

　박상륭의 문학을 두고 김정란金正蘭은 "그는 당대에게 벅찬 작가다. 그는 당대에는 가장 고독하고 그리고 후대에는 가장 오랫동안 무덤에서 불려나올 작가다. 그의 무덤 자리는 편하지 않으리라" 하고 말한 적이 있습니다. 좁게는 한국 현대 소설, 넓게는 한국 현대 문학을 전공하는 사람이라면 누구나 한 번쯤은 넘어야 할 험난한 산입니다. 만약 우리나라에서 노벨문학상을 받는 작가가 나온다면 그 사람은 현재 흔히 언급되고 있는 시인이나 소설가가 아니라 다름 아닌 박상 룡일 것이라는 이야기가 비평가들 사이에서 은밀하게 떠돌 고 있습니다.

박상룡은 자신이 소설가가 아니라 한낱 '잡설꾼'에 지나 지 않는다고 자주 말합니다. 실제로 그는 《잡설품雜說品》2008 이라는 소설집을 엮어내기도 했습니다. 이 작품은 《죽음의 한 연구》의 제5부에 해당하는 작품입니다. 제목에서도 엿볼 수 있듯이 잡스러운 이야기이되 소설로서의 품격을 지닌 작 품이라는 뜻입니다. 그의 작품은 때로 에세이인지 소설인지 구별 짓기가 여간 어렵지 않습니다. 이렇게 그의 상상력은 전통적인 소설 장르의 그릇 속에 담아내기에는 너무 크고 독특합니다. 적어도 이 점에서 그는 한국 소설의 지평을 넓 혀온 것만은 틀림없습니다.

《죽음의 한 연구》를 두고 비평가 김현은 "이광수의 《무정》 이후에 쓰인 가장 좋은 소설 중의 하나"라고 평한 적이 있습 니다. 또 "크고 아름다운" 작품이라고 평하기도 했습니다. 한국 현대 소설사에서 가장 '좋은' 소설인지는 좀 더 따져봐 야겠지만 가장 '독특한' 작품이라는 점에는 어느 누구도 부 정할 수 없을 것입니다. 이 작품을 출간한 출판사에서는 "기 독교·불교·연금술·설화 등의 우주관을 공통된 구조로 보면 서 죽음을 통해 불멸적인 인신人神의 구극을 완성하는 고행 의 과정을 서사적으로 구현하는 장편소설"이라고 소개하고 있습니다.

《죽음의 한 연구》에서 뽑은 위 인용문에서 '나'는 이 소설의 화자요 주인공입니다. 얼핏 보면 창녀의 아들로 갯가에서 태어난 '나'의 넋두리처럼 들릴지도 모릅니다. 실제로 그런 측면이 전혀 없는 것도 아닙니다. 그러나 생태주의의 관점에서 보면 박상륭은 화자요 주인공인 '나'의 입을 빌려 인간중심주의를 날카롭게 꼬집고 있습니다. '나'는 먼저 자신이 당나귀·귀뚜라미·지렁이·구더기 같은 짐승이나 벌레보다도 못하다고 말합니다. 당나귀는 풀잎만 먹고도 인간보다 근력이 좋고, 귀뚜라미는 새벽에 내린 이슬만 먹고도 노래만 잘하며, 지렁이는 흙 속의 습기 속으로만 파고드는데도 사람처럼 눈물을 흘리지 않는다는 것입니다. 심지어 '나'는 인간을 두고 "똥만 먹고도 피둥대는 구더기"만도 못한 존재라고 말할 정도입니다.

화자 '나'에 따르면 인간보다 더 나은 것은 비단 짐승이나 벌레 같은 동물에 그치지 않습니다. 열매를 맺는 나무나 꽃을 피우는 나무 같은 식물도 인간보다 더 낫다고 말합니다. 가령 과실나무는 햇볕만 먹고도 토실토실하게 살찐 열매를 맺고, 꽃송이는 바람만 쏘이고도 혈색이 좋으며, 연분홍 진달래는 각혈만 받아서도 곱기만 하다는 것입니다. 진달래가 각혈을 받았다고 말하는 것은 모르긴 몰라도 아마 소쩍새가 각혈을 하며 울어 그 붉은 피가 진달래로 핀다는 민담이나 설화 때문일 것입니다. 또 '나'는 장미꽃이 가시만 덮고도 정열적으로 아름다룬 꽃을 피운다고 말하기도 합니다.

그것으로도 모자라 이 소설의 일인칭 화자 '나'는 인간을 얼굴에 돋는 군살이나 무생물에까지 빗대면서 그보다도 못한 존재라고 말합니다. "거품만 먹고도 굳어만지는 진주는 못 되고, 조락만 먹고도 생성의 젖이 되는 겨울은 못 되고, 눈물만 먹고도 살이 찌는 눈 밑 사마귀는 못 되고, 수풀 그늘만 먹고도 밝기만 밝은 달은 못 되고, 비계 없는 신앙만 먹고도 만년 비대해져 가는 신은 못 되고……"라는 구절이 바로 그러합니다. 심지어 '나'는 자신을 포함한 인간이 쇠를 갉아먹고도 이가 조금도 상하지 않는 녹보다도 못하고, 손때가 묻으면 묻을수록 오히려 가치가 높아지는 골동품보다도 못하다고 한탄합니다. 그렇다면 인간인 화자 '나'보다 능력이나 가치가 떨어지는 것은 이 세상에 하나도 없다고 해도 그렇게 지나친 말이 아닌 듯싶습니다.

그래서 이 소설의 화자는 마침내 "나는 어찌 이렇게 되었는가? 유정 중에서 영장이라고 내 자부했던 사람, 허나 어찌하여 나는 흙 속의 습기 속으로만 파고드는 지렁이도 흘리지 않는 눈물을 흘려야 하는가?" 하고 묻습니다. 여기에서 "유정 중에서 영장이라고 내 자부했던 사람"이라는 구절을 좀 더 찬찬히 눈여겨볼 필요가 있습니다. 앞에서 여러 차례 언급했듯이 '유정'은 '무정'과 대립되는 개념입니다.

　국어사전에는 유정을 "인정이나 동정심이 있음"이나 불교 용어로 "마음을 가진 살아 있는 중생"으로 정의를 내리고 있습니다. 《죽음의 한 연구》의 화자 '나'가 말하는 유정은 일반적 의미보다는 불교의 개념에 가깝습니다. 불교에서는 "제법실상諸法實相이나 일체의 유정무정有情無情이 개유불성皆有佛性"이라고 말합니다. 즉 세상에 존재하는 모든 것, 사람이나 동물 같은 유정물은 말할 것도 없고 바람이나 돌이나 흙 같은 무정물에도 모두 불성이 깃들어 있다는 말입니다. 아니면 '나'가 말하는 유정과 무정은 언어학에서 말하는 개념과도 비슷합니다. 언어학에서도 감정이 있느냐 없느냐에 따라 명사를 유정명사有情名詞와 무정명사無情名詞의 두 갈래로 나눕니다. 다시 말해서 마음, 뜻, 생각, 감정 등이 있는 존재가 곧 유정입니다. 생물과 무생물을 가리키는 것으로 이해할 수도 있지만 엄밀히 말하자면 풀과 꽃과 나무 같은 식물은 무생물과 함께 흔히 무정으로 취급받습니다. 인간이나 짐승과는 달리 감정이 없다고 생각하기 때문이지요.

　그러나 17세기 프랑스 철학자 르네 데카르트는 일찍이 영혼이 있느냐 없느냐 하는 잣대에 따라 인간과 동물을 엄격히 구분 지었습니다. 방법적론적 회의를 거쳐 철학의 출발점이 되는 제일 원리라고 할 "나는 생각한다, 그러므로 나는 존재한다Cogito ergo sum"는 그 유명한 명제를 선언하여 근대 이성주의 철학의 집을 세우는 데 정초를 닦은 바로 그 사람 말입니다. 그런데 데카르트는 인간과는 달리 동물에게는 영혼이 없다고 하여 무척이나 홀대했습니다. 가령 젖소를 두고 살아 숨 쉬는 생명체가 아니라 젖 짜는 기계에 지나지 않는다고 말한 것으로 유명, 아니 악명이 높습니다. 젖소가 고통을 받고 울기라도 하면 그것은 비탄의 소리가 아니라 어디까지나 기계에 이상이 생겨 끼익 하고 내는 소리라는 것입니다.

데카르트는 이 우주에 존재하는 실체를 크게 연장延長과 사유思惟의 두 가지로 나누었습니다. 서구 근대 철학에서 모든 것을 작두날 위에 올려놓고 두 동강이로 나누려는 이원론이 탄생하는 순간입니다. 여기에서 연장이란 구체적인 부피 같은 공간을 차지하는 실체를 말하고, 사유란 연장과는 달리 부피 같은 것이 없는 실체를 말합니다. 데카르트는 인간이 연장과 사유를 함께 지니고 있는 것으로 보았습니다. 그에 따르면 사유하는 실체인 동시에 연장적인 실체인 인간의 영혼에는 의지·오성·의심·상상력 등이 모두 포함되어 있습니다. 한편 연장적인 실체인 인간의 육체는 이 무렵 가장 복잡하고 가장 놀라웠던 시계처럼 한낱 기계에 지나지 않습니다. 물론 시계 같은 기계이되 생동력 있는 기계 말입니다. 한마디로 데카르트가 이해하는 인간은 마치 '기계 속에 들어 있는 유령'과 비슷합니다.

그럼 이번에는 '영장'이라는 말을 살펴보기로 하지요. "인간은 만물의 영장이다" 하고 말할 때의 바로 그 '영장'입니다. 영묘한 힘을 지닌 우두머리라는 뜻으로 곧 인간을 일컫는 말입니다. 기독교에서는 하느님의 형상을 따라 창조되었다고 하여 그렇게 부릅니다. 〈창세기〉에서 하느님이 "우리가 우리의 형상을 따라서, 우리의 모양대로 사람을 만들자. 그리고 그가, 바다의 고기와 공중의 새와 땅 위에 사는 온갖 들짐승과 땅 위를 기어 다니는 모든 길짐승을 다스리게 하자"_{1장 26절}고 말씀했다고 기록되어 있습니다. 한편 생물학에서는 인간이 먹이의 피라미드 맨 꼭대기를 차지하고 올라앉아 있다고 하여 그렇게 부릅니다.

《죽음의 한 연구》의 화자 '나'가 말하는 "유정 중에서 영장이라고 내 자부했던 사람"이라는 구절을 살펴봅시다. 화자는 '영장이라고 말하던 사람'이나 '영장이라고 일컫던 사람'이라고 하지 않고 굳이 '영장이라고 내 자부했던 사람'이라고 말하고 있습니다. 화자는 자신이 유정물 가운데에서도 영장이라고 스스로 그 가치나 능력을 믿고 자랑스럽게 생각해왔다는 뜻입니다. 실제로 인간은 그동안 '유정 중의 영장' 뿐만 아니라 더 나아가 '만물의 영장'으로 다른 피조물 위에 군림해왔습니다. 이렇게 인간은 한편으로는 하느님의 명령을 받았다는 이유로, 다른 한편으로는 인간을 제외한 피조물은 영혼이 없다는 이유로 그런 피조물에 무소불위_{無所不爲}의 힘을 행사했습니다. 그 힘을 얼마나 조직적이고 체계적으로 행사했느냐에 따라 문명의 순도는 그만큼 높아졌습니다.

오늘날 이 지구상에서 그나마 자연이 덜 파괴되고 환경이 덜 오염되어 있는 곳이 제3세계 국가들이 위치해 있는 지역입니다. 지금은 '개발도상국'이라는 점잖은 이름으로 부르고 있지만 얼마 전까지만 해도 '저개발국'이니 '후진국'이니 하고 얕잡아 불렀습니다. 그런 용어가 차별적이라는 비판이 일자 지금은 '개발도상국가'라는 용어로 바꾸어 사용하고 있습니다. 그러나 윌리엄 셰익스피어의 말대로 장미를 어떤 다른 이름으로 불러도 장미이듯이, 주로 서아시아·아프리카·중남미에 자리 잡고 있는 제3세계 국가들은 어떤 용어로 부르든 선진국에 비해 산업의 근대화와 경제 개발이 크게 뒤지고 있어 못살고 기아에 허덕이고 있다는 점에서는 큰 차이가 없습니다.

지구의 허파 노릇을 하는 열대우림은 주로 이들 국가에 자리 잡고 있습니다. 그런데 선진국의 자본주의 손길이 뻗치기 시작하면서 이 열대우림이 무참하게 파괴되고 있습니다. 비관적으로 보는 학자들은 앞으로 40여 년 안에, 좀 더 정확히 말해서 2050년경이 되면 지구상에서 열대우림이 모두 사라질 것이라고 내다봅니다. 이렇게 되면 지구촌 주민이 펴하게 들이마실 신선한 공기가 없어지게 되는 데다 그곳에 살고 있는 온갖 생물과 무생물도 함께 사라지고 맙니다. 더욱 놀랍고 끔찍한 사실은 2050년경이 되면 석탄이나 석유 같은 화석연료도 모두 바닥이 날 예정이라는 사실입니다. 이 두 시

점이 서로 맞물려 있어 이제 환경 재앙은 불 보듯 뻔하다는 것입니다. 시한폭탄처럼 지금 이 순간에도 환경 재앙의 시계가 째깍째깍 돌아가고 있습니다.

그런데 이 모든 재앙은 다름 아닌 '만물의 영장'으로 자처해온 인류가 저지른 온갖 행동 때문에 일어난 것입니다. 자연스럽게 흐르는 강물을 막아 댐을 쌓고, 언덕과 산을 파헤쳐 고속도로를 닦았습니다. 광물이나 귀금속을 찾기 위해 두더지처럼 땅속을 샅샅이 뒤졌고, 강과 바다에 온갖 쓰레기를 갖다 버렸습니다. 또한 서울 시민에게 생명의 젖줄이 되었던 한강도 이제는 많이 오염되었습니다. 고형렬은 〈한강 하수下水〉라는 작품에서 "한강은 거대한 하수구이다 / 저 팔당 아래에서부터 / 저 아래 성산다리 행주다리까지는 / 드넓은 쓰레기 강이다" 하고 표현합니다. 그러면서 그는 계속하여 "한강은 강이 아니다 / 그저 우리들의 오물을 실어 나르는 / 컨베이어벨트다 / 잠실에서 난지도까지는" 하고 말합니다. 하늘도 지상에서 내뿜는 이산화탄소를 비롯해 온갖 유해물질로 오염되어 있고, 하루에도 수만 대씩 하늘을 나는 비행기들도 공기를 더럽히고 있습니다.

4옥타브를 넘나드는 고음과 탁월한 가창력으로 한국 록음악계에 굵직한 한 획을 그었다고 평가받는 대중음악 가수 김경호金京浩를 기억하십니까? 1990년대 중반 그는 〈만물의 영장〉이라는 노래를 불러 인기를 끈 적이 있었습니다.

아무리 잘났어도 저 내리는 비는 막을 순 없어

아무도 저 태양처럼 이 세상에 빛이 될 수는 없어

만물의 영장이라 하며 거들먹거린 인간들아

너희가 돌아가야 할 곳 너희가 파괴하고 있어

만물의 영장 인간들아 소중한 것이 무엇인가

멈추지 않는 시간 속에 어쩔 수 없이 사라질 너

유행가 가사라고 소홀히 생각하지 말고 찬찬히 귀담아 들어야 할 내용입니다. 인간이 아무리 잘났다고 뽐내도 하늘에서 내리는 비를 막을 수 없을뿐더러 태양처럼 찬란한 빛을 내뿜을 수는 없는 노릇입니다. 김경호의 노래 가사대로 "멈추지 않는 시간 속에 어쩔 수 없이 사라질" 운명인데도 인간은 만물의 영장으로 자처하며 '거들먹거린' 때가 얼마나 많았습니까? "너희가 돌아가야 할 곳 너희가 파괴하고 있어" 하고 현재진행형으로 말하고 있지만 이미 일이 끝나 버린 과거형이나, 기껏해야 현재완료형으로 표현하는 쪽이 더 옳을 것 같습니다. 인간은 돌아가야 할 곳마저 파괴해왔으니 이제 고향을 잃은 실향민이 되고 만 셈입니다.

《죽음의 한 연구》에서 뽑은 인용문에는 "여기에 있는 것은 저기에도 있다. 여기에 없는 것은 어디에도 없다"라는 소제목이 적혀 있습니다. 이 문장처럼 이 지구상에 존재하는 것은 다른 곳에도 존재하지만, 이 지구상에서 사라지고 없는 것은 그 어디에서도 찾을 수가 없습니다. 하나밖에 없는 지구를 지키는 데는 "지금 여기"만큼 소중한 것이 없습니다. 그것을 잃어버리면 모든 것을 잃게 되어 아무런 희망이 없기 때문입니다. 17세기 영국 시인 존 밀턴은 '실낙원失樂園'을 노래한 뒤 다시 그 뒤에 올 '복낙원復樂園'을 노래했지만 생태계에서는 실낙원은 있어도 복낙원은 없습니다.

박상륭이 《죽음의 한 연구》를 비롯한 《칠조어론》에서 말하려는 것도 따지고 보면 데카르트가 주장하는 이분법적 사고의 틀에서 벗어나려는 것입니다. 사유이건 연장이건, 영혼이건 육체이건, 인간이건 자연이건 모든 현상을 두 쪽으로 나누어 생각하는 것은 위험천만하기 이를 데 없기 때문입니다. 이렇게 나무젓가락을 두 쪽으로 자르듯이 쪼개다 보면 어쩔 수 없이 어느 한쪽에 무게가 실리기 마련이어서 계급질서에 따라 조직이 짜일 수밖에 없습니다. 플라톤 이후 서구 형이상학 자체에 의문을 품은 프랑스의 철학자 자크 데리다가 이런 이원론적 또는 이항대립적 사고를 두고 '폭력적'이라고 부른 까닭이 바로 여기에 있습니다.

박상륭은 《죽음의 한 연구》에서 이런 이원론적 사고나 이항대립적 형이상학을 극복하는 태도가 곧 이 작품을 이해하는 데 중요한 단서가 된다고 말한 적이 있습니다. 영혼과 육체, 말과 사물, 초월과 내재, 형상과 질료, 인간과 자연 사이에 놓여 있는 그 높다란 장벽을 훌쩍 뛰어넘어야 한다고 말입니다. 이런 이원론의 장벽을 뛰어넘기 위해 작가가 설정한 것이 다름 아닌 '요니'라는 자궁입니다. 이 요니 안에서 삶과 죽음, 인간과 자연, 과거와 현재 등이 하나로 융합되면서 시간과 공간을 초월하는 새로운 세계가 탄생한다는 것입니다. 그러고 보니 박상륭이 왜 앞으로 나타날 새로운 메시아는 종교 간의 벽을 허무는 메시아여야 한다고 말하는지 이해할 만합니다. 그런데 이 메시아는 종교 사이의 벽을 허물 뿐만 아니라 더 나아가 인간과 자연 사이에 놓여 있는 높다란 장벽도 허물어야 할 것입니다.

참 고 문 헌

〈그대 있음에〉, 김남조 작사, 김순애 작곡, 한국일보사
〈그 째 맛참 지하궁을 설펴보니〉, 서사무가 〈성조풀이〉, 작자 미상
〈까막눈의 넋두리〉, 윤구병, 《자연의 밥상에 둘러앉았다》, 휴머니스트
〈까치의 건축법〉, 고진하, 《나무 신부님과 누에성자》, 세계사
〈나무〉, 이양하, 《나무》, 민중서관
〈다시 사랑을 위하여〉, 이태수, 《안 보이는 너의 손바닥 위에》, 문학과 지성사
〈달개비가 향기롭다〉, 고진하, 《우주배꼽》, 세계사
〈두려운 봄날〉, 윤범모, 《멀고 먼 해우소》, 도서출판 시학
〈만물의 영장〉, 김경호 노래, 이승호 작사, 1997년 발표
〈말 업슨 청산이요〉, 성혼
〈멸종〉, 김백겸, 《한국시인협회 2007 생태시 사화집 지구는 아름답다》, 뿔
〈물을 만드는 여자〉, 문정희, 《남자를 위하여》, 민음사
〈복날 개소리〉, 최성각, 《쫓기는 새》, 실천문학사
〈산란〉, 김성동, 《피안의 새 : 김성동 소설집》, 책세상
〈산유화〉, 김소월
〈새들이 떠나간 숲은 적막하다〉, 법정, 《새들이 떠나간 숲은 적막하다》, 샘터사
〈새한테 욕먹다〉, 고진하, 《거룩한 낭비》, 뿔
〈십 년을 경영후야 초려삼간 지어닉니〉, 송순
〈앉은뱅이꽃〉, 이원수
〈올해도 꾀꼬리는 날아왔다〉, 정현종, 《이슬》, 문학과 지성사
〈왜가리〉, 박방희, 《마트에 사는 귀신》, 푸른책들
〈이를 잡다〉, 이규보
〈이와 개에 관한 생각〉, 이규보
〈작은 것을 보자〉, 김지하
〈작은 부엌 노래〉, 문정희, 《지금 장미를 따라》, 뿔
〈잡초〉, 한정숙, 《그림자 되어서》, 산목
〈죽음의 한 연구〉, 박상륭, 《죽음의 한 연구》, 문학과 지성사
〈쥐를 위해 언제나 밥을 남겨놓고〉, 탄연
〈지리산이 신음하고 있다〉, 도법스님, 《청안청락 하십니까 : 지리산 도법스님의 생명 이야기》, 동아일보사
〈천국〉, 유안진, 《봄비 한 주머니》, 창비
〈청산도 절로절로〉, 송시열
〈청산은 나를 보고 말없이 살라 하고〉, 나옹선사
〈청산애 살어리랏다〉, 〈청산별곡〉, 작자 미상
〈텬디로 쟝막 삼고〉, 서사무가 《바리공주》, 작자 미상
〈피사리〉, 윤구병, 《자연의 밥상에 둘러앉았다》, 휴머니스트
〈한강 하수〉, 고형렬
〈향아설위〉, 최시형
〈호질〉, 박지원
《개벽과 생명운동》, 김지하
《삼국유사》, 일연
《의산문답》, 홍대용
《증산교 도전》, 작자 미상
《해월신사 법설》, 최시형
창세무가 〈옛날옛시절에〉, 작자 미상

이 책에 실린 작품 중 일부는 저자와 연락이 닿지 않아 게재 허락을 받지 못했습니다.
출판사로 연락주시면 허락을 받고 게재료를 지불하겠습니다.